厦门社科丛书

中共厦门市委宣传部
厦门市社会科学界联合会 编

重塑历史与人

长篇小说《子归城》人物形象审美解析

苏文木 著

海峡出版发行集团 | 海峡文艺出版社

图书在版编目（CIP）数据

重塑历史与人：长篇小说《子归城》人物形象审美解析/苏文木著，中共厦门市委宣传部，厦门市社会科学界联合会编. －福州：海峡文艺出版社，2025.1

ISBN 978-7-5550-3929-7

Ⅰ．Ⅰ207.42

中国国家版本馆 CIP 数据核字第 2025VG5763 号

重塑历史与人
—— 长篇小说《子归城》人物形象审美解析

苏文木　著

中共厦门市委宣传部
厦门市社会科学界联合会　编

出 版 人　林　滨

责任编辑　林鼎华

编辑助理　陈泓宇

出版发行　海峡文艺出版社

经　　销　福建新华发行（集团）有限责任公司

社　　址　福州市东水路 76 号 14 层

发 行 部　0591－87536797

印　　刷　福建新华联合印务集团有限公司

厂　　址　福州市晋安区福兴大道 42 号

开　　本　787 毫米×1092 毫米　1/16

字　　数　192 千字

印　　张　12.25

版　　次　2025 年 1 月第 1 版

印　　次　2025 年 1 月第 1 次印刷

书　　号　ISBN 978-7-5550-3929-7

定　　价　48.00 元

如发现印装质量问题，请寄承印厂调换

自　序

　　《重塑历史与人——长篇小说〈子归城〉人物形象审美解析》书稿完成后，笔者才发觉从未想过自己可以完成一本属于文学评论范畴的专著。

　　早年阅读厦门小说家张力先生的中篇小说集《乌肥古》，审美神经被书中所写的彪悍的码头与渔村汉子的人物气质狠狠震撼了一把，就写了一篇短文对《乌肥古》加以评论，发表于报纸。也写过某新诗集的评论文章一篇，收入某集子中。仅此而已。为一部小说而专门写一本书，早年于笔者是不可想象的；那时主要是因为工作的繁忙与思维的惰性。去年上半年时笔者也没想到，那时笔者已退休多年，生活主旨就是"健康快乐，吃喝玩乐，发挥余热"。发挥余热指的是笔者的本职教育工作方面。偶有灵感来临就顺手写点新诗或旧体诗，没费大劲。

　　当代作家的小说笔者也读过一些，认为其中有很多颇为优秀，但要说震撼心灵还是谈不上的（也许那些震撼心灵的小说笔者恰好没读到）。不是这些小说不够好，而是每个读者的心灵特质与精神需求是不一样的。于笔者而言，强悍与充满血性的正面形象，尤其是群像，特别能够引发笔者的感触。2021年7月，在开始阅读刘岸著的长篇小说《子归城》以后，发现该书刺激震撼的人物形象与场景特别多，接踵而至，可以说在书中比比皆是；甚至笔者隐约感觉诸多子归城人物之间的爱恨情仇生离死别，乃至反侵略的浴血之战，背后蕴含着华夏文明的精神密码。笔者这才开始考虑是否可以写点东西；不写的话，好像是故意跟自己过不去。

　　于是笔者开始了在智能手机的备忘录里写《子归城》人物审美评述。评述的第一个人物形象是杨增青都督，他组织新疆部队反击蒙古黑喇嘛旗下势力对阿勒泰地区的侵犯，打响"阿山战役"，并发动全省力量支援阿山前线，终于打了胜仗，保住了阿勒泰地区 110000 平方公里土地，使之永久保留在祖国现代版图里。这是有史料可证的，是把快要湮灭的爱国历史通过小说予以还原。说是还原，其实是在还原历史本质的基础上，用文学手段重塑这个地区的历史与人物。这是多么有价值的小说啊！之后笔者陆陆续续评述了小说中其他人物（共 12 人）。后来考虑到小说里人物众多，单重点刻画的人物就有三十几个，很多人物之间既有人物性格的明显差异，也有精神世界与人性的共同之处，笔者就产生了这样的想法：既写个人形象的审美意蕴，也写人物群像的审美意蕴，这样就能构成一本书的内容。

因而本书的写作主要分为两个视角：《子归城》人物形象审美评述和群像的审美评述。一是主要分析个别人物的性格特征、塑造人物形象的手法和审美价值等；二是主要分析《子归城》人物形象作为群体所具备的审美广度意蕴、深度意蕴和核心意蕴。其中的审美核心意蕴指的就是《子归城》人物形象所蕴含的华夏文明的核心密码。

笔者期待着这本书的出版，希望它能和全国的《子归城》读者与研究者做一个有点深度的交流，共同享受阅读优秀小说的快乐，也共同探讨和弘扬华夏文明。

2023 年 1 月 14 日

前　　言

　　长篇小说《子归城》写的是在我国丝绸之路经济带上的一个早年重要节点——子归城的历史，百年前，这里是生机勃勃、经济开始繁荣的小城市。小说里也写到了祖国东南部的厦门市，属于海上丝绸之路起点区域。子归城里人物众多，跨越了百年历史，早年从大陆东南部沿海人到子归城谋生与发展，他们的后代又从子归城来到祖国东南部寻根追史。《子归城》重点聚焦子归城百年前壮烈的历史图卷。

　　那时的子归城漫天黄沙。这是《子归城》里描写的一个自然现象，同时也是《子归城》的一个象征性意象，意味着位于大沙漠边上的子归城自然环境的恶劣，也暗示社会环境的困难重重。在《子归城》里，众多的人物就在这样的环境下展开角逐，演绎各自的爱恨情仇，构成一部惊天地泣鬼神的民族历史大剧；子归城民众最终穿越漫天黄沙，在子归城被黄沙掩盖之前找到新的定居点；侵略子归城后残余的哥萨克骑兵也穿越漫天黄沙，回到他们的家乡。小说就在漫天黄沙的意象群里为读者提供了极为丰厚的审美素材。

　　长篇小说《子归城》（敦煌文艺出版社 2021 年版）刚出版，笔者就网购了，并且进行长达半年的阅读，读得欲罢而不能。笔者阅读这套多达 160 万字的小说，有许多阅读心得体会，于是想写出来，这也是笔者的自主选择。本书稿写到未及一半，就得知：2022 年 3 月，该书入选 2022 年全国农家书屋重点出版物推荐目录；2022 年 4 月，该书获评福建文学好书榜优秀图书；2022 年 12 月，该书获第三届福建省中长篇小说双年榜（2019—2020 年度）"长篇小说优秀作品"；2022 年 6 月 11 日由中国作家协会小说部召开《子归城》研讨会，在北京、福州、兰州、厦门四地，以线上和线下相结合的方式开展研讨，获得众多文学评论家和作家高度评价。这让笔者越发感到写书评论这部小说的人物形象是正确的选择。

在笔者的故乡厦门，早年的小说名家是高云览，他写了一部闻名全国的长篇小说《小城春秋》。改革开放后的厦门，也出现一大批小说，包括长篇小说作品，有些小说还改编成电影上映，具有全国性影响。《子归城》也是厦门作家的作品，2021 年出版，作者是厦门作家刘岸。

笔者认为《子归城》这部小说的内涵十分深厚宽广，阅读这部小说时被激发出各种感受。现下笔者的时间比较宽裕，于是产生了把阅读《子归城》的体会相对系统地整理出来的念头。心动不如行动。笔者为这部书搭的框架是：先写"引论"，写清笔者对这套书的总体评价，包括写作内容与视角的选择、笔者认可的主要的美学观点以及把小说人物形象分为个体形象与群像的审美差异。然后是写人物形象审美评述，也就是通过一个个人物来评述《子归城》中部分重要的人物形象；最后是写人物群像的审美评述，包括人物群像审美的广度意蕴、深度意蕴和核心意蕴。

这样，也许就能和关注《子归城》这部小说的人，包括一般读者，有一个深度的交流。

目　　录

引　论

第一节　《子归城》具备审美大价值

一、《子归城》是大书奇书

（一）大书

大书，首先指的是此书主题巨大。北京师范大学国际写作中心教授张晓琴评论说："《子归城》是一部有关文明的大书，让人感到非常惊喜。作者刘岸写的是海上和陆上的双向的丝路精神，他对这种精神进行了一种深度的书写和呈现，是海洋文明和内陆文明或者说陆上的这种西北边疆的文明一种明显的交汇。"张教授主张的是从人类文明的角度对《子归城》进行审美。

大书，其次指的是《子归城》容量巨大，创作格局大。大到内容跨越百年，从它的情节结构看，在情节上完全是浑然一体的；它其实就是一部特别大的小说，因为体量太大，篇幅有 160 万字，不得不分为 4 部出版。这套书耗费了作者 13 年的创作时间（当然不是全职创作，作者还是《厦门文学》主编，得从事编辑工作等），基本用光了作者既往积累的文学素材。全书有姓有名者 130 多人，下功夫进行描绘刻画者有 30 多人。就小说人物数量而言，也是大的。

中国作协党组成员、副主席、书记处书记吴义勤评论道：

《子归城》是一部长篇巨著，体量巨大，对作家和出版社来说都是挑战。这部书体现了作家在艺术上的宏大追求，以及驾驭这种故事的能力。

同时,《子归城》故事性强,打开书就会吸引着人一口气读下去。

中国作家协会创研部主任何向阳指出:《子归城》气魄宏大。小说中,作家化身导演,调度不同场面中的众多人物,把控能力极强。同时也体现了作者对历史的责任感。作者还使用了"双声道"叙事方式,让读者有强烈的代入感。作者的艺术表达能力也很强,让这样一部皇皇巨著能够扣人心弦、深入人心。何先生看来是主张从历史的角度对《子归城》进行审美。

(二) 奇书

《子归城》也是奇书。奇在取材独特,以描绘西部边疆小城子归城的历史与人物为主;奇在书中有不少人物性格鲜明独特,令人阅后印象深刻:如屡遭厄运却奋斗不息的酒坊老板"黑肚子"刘天亮;关键时候敢出奇兵、身先士卒、智勇决胜的杨都督;常有神秘预感的前朝抗侵略老英雄钟爷;如蓬头垢面却又心心念念想报仇的前商人林拐子;如心思阴毒,充满让男人们厮杀流血邪恶念头的赵银儿;蝇营狗苟、胸怀野心又勾结外敌的靖安营首领马麟,等等。这样刻画成功的人物不少,还可以再列出很长一串。此外,此书文体上也迥然异于以往笔者所读过的中国小说,大量使用了链接、引用"史料"、注释、歌谣,使用倒叙、倒叙中的倒叙等,这使得此书味道蛮独特,好像在进行一种新的阅读。这书所描绘的西部边疆近沙漠地区的风景习俗乃至铺天盖地的沙尘暴等,也很奇特。

《中国作家》主编、评论家程绍武评论这部书说:

> 目前,以西部波澜壮阔的历史文化、时间空间为主题的长篇小说并不多。但《子归城》做到了,它将西部地区百年的历史沧桑画卷淋漓尽致地展现在我们面前。同时,在思想内涵、艺术追求、创作风格、艺术手法方面,这部长篇小说也值得我们思考、借鉴。

程先生主张以历史和艺术创作的视角对《子归城》进行审美。

著名作家邱华栋评论道:

> 《子归城》追求史诗般的笔触,显示了中国当代文学的野心和自信。

皇皇百万字，把中国的东部和西部、当代和历史奇妙对接，把鲜为人知的历史传奇与光怪陆离的当今世界无缝对接，用轻逸的笔调展现悲剧的力量，以酷烈的故事和语言讴歌生命的壮美……

全国政协委员、甘肃省作家协会主席叶舟评论说：

《子归城》体量巨大，充分体现了作者的雄心和能力。实际上，操刀这样的作品，作者需要处理的元素太多了，困难也很多。好在，到最后，作者用了160余万字，完美地解决了这些问题，并且让这部小说呈现在了我们面前。

两位先生阅读《子归城》的感触不尽相同，但是共同重视《子归城》作者的文学雄心与能力等。

在上述文字中，笔者不厌其烦地引用了一些作家与评论家对《子归城》的评价。他们各自从不同角度解读这书并给予高度评价，这可以证明，《子归城》是一部大书奇书的结论没有错。《子归城》还获得过各种荣誉。这些都是笔者写书评论《子归城》里人物形象的重要原因。

二、《子归城》是使笔者审美直觉纷飞的书

(一) 对人物的审美直觉

在厦门生活几十年，笔者读过一些厦门作家出版或发表的小说，其中一些小说作品在全国或在一定范围内有影响。这些厦门作家写的优秀小说当然也能引发笔者的审美直觉，有些审美直觉甚至是强烈的。但是，从来没有哪一部厦门作家的小说能像《子归城》那祥，引发笔者纷飞的审美直觉。阅读刘天亮的情节，开始笔者感叹他如此倒霉，再来就感叹他的顽强坚韧，接着又感叹他的转运被救，后来又感叹他的勇敢反抗，感叹他的奋斗进取，等等。读到雅霍甫，感叹他的粗野狂暴残忍。读到铁老鼠，感叹他的狡猾冷酷自私，后来又感叹他的愚蠢怕死等。读到云朵，感叹她的善良助人，然后感叹她的爽朗真情，接着感叹她的冰雪聪明，感叹她的坚强勇敢，等等。读到林拐子，感叹他的时运不济，又感叹他的人渣般转性，叛变爱情出卖爱人，等等。读

到契阔夫，感叹他的粗鲁的旧军人气质，后来又感叹他的血腥残酷，等等。读到诸葛白，感叹他的儒士风采，后来感叹他的施政为民，诗人素养，文武双全，等等。读到杨都督，感叹他的威严莫测，坚捍国土，后来又感叹他的智勇双全，身先士卒，片刻决胜，等等。

（二）对小说文体、语言等的直觉

读到书中诸多链接，细细查阅，还真是书中情节或人物经历或背景的重要补充，感叹作者居然想方设法用了颇多小说文体的新技法新手段。读《子归城》产生的包括小说文体等方面的审美直觉也是相当多。

在小说语言方面，笔者有时感觉"这里的景色描写真好，语言美，节奏好，相当简约，近似明清山水散文"，有时感觉"这里作者评述小说中人物行为，语言好调皮活泼"……更不用说《子归城》中人物说的话了，比如刘天亮常挂嘴上的"儿子娃娃"，部分角色常讲的"摇了盒盒了"，别具地域韵味。读到涅槃河两岸风光，感叹作者语言精美简约传神，颇富古典语言之美。

可以说，还从来没有哪一部小说能给笔者如此多的阅读刺激，产生如此多的审美灵感，尤其这还是笔者的家乡厦门的作家的作品，这也使笔者产生写一本书以整理笔者读《子归城》的审美收获的动机。

第二节　《子归城》审美维度的比较

一、《子归城》的四个审美维度

《子归城》这部书的审美内涵宽广深厚，千头万绪，归结起来，它的审美可分为四个维度，即人物形象审美、小说语言审美、文体艺术审美和风物特色审美。

（一）人物形象审美维度

在广义的现实主义的小说中，人物形象无疑是小说的骨架子，也是人们阅读小说的重心所在。《子归城》一百多位有姓有名的人物，琳琅满目，类型繁多。从价值观分析来看，正面人物方面有创办酒坊的刘天亮，协助刘天亮的云朵，曾英勇抗击阿古柏侵略者的老英雄钟爷，一心为民的县长诸葛白，守疆卫土的杨都督等；反面人物方面有贪婪的合富洋行原商约雅霍甫，毒杀雅霍甫的合富洋行副商约铁老鼠，诡计多端无恶不作的原商行助理皮斯特尔，血腥残忍的哥萨克骑兵首领中校契阔夫，勾结外敌谋图叛乱割据的靖安营营长马麟，胡乱施政的原县长金丁等。也有中立状态或立场变化的人物，如品德毛病颇多但也有若干优点的酿酒师二锅头，自私自利、性格怪异又与洋行坏蛋死磕到底的林拐子，早期行为不端、后期改邪归正的谢尔盖诺夫等。

小说人物形象的审美，归根结底是对小说人物性格的把握与分析、品鉴。在《子归城》众多人物中，性格饱满且特征突出的多有所在。比如刘天亮具有倔强、朴实、坚韧、进取、冒险等特征；云朵具有善良、大方、冰雪聪明等特征；诸葛白具有坚守正道、勇于担责、文才突出、身具豪气等特点。还有反面人物契阔夫具有傲慢自负、彪悍粗鲁、坚守信仰（沙皇）、军人气质等特征；马麟具有胸怀野心、自私怯懦、蝇营狗苟、自私卖国等特征；而赵银儿则有阴毒变态、依附权势、仇恨与报复男性等特征。

总之，林林总总的《子归城》人物形象不但数量多，而且质量高，其中相当一部分从人物类型与性格特征来讲，是独特新鲜的，为我们提供了足够丰富的审美素材，等待我们去开启审美之旅，欣赏摇曳多姿的人物及其塑造艺术。《子归城》人物形象审美的宽度与厚度还真是其他维度的审美难以企及的。其他的审美维度当然也有不少值得咀嚼鉴赏的精美与怡人之处，或有其他特别的艺术价值，但审美的分量上无法比肩人物形象维度。

（二）小说语言审美维度

《子归城》共 160 万字，形成一个小说艺术语言的"海湾"，蕴含着风格多样的小说语言。

有的刻画精细，语言传神。

有的凝练简约，如山水诗呈现。

有的徐徐道来，娓娓如诉。

有的幽默夸张，实乃反讽。

有的今为古用，张力十足。

……

都说小说语言是作家构建人物形象与情节的材料。纵观《子归城》，语言审美维度又可分为两个向度，一个是指向小说中人物的语言（即人物讲的话），另一个是指向人物语言之外的情节与场景的描述语言。第一个向度有相当程度的成功，即人物语言体现了人物的性格。第二个向度就稍复杂一些。相比之下，《子归城》在人物语言之外的情节、场面描述语言方面表现出了多元风格。正是有多种风格的描述语言，正如上面论述过的，有文字简约精准，富于节奏的；有场面描写形象宏大，气势万丈的；也有细节描写绘声绘色，细节独特，拿捏得当的；也有描写人物神情、动作用语当代化，恍如穿越的……多样的语言风格无疑也寄寓了作者对小说语言的追求。但这使《子归城》描述语言的风格缺少内在的统一性，甚至也可能存在某些唐突矛盾之处，所以笔者感觉自己难以整体把握《子归城》的语言审美。

《子归城》的语言表达背后其实也有作家的小说语言艺术探索意图。正常的话，小说中人物具备什么性格就说什么语言。比如杨都督位高权重，身负重任，又具有旧学修养，讲的话自然就简约威严干脆利落；而刘天亮作为一个"黑肚子"（没有文化），讲话就朴实直白而土气，如此等等。《子归城》在人物讲话方面是有很多可评点可品鉴之处的。作者语言表达的探索性尝试主要用于描述与议论人物行为和场景，尽可能地使用多元风格的语言。

尽管《子归城》的语言犹如一个偌大的海湾，里面有数量丰富的语言珍珠，但笔者还是判断它的审美价值位于人物形象审美维度之下。

（三）小说文体艺术审美维度

阅读《子归城》时，笔者能感觉到作者有意识地对小说文体进行了探索。

在现当代中国，小说创作总体上是呈现了现实主义小说的写实特点。从早期的《阿Q正传》《子夜》《家》等，到改革开放后的《白鹿原》《平凡的世界》《人生海海》等，大多对社会现象和生活素材进行提炼、归纳、汇总……这些处理所写内容的方法可以用"虚构"一词进行概括。而小说作品内容呈现出来的是生活原貌的拟真，也就是尽量让读者在阅读时认为生活就是这样子的，或者是让读者认为小说描写了社会现实。而也有一部分小说作品不完全是现实主义文体。比如笔者读过的阿来的《尘埃落定》，在使用现实主义写法的同时，也写了颇多康巴土司那个傻儿子的超时代的预感，而且这种神秘预感还相当精准，这就具备了一定程度的魔幻现实主义的色彩。

《子归城》同样是以现实主义写法为主调，又兼具魔幻现实主义的特色。其中抗击阿古柏入侵新疆的老英雄钟则林就有不少神秘的预言，超前预测事情的发展走向，如酒坊该搬了，刘天亮该回来了，特大沙尘暴将要来临等，乃至子归城的悲剧命运都被他提前感觉到了。此外，钟爷收养的女弃婴迎儿，也时常有出人预料的生活小预感。又比如小说里多次写到当子归城将有重大变故时，天空中有一艘不知来历的飞舟飞过，是一种神秘的征兆，预示着将有大事发生。这飞舟在真实生活中是子虚乌有的，而在作家笔下却是如此确定，反复描写。

而且在一些情节设置上，《子归城》展现了一个情节具有多种可能的情况。比如山西王因酒坊卖醋呛行而到酒坊大闹大砸大打，把刘天亮打晕了。可作者又提供了民间流传的另一版情节，即山西王的人一开始到酒坊没那么凶悍，是刘天亮暴跳如雷，先动手打人的。本书文体上也有诸如此类迥异于现实主义小说手法。

另外，《子归城》里还使用了链接、史料征引，章节开篇使用歌词俗语等。链接相当于是一种注释，实际是简要追叙、插叙小说中某个人物简史或其背景状况，丰富了小说文体表现手法。史料并非真正的史料，多是必要的背景或另一版本情节的叙述，却采用了史料的形式，这也是对小说文体表现手法的丰富。

《子归城》的魔幻现实主义手法还有一个更重要的表现：打破情节叙事的线性，切割情节时间线，大量使用追叙、插叙、倒叙的手法，有一些地方还使用了倒叙中的倒叙等，加之叙述中插入的"我"的感慨、揣摩、议论等，令阅读者产生时间错乱、跳跃的感觉。有些人认为这是"碎片化叙事"。实际上这也正是魔幻现实主义小说作品"时空跳跃"特点的体现。它对传统的阅读习惯提出了挑战。

魔幻现实主义是以现实为基础的小说人物与情节的魔幻化，这种魔幻化或是隐含作者设置的重大甚至是巨大的文化、社会的隐喻；或是作者感情之强烈与激扬，不使人物与情节魔幻一点，就不足以挥洒作者那激情；或是小说素材在民间流传阶段由民众的想象力与情意给它加上了魔幻的色彩。《子归城》的魔幻现实主义手法，出自第二种和第三种原因居多。

尽管《子归城》有这么多小说文体方面新手法的运用，形成了新的小说文体风格，但笔者还是认为其审美价值逊于其人物形象。人物形象是实实在在的东西，而小说文体表现形式的价值就相对不那么好把握，毕竟它不是魔幻现实主义的首创者。换个角度看，假如《子归城》的文体换成传统现实主义写法，现版本中的那些人物形象搬到传统写法的版本中，依然会大放光芒，基本不影响其审美价值。由此可见，《子归城》人物形象维度的审美价值确实高于小说文体维度的审美价值。

其次，笔者认为《子归城》的小说文体艺术探索的审美价值仅次于人物形象审美价值。现当代中国小说读者的阅读习惯总体是相对稳定的。现当代中国长篇小说的创作即便是受到域外小说创作方法影响很大，但最大的影响还是来自中国古典小说，如《红楼梦》《三国演义》《水浒传》等。同样，现当代读者也受他们的祖辈父辈阅读故事性很强的现实主义长篇小说的影响。因此，作家创作的长篇小说在文体上如果与读者的阅读习惯不太吻合，其实是比较危险的，因为如果读者不太能接受的话，会大大影响作品的影响力，又会因流传度不高而影响它的销售。这将造成长篇小说作家的双重损失。但是，《子归城》作者刘岸却坦言自己有小说创作的"野心"，也就是他明知道如果运用魔幻现实主义的创作理念与某些方法写灌注自己心血的长篇小说《子归城》，有可能遭受一些普通读者的误解或嫌弃，导致版税收入与口碑的双重损失，他还是毅然决然地采用了与传统现实主义长篇小说有明显差异的创作方法。这些方法笔者已在前面简单介绍分析过。虽然这样创作出来的《子归城》有可能会令习惯于传统长篇小说的读者在阅读时皱起眉头，但是，《子归城》的小说文体艺术的审美价值却不容否定。对于有雄心的作家和对于愿意接受阅读新挑战、发展自己的文学哲理思维的读者来说，创造、试验、探索等，永远是其乐无穷的，永远有新的文学风景等待人们去发现与鉴赏。至于《子归城》这种小说叙事方式的探索取得多大程度的成功，则有待逐步凝聚共识，目前的见仁见智是很正常的。但至少这种探索行为本身的价值则是值得积极肯定的。

（四）风物特色审美维度

小说中地域风景风俗文化的审美是第四个维度。《子归城》这部小说中有浓郁的西部风情，以西部边疆靠近沙漠的小城子归城为背景，书中有诸多的地域风景风俗文化的介绍。如沙丘的浩瀚景观，海娜花、罂粟花、沙枣、沙柳等植物，涅槃河两岸风光，野驴群的状况及万驴奔腾的惊人情景，乃至子归城酿酒的设备和酿酒的过程都有细致的描绘……这些是子归城空间的具象化，也是无法剥离的子归城人物活动的空间背景，其中一部分具备直接为人物形象服务的功能。比如野驴与哥萨克骑兵的形象直接关联，海娜花与云朵的形象直接关联，沙柳等树与庸官县长金丁的作为直接关联。总的来说，这些独具特色的子归城地域风景风物与习俗文化是人物活动的空间背景，也有一定的审美价值，但是，很明显它们不是《子归城》审美的主要内容，属于审美价值相对低的维度。

（五）笔者的审美选择

在对《子归城》长达半年的阅读中，笔者对其的审美兴趣逐渐浓厚，并形成了它有四个审美维度的认知。在下决心撰写关于《子归城》审美的书稿时，笔者最初想把《子归城》四个维度的审美都进行分析写入书里。在经过冷却期的思考以后，笔者最终选择了人物形象审美解析作为笔者书稿的内容。

上面笔者对《子归城》这四个审美维度进行了简单的分析与比较。当然这种比较是经验主义的。笔者对《子归城》的审美选择结论如下。

1. 《子归城》的人物审美价值与其他三个维度比，价值最大。因为《子归城》在人物塑造方面，不仅数量众多，而且更为难得的是性格特征鲜明突出的颇有不少，比如刘天亮、云朵、迎儿、钟爷、诸葛白、神拳杨、俏红、杨修、孟长寿、独眼龙、二锅头、山西王、柳芭、林拐子、赖黄脸、雅霍甫、铁老鼠、皮斯特尔、杨干头、契阔夫、谢尔盖诺夫、热西丁、马麟、赵银儿、金丁……这些性格特征突出的林林总总的人物总能在读者的记忆中穿梭往来，可见《子归城》塑造成功的人物数量明显超越很多长篇小说，甚至超越了一些在文坛评价甚高、在读者中影响甚大的优秀长篇小说。这也是《子归城》这部小说审美价值的最大支撑。

2. 笔者选择从人物形象审美维度进行评述。笔者不是专业作家，更不是文学理论工作者或评论家。对于上面论及的《子归城》小说语言审美维度、文体艺术审美维度和风物特色审美维度，笔者放弃把它们纳入本书中。

理由一：风物特色审美相对于人物形象审美的价值偏小，毕竟风物特色不是《子归城》的主要内容，所以可以放弃。

理由二：《子归城》小说语言的审美价值比较多元。这是由《子归城》语言风格的多元化造成的。以笔者的学术功底，没有能力分析那么多种语言风格之间的关系，因此也很难对《子归城》小说语言进行精准的审美评述。所以也不把它纳入书中。除非以后笔者花费时间专门对《子归城》的语言进行审美研究，并得出自己的结论。

理由三：《子归城》的小说文体探索是笔者比较欣赏的一个方面。这个方面固然很重要，可是，要对它进行深入的审美评述，评论者应该阅读过大量现当代中外小说，有小说文体知识方面的丰富积淀，可以从小说文体比较的角度对《子归城》的文体探索进行审美评述。可惜笔者不具备这样的条件，也只能放弃。

理由四：《子归城》人物形象审美维度的内涵宽广，涉及的人物众多，人物塑造好的也比较多。本书把这个维度分为"人物群像"和"人物个像"两个向度的审美。笔者选择了刘天亮、云朵、诸葛白、杨都督、马麟、契阔夫、二锅头、谢尔盖诺夫等12个人物形象进行审美评述，包括正面人物、反面人物、中间人物和复杂人物。人物群像审美解析包括广度意蕴、深度意蕴和核心意蕴三个方面。这样已足够构成一本书的内容了。

更重要的是，评论《子归城》的文章已经有上百篇，除了有一篇专门评述《子归城》中的"物"的文学价值和意义，绝大多数文章都是从宏观层面展开审美评论；而笔者的这本书主要是从微观层面展开审美评论。因此，本书和别的评论文章有很大的不同，也可以说是本书的特色。

第三节　笔者的美学观点

上文笔者坦诚说明本书主要是依据笔者的审美直觉来对《子归城》人物形象进行审美评述的，但是这也不否认笔者具有自己的美学观点。这些美学观点以前潜藏于笔者的潜意识里，或许带有几分朦胧状态。写这部书稿促进了笔者对于美学的思辨，也查询了一些美学资料，以检视自己的审美直觉是否合理。也可以说，笔者秉持或认可的美学观点对于梳理自己的审美直觉是很有益处的。

一、美、美的载体、美的创造和审美是可以辨析也应该辨析的概念

在报刊上的文艺评论文章包括《子归城》的评论文章里，经常可以看到一种现象，即把美与美的载体、美的创造方法和审美混为一谈，好像它们都差不多。这四者彼此之间确实互相关联且关联度密切，但毕竟是四个不同的

概念，具有不同的内涵与外延。理解这四个概念的关联和差异，对于确定艺术创作的取向、提高艺术质量、掌握艺术审美鉴赏的方法和提升作者与阅读者的精神境界，都是有好处的。

二、美是经过人的智慧加工而成
艺术性存在的人类基本价值或本质力量

柏拉图说美是理念。古典美学终结者黑格尔也说：美是理念的感性显现。正如很多人所说，黑格尔所说的理念是"绝对精神"，是超验的。

笔者本人也认为美是理念的感性或形象的表现。但笔者对理念有不同理解。美是理念没错，但这理念不是先天超验的；作为美的本质要素的理念，不是黑格尔理解的是来自上帝或神的"绝对精神"，它是可以代表人类本质力量的人类各种基本价值和意义。黑格尔在《逻辑学》里说"理念是自在自为的真理性的东西。"黑格尔认为理念有三个：生命、真、善。这正是那时的人类主要价值。那么，我们也有理由认为黑格尔在《美学》巨著里所说的"美是理念的感性显示"，其中的理念也代表人类的基本价值。

正如马克思所说的，美是人的本质力量的对象化。它是抽象的，但绝不在直观与表象之外；它是思想的、概念的，又是"具有许多规定和关系的丰富的总体"。

或许笔者也可以说，人的基本价值（或本质力量）在哲学里或思想里就其纯粹状态而言是抽象的。比如人们常讲的爱、善良、公平、公正、和平、民主等等。但在现实世界里，它们一定融在某种具象的东西中才可能存在与显现。融在人的行为和社会现象里，它们可能表现出了"善"，也可能是表现出了"真"。融在艺术品中，它可能表现出了"美"。一个出色的艺术品或艺术存在，当它被认定为具备"美"，那它的背后（或骨子里）必定具备人类共同认可的某些基本价值与意义。

所以美是背后蕴含人类基本价值意义的素材经过人的挑选，并进行了智慧加工以后，形成了自己的特殊性与个别性，即在加工过程中产生了有具体规定性的艺术存在所蕴含的价值和意义。

为什么不是艺术品而是艺术存在？这里涉及对于美的判断。比如一个幼儿对着小水沟里哗哗流动的雨水说："看哪，雨水在唱歌，在跳舞。"这难道不是很美的诗意的语言吗？而且确实经过了人（幼儿）的智慧加工，但是它不是艺术品。又比如一个艺术体操或跳水运动员表演自己的绝活，惊险又刺激、美丽而优雅，那也是经过人（运动员）的智慧加工的吧？当然，艺术家的作品更是艺术存在了，而且肯定是经过艺术家智慧加工的结果。

虽然笔者在上面所谈的多少已经涉及美的创造过程和美的载体，但是笔者想强调的是美的本质。我们所说的小说人物形象，包含着小说人物全部的生命活动事实，但是主要聚焦于被创造出来的人物形象的性格特征。这些性格特征都是人物的具体规定性的体现，实际上它往往是人物的美之所在，显示了特定的人类价值或承载着某些人类的基本价值即所谓的"理念"。所以对小说人物形象进行审美解析就要抓住人物的性格特征。笔者将以这样的观点来评述《子归城》里的重要人物形象。

三、美的载体是承载美、蕴含美的艺术具象

小说人物形象实际上就是小说最重要的美的载体，是语言艺术品中的核心内容。美的载体并非是美的本身，虽然二者往往被混为一谈。但没有美的载体，美无以显现。既然美是一种抽象的人的本质力量的感性显现，是人类社会认可的价值和意义的艺术性智慧性具象，它就不可能只是抽象的显现，如果是，那就是哲学而不是美学了（虽然美学最早是从哲学中分化出来的）；所谓美的具象，意指它是表象的、意象的、形象的。表象、形象、意象是美的载体的外在特点，特殊性与个别性是它的内在特点。

把美的载体独立出来，有助于我们在审美时，由表象、形象与意象入手，逐渐深入其内里把握美的本质。就《子归城》而言，无论是正面人物刘天亮、云朵、诸葛白、杨都督，还是反面人物契阔夫、铁老鼠、马麟、金丁，或者是复杂人物二锅、林拐子，他们都有丰富的情节表现，人物形象都比较饱满，他们也都是美的载体，而不是美的本身。对《子归城》里的人物形象进行审美解析，关键还是透过人物的行为表现，分析融在其行为表现里的性格特征，并进一步分析其价值内涵。

如果有人质疑笔者：反面人物的性格特征多是负面品质，何来美可审？这个问题需要另外专门论述。这里先做个简单的解释：审丑其实是审美的另一面，审丑与审美是相辅相成的，审丑是为审美服务的，可以看成是审美的

组成部分。如果没有这种认识，那就会形成这样的荒谬逻辑：小说可以写反面人物，但反面人物必须排斥在对小说人物的审美过程之外。这是一种逻辑狭隘的审美观，以为审丑无关审美。而实际上，审美与审丑是一体两面，美的反面是丑，而丑的反面便是美，它们不仅互相映衬，有时也可以互相转化。秉承这样的观点，笔者才能对《子归城》里的反面人物形象契阔夫、马麟、赵银儿等展开审美性评述。当然，"以丑为美"的审丑理念是另一回事，这里不对其展开论述。

四、美的创造是指承载美、蕴含美的艺术存在的创造方法

美的创造是指承载美、蕴含美的艺术存在的创造方法，在小说里即是人物形象的创作方法。这个视角聚焦的是小说的创作，这也构成小说人物形象审美的一个内容。一般读者阅读小说并进行人物形象的审美时，聚焦的是人物的性格与相关情节，从中获得愉悦或感动；还有一部分读者，不但关注小说中的人物与情节，也对作家成功塑造笔下人物形象的过程与写作方法感兴趣。不管这部分读者是不是热爱写作，实际上他们是在对小说进行更深度的阅读，进行更高阶的思考，这也是一种审美。既然这些特定的写作方法可以成功塑造出特定的人物形象，那也可以看成是在小说中感性显现人类的某些基本价值观的方法，是一种特殊类别的理念。它们的价值在于引发读者深度的艺术思维，让读者获得更大程度的心灵的自由，它们可以影响小说创作界的发展速度与发展质量。因此笔者在对《子归城》里的人物形象进行审美评述时，把作家成功塑造人物形象的（智慧性）的方法作为重要的论述内容，希望能使它发挥对读者和一般小说作者的影响。

五、自然美是独特复杂的问题

本书基本不涉及自然美的问题，本来不打算展开论述，但考虑到中国基础教育研究里经常把自然美、心灵美、行为美等概念混淆于美学中，感觉还是有必要在这里做个简要论述，希望能引发教师、学生等读者进一步的思考。

自然美是一个比较独特复杂的问题。黑格尔把美学称为是"艺术哲学"，艺术是人的智慧行为与结果，自然美显然不是艺术，因此自然美被黑格尔关在美学的大门外。

　　黑格尔不把自然美纳入美学关注的对象，因为自然美不符合黑格尔对美的定义。而美学，关注的其实是人类主体，而非客体的自然。

　　《当代美学》的作者马克·西门尼斯（法国）也在书中说：美学的主体是艺术。在后工业社会的当代，马克·西门尼斯依然守护黑格尔一百多年前的结论，一样拒绝自然美成为美学关注的对象。

　　理解自然美这个棘手的问题，还需要马克思的美学视角。马克思不是美学家，但他是著名的思想家，他对自然美的理解与对美的感悟，可以极大地启迪我们对自然美的认知。他认为自然美是人化的自然。这是把思维重心放在人的身上，而不是放在自然上。艺术是人类的创造，而自然不是。当人类处在饥寒交迫、朝不保夕的生存危机状态时，自然界只是人类必须踏足的地方，根本无所谓美或不美。只有当人类的力量发展到一定程度，足以创造充分的生活条件，可以对自然进行某种程度的把控时，人类才有可能去感受自然美或不美。所以人是自然的尺度，自然美是人化的自然，它不是人类的创造，不足以列入美学关注的对象。（但这不等于说不能欣赏大自然的美景，而是说自然美景在原始尺度上不是美学关注对象。）

　　马克思与黑格尔一致的地方是认为美学是关注人类主体的，而非让自然客体成为美学关注对象。哪怕人类早已脱离了蒙昧时代，发展到可以在一定程度上把控自然的程度，可自然美依然是人化的自然或可称为"自然的人化"；美学关注的依然是人类的艺术创造，包括劳动创造美和"按照美的规律来塑造物体"；哪怕是千奇百怪的后现代艺术，也是人类创造的。至于国人常把审美对象扩大到心灵美、行为美等，更是把美与善混为一谈了，不足一哂。

　　另外，本书中如果笔者鉴赏与评价了《子归城》里描写美景的精美语言，那笔者只是在对作家的文字艺术进行审美。

六、审美的含义及其特点

　　审美，主体是对蕴含在艺术存在中的美的内涵、特点，美的创造过程、美的价值等进行感受、体验、品味、分析、评价、鉴赏等心理过程。

　　基于美的定义，审美的主体是人，审美的对象必定是蕴含美的艺术存在，主要是艺术品。审美的目的是通过对艺术品的审鉴过程，获得精神的愉悦与满足，最终获得心灵的自由。

由此引出几个特点。

（一）审美的非功利性是指由审美过程获得精神乐趣

审美是对艺术的审视过程，弄清艺术品中的美的所在、美的内涵、美的创造特征乃至美的本质价值等，由此获得精神的快乐或自由；它是审美主体与审美对象的互动，绝不是对现实的直接回应，对现实社会的金钱、商品、名利、地位等没有诉求。这就是审美的非功利性。如果说审美牵扯到社会现实利益，那一定是间接的关系。如果审美被社会现实直接干预，那就带上了现实功利性，就无法称为审美了，也无法获得精神自由了。一个人或读书或赏画或唱歌获得快乐或感受，这纯粹是精神的活动，与现实利益没有牵扯，这就是非功利性。笔者对《子归城》人物形象进行评述，仅仅是因为阅读此书时的审美感悟多，尤其是对书中丰富的人物形象多有感受。在这过程中，笔者与小说文本直接对话，既不考虑外在的功利目的，也不考虑在当下社会语境中以此去迎合什么，一切以笔者的阅读所得为据。总之，仅仅是笔者与《子归城》文本的互动，是笔者的精神性活动。

（二）审美价值与社会价值的结构化同构

这是由美学所决定的。由于美是理念的感性显现，而理念背后的终极是人类的基本价值；人类基本价值明显是社会价值，因此美之所在的艺术品就其根本而言，是美学价值与社会价值同构的。美在感性显现在表层，而社会价值则在深层，所以称为"结构化同构"。深层是看不到的，只能通过表层逐渐深入才能看到。

这个"看"的过程即是审美。比如对于《子归城》出色的人物形象进行审美，这些人物形象本身具有美学价值，阅读者在审美过程中也自然而然获得审美价值；有水平的阅读者终究会发现这些人物形象审美价值背后隐含的社会价值。所以说，审美价值与社会价值是结构化同构。

第四节　个体人物形象审美与群像审美的差异

小说中个体人物形象与群像的差异性是客观存在的现实，由此也带来个体人物形象审美与群像审美的差异性。

一、人物群像审美是长篇小说审美特点之一

　　《子归城》描述了陆上丝绸之路的一个重要节点、位于我国新疆维吾尔自治区与外国交界处的子归城。就在这个中外商民杂居的地方，演绎着清末民初时期子归城各色人物的命运之歌，并展开了奋斗与求生、抗争与爱恨情仇的画卷，最终书中人物为抗击外国侵略者哥萨克骑兵契阔夫部，爆发了壮烈甚至是惨烈的生死搏斗。在这段被文字所精彩还原的历史中，走出了一个个人物，络绎不绝、成群结队，称之为人物群像都感觉用词过轻。称其为小说"人物长廊"或许会更达意一点，这里姑且暂称为"人物群像"吧。

　　小说向来以情节吸引人，以人物形象感染人。所谓感染人，是从读者的角度讲的。当读者的心神浸润到小说的人物形象中，不但被其吸引，并且产生感触或者说是产生情感起伏时，那就是进入审美境界了。

　　对长篇小说人物进行个像审美，是一个常规选项。就小说中的某个人物的性格特点展开审美论述，是一种微观层面上的阅读审美。而长篇小说人物形象的群像审美，却带有中观审美的意义。由于长篇小说往往人物众多，尤其是像《子归城》这样四部本的长篇小说，不仅人物多，且刻画出色的也很多，这是不容忽视的客观现实；而且这些人物形象具有某些共同点，即柏拉图和亚里士多德所说的"共相"，体现了特殊性与个别性中的普遍性，这就有必要进行人物群像的审美了。因此，对于具有共同性的长篇小说人物群像进行审美，是势在必行的审美任务，这也可以说是长篇小说审美解析的一个特点。中篇小说与短篇小说因为人物形象不够多，具备这样的审美特点的较为稀少。微型小说就更不用说了。

二、《子归城》人物群像审美的本质

　　中短篇小说的人物容量相对而言比较有限，因此聚集于个体人物形象审美是比较常见的。聚焦单个人物的人生轨道，共鸣或体验其情感频率，提炼其性格特征，梳理其重要经历的纹理，剖析其被创造的艺术手法，领悟其打动人的秘诀或深刻道理，这样的审美过程无疑是美妙的。但是对于《子归城》而言却是不够的。

　　《子归城》是长篇多部本的小说。长篇小说，尤其是多部组成的长篇小

说，由于其篇幅巨大，足以容纳比较多的人物，让他们的命运交织碰撞，演绎壮烈场景与狂风巨浪的事件。因此，在长篇小说开展人物群像的审美是一个合理的选择。因为此时的审美具有广角镜头的性质，更能看清小说呈现的历史或生活所具有的全局性或全貌，也更能体悟这其中蕴含的世界的根本性哲理和作家的智慧。这便是小说人物群像审美的本质所在。对《子归城》人物群像的审美便是基于此。

这不是说《子归城》没有必要进行个体人物形象的审美。它描绘了那么多人物，光是有名有姓者便有 130 人以上，随便挑一个重点刻画的人物形象进行审美都是可行的。比如其中的反面人物，便有洋行商约雅霍甫、雅霍甫的副手铁老鼠、铁老鼠的助手皮斯特尔、哥萨克骑兵部队首领契阔夫中校、助纣为虐的汉人杨干头等，还有好多人。这些人物各具特点，哪个都可以成为一篇人物评论文章的主要对象。笔者也曾就《子归城》里的正面人物个像如新疆军政领导人杨都督撰写了人物评论。

但是，只聚焦于《子归城》个体人物形象进行审美，总觉得不满足，因为它的人物是那么多，内涵那么丰富，个体人物形象的审美已经不足以涵括这部小说的内在审美格局和作家广阔的创作思维及其写作的创造性。

三、个体人物形象审美与群像审美的差异

小说个体人物形象审美与群像审美是有明显差异的。

个体人物形象的审美，应该也必须认识到具体的人物个性特点或性格特征。比如杨都督，他的特点包括坚守大义、坚定爱国、睿智沉稳、擅长谋略、杀伐果断、智勇敢胜等。

而小说人物群像是形形色色的人物形象的集合，至少是由小说人物的几个小群体集合而成。就群体而言，性格特征或个性品质是不可能简单概括的；而其审美的主要任务也不是认识人物的个性，而是认识蕴含在众多个性中的人物群体的共性。这就是柏拉图与亚里士多德所说的"共相"。

都说艺术是讲究个性或个性化的，小说创作属于语言艺术的范畴，认识小说人物群体的共性会不会违背了艺术规律？笔者的回答是不会。且不说小说人物群体的共性是由诸多人物个性集合时显现出来的（个性是共性的基础）；就认识层面而言，对小说人物群体进行审美是在更高层面理解作家创作

小说的整体格局。从小说人物的角度看，这个格局在微观层面便是人物个性，在中观或宏观层面上便是人物群像的共性，在这共性中看出小说蕴含的历史的脉络、生活的走向与人间的正道。假如一位小说家的作品里，历史的脉络更加鲜明，生活的走向更加清晰，人间的道理或精神更加有感染力，是不是说明这位小说家的创作格局更大？创作智慧更加深刻？

笔者便是基于上述理由认为自己应该对《子归城》的人物群像做初步的审美性剖析，因为《子归城》人物群像审美的广度意蕴极为浩瀚包容且独特，深度意蕴极为可观深刻沉着，更难得的是《子归城》人物群像通过人物自身的爱恨情仇经历和激烈壮美的场景，具象化了自强不息、抗争奋斗的民族精神内核。这便是这部小说的巨大成就，值得研究与书写。

因此，本书中有两章对《子归城》里的 12 个人物进行形象审美评述；还有三章对《子归城》人物群像审美的广度意蕴、深度意蕴和核心意蕴进行审美评述。

第一章　《子归城》人物形象审美评述（一）

第一节　子归城中的奋斗者——刘天亮

《子归城》中光重点人物就有三十来个。刘天亮无疑是其中最醒目的一个。作者对他着墨最多，可能对他的感情也最深。这个人物形象在《子归城》里是最活跃的，牵动的情节也甚多。如果说《子归城》是一部大书、奇书，那么刘天亮则是这部书中不可或缺的、最重要的人物形象，也是这部书成为大书、奇书的重要因素。刘天亮作为兼有西部农民和边疆奋斗者特征的人物形象，在小说领域里是比较独特的。

一、以朴实、倔强、善良、奋进、反抗为性格主干的多维性格

作家笔下，刘天亮的人物性格呈现了多维度、多侧面的特点，而且其性格有一个发展的过程。这个人物形象的魅力，也是随着人物性格的发展逐渐散发出来的。总体上看，刘天亮在小说中的性格发展，大致可分为三个阶段。

第一个阶段，从刘天亮出场到他创建酒坊之前。这个阶段是刘天亮逃生、打工、谋生存的阶段。他经历了一系列异常的事件并结识钟爷一家，包括对他颇有情义的云朵姑娘。这个阶段刘天亮的朴实、坚韧、厚道、善良、勇敢等性格侧面开始显露。

第二个阶段，则从刘天亮开始创建酒坊到打响刘家酒坊产品"古城春"的名声。这个阶段是刘天亮创业阶段。刘天亮敢梦想，勇实践，具备了一些商业思维，并成为酒坊这个团队的顶梁柱。他的人物性格进一步丰满。

第三个阶段是战斗阶段，从刘天亮参加子归城保卫战到他跑到异国他乡

参战，直至他归来。这个阶段刘天亮的英勇无畏、自尊自爱、纯良守信、坚韧不拔等性格特征得到更充分展示，完美地实现人物形象的塑造。

（一）顽强的逃生者与打工者

刚出场的刘天亮，没有任何选择权，只能被动地逃难并在被压迫中奋起。之后，他开始打工谋生存。在这过程中，刘天亮的一些性格特征也开始显现。

1. 顽强与坚忍

刘天亮在小说中经历的第一件事便是逃命。逃命过程中他的顽强与坚忍让人侧目。刘天亮一出场，即误入合富洋行副商约铁老鼠毒杀正商约雅霍甫的现场，并被凶猛的大狼狗亚历山大咬伤腿。刘天亮运用往日对付恶狗的经验，下蹲并猛踢亚历山大，致使这只大恶犬被踢伤，他才得以逃出，一口气跑了 5 里路并晕倒在河滩淤泥里。因为这恶犬亚历山大也和主人雅霍甫一样被下了毒，以致它咬伤刘天亮时把毒传给他，导致他逃跑后毒性发作而晕倒。此一场景中的刘天亮，已显示出丰富的生活经验和坚强的心性。

突然面对凶猛的大恶犬，一般人只会被吓傻、被撕咬；而刘天亮并不是，他虽然被咬了，但他无需思考就下意识地下蹲用皮窝子反踢大狼犬。并且他迅速判断不逃的话就有生命危险，果断出逃，一口气跑了 5 里路。如果他在合富洋行有所犹豫，只会命丧当场，不是被狼犬咬死，就是被铁老鼠当场害死。若是逃的速度不快，则难免被合富洋行凶神恶煞的三路"希卡"（即配置武器的警卫人员）追兵所追上，一样没有好下场。他是如此坚忍，才捡回一条命，这还是他在饥饿状态下的表现。这固然有急于逃命的因素在起作用，但也充分表现了他的坚忍和顽强的生命力。这种坚忍和顽强的生命力是刘天亮性格中起主导作用的因素，在他后续的生命路程中将继续发挥重要作用。

2. 自尊与反抗

我们不知道刘天亮之前在生活中经历了什么。刘天亮刚到子归城时，黑瘦个子小，像个流浪汉，也许是生活困顿又长途奔波的缘故吧。他一到子归城立刻无端被卷入合富洋行的犯罪旋涡，以至于被大狼犬咬伤而出逃。幸运的是他被云朵和迎儿所救，并被云朵的爷爷钟则林用秘方治好了中毒导致的腿伤。这个时期的刘天亮是进城欲打工而不得的"农民工"，又是没有文化的"黑肚子"，其社会地位无疑是低下的，经济能力也相当差。因此他有打工奋斗来改变命运的心理动机，这就是他不听云朵的劝告而去黑沟煤矿打工的原因吧。为此,在煤矿井下,他宁可不当比较轻松但收入低的领班,而去当十分辛苦而收入较高的背煤工。

尽管刘天亮地位低,成为"煤黑子",但是他也有自尊心。有一次他得自哥萨克骑兵的马被偷,他在睡梦中发觉而惊起猛追,"精沟子断贼"——光着屁股追出去,一声怒吼惊得马跃起,使偷马贼跌下马,从而保住了自己的马。当皮斯特尔到黑沟煤矿与人吃喝时,得知刘天亮是"精沟子断贼"的当事人,竟叫他来,欺负他要看他的"精沟子"(光屁股)。刘天亮气愤得骂了粗话,挥手打飞了皮斯特尔手上的酒杯,推了皮斯特尔一个趔趄。

这个在合富洋行管理层人员皮斯特尔眼中的低贱人物对自己尊严的守护毫不含糊,对于侮辱及时反击。或许这样将会带来更严重的后果,一般人容易因此顾虑,刘天亮却把尊严摆在第一位。即便是面对于他有恩的云朵姑娘,刘天亮一样讲自尊。刘天亮因钱不露白的心理,把在黑沟煤矿赚的钱其中一大部分(200 两)装瓮里埋藏在乱坟岗边上。后寻不着,就借云朵家的狗大黑去找自己埋藏的钱。未果,被云朵骂"秦州呆"伤了自尊,他就不肯答应云朵邀他回家一起吃饭的请求。作为一个地位低微的普通人,刘天亮自尊高并不是可笑的事,相反,这是值得高度评价的。这表明刘天亮的血性尚存,从不贬低自己、认为自己低贱。这种气质是穷人乃至所有人的精神财富,是他们保护自己、抵御外界压迫的堤坝。这种气质不会是一种孤立的存在。

刘天亮在黑沟煤矿引起矿工反抗就是一个明证。当"阿山战役"爆发以后,全新疆的力量都在支援阿山前线部队,保卫阿勒泰地区。戏班名角俏红进入煤矿宣传和动员矿工们捐款,甚至扛起枪去支援阿山前线。属于合富洋行势力的黑沟煤矿管理者索拉西派人把俏红抓起来,准备秘密枪决。关键时刻刘天亮喊了一嗓子:"老毛子抓我们的人,我们也抓他的人。"一下子点燃了矿工们反抗的火焰,救了俏红等人的命。虽然后来事件平息后,反抗的矿工们被秋后算账——全部开除,但矿山资方也不敢短了刘天亮等人的工钱。刘天亮一人就领到了一年的工钱——200 多两银子。这次反抗的爆发,固然有阿山战役的因素——矿工们懂得那是在保卫国土;也有民族立场的因素,索拉西是"老毛子",而俏红是中国人。但是矿工反抗爆发的本质原因是工人们对洋行与黑沟煤矿剥削压迫的不满,所以被刘天亮的反抗而鼓舞。当时刘天亮应该是觉得俏红的宣传与动员没有错,索拉西不该抓俏红,他下意识地觉得矿工们发动起来是可以保住俏红的。所以他就及时地喊出了那一嗓子，从而保住了俏红的命，也改变了自己的命运轨道。

3. 惜财、懂报恩、善良与吃苦耐劳

在《子归城》里，刘天亮是极珍惜钱财的人。当他被黑沟煤矿开除并领了在矿井里辛苦劳动一年的报酬以后，他并没有因为拥有一笔属于自己的"巨款"（在那个时代那个地区，200多两银子于底层人算是巨款了）而犒劳一下自己，更别说是自我放纵了。他深知钱财来之不易，一旦"露白"也容易招来不法分子的注意。他也没有把钱存进钱庄的念头，应该是秉着自己把控钱财最安全的理念，找了个瓮子把200两银子埋藏在乱坟岗的一棵柳树下面，以求安全感。没想到这做法会因风沙改变地形而给他造成很大的麻烦。后来出发送毡筒去支援阿山前线时，他又把自己身上的10两银子用油纸包着藏在马厩里。他对自己的钱财真的是珍惜得很。对于一个投奔西部边疆寻求发展，刚到就历经坎坷的底层人，如此惜财是无可厚非的。

与此同时，刘天亮的另一面则是慷慨报恩。他与钟爷一家人结识，在交往过程中表现出来的知恩图报和善良品性是发自骨子里的。当然这是在他进入子归城之前的生活中所形成的品质。因为知恩图报和品性善良，他才会一口气给钟爷买了16两银子的礼品，报答钟爷用秘方治好了他被大狼犬咬伤大腿导致的中毒，救了他一命。他的银两是在黑沟煤矿辛苦打工一年赚来的，但他在报恩时并不吝啬，除了给钟爷买礼物，他也给云朵姑娘买了6两银子的礼物。因为云朵对他好，钟爷之所以能救刘天亮，还得归功于云朵与迎儿把毒性发作晕倒在河滩的他带回家。这谢礼，基本就花了他在矿井下背煤一个月的收入，然而刘天亮并不心疼。在小说里，刘天亮对钱财的珍惜与他报答钟爷与云朵的大方，形成了鲜明的对比，凸显了其品质的可贵。为了报答钟家，他非得帮云朵收割好苞谷才外出打工，其实云朵姑娘已同意他外出打工了。

刘天亮到子归城本来是为了找驼二爷谋一份工作。因驼二爷外出不在子归城，所以刘天亮找了驼二婶。如此看来，刘天亮是100多年前的农民工。当他因带领驼队送毡筒去支援阿山前线，损失了几头驼二婶的骆驼而导致欠她的钱后，他在驼二婶的店里打工抵偿欠款。驼二婶为省成本让刘天亮住在屋顶上的陋棚，干的是下半夜保安的活，刘天亮二话没说，毫不计较，真是吃苦耐劳。

刘天亮与子归城西医阿廖沙的相处最能凸现他的心地善良。阿廖沙被铁老鼠威胁（铁老鼠毒杀雅霍甫的毒药是从阿廖沙那里骗来的）要举报他给官府审判，被迫把毒药投在刘天亮喝的酒里，以便铁老鼠达成杀害刘天亮这个见证自己犯罪的证人的目的，刘天亮也没因此记恨阿廖沙医生。虽然阿廖沙不是中国人，而是洋人。阿廖沙被迫从子归城出逃，在阿山前线附近渡河时被枪击中腿部，差点死在河里，刘天亮及时伸出援手救了他。哪怕阿廖沙不堪心灵折磨，坦白自己往刘天亮酒中投了毒药，刘天亮也没怨他斥他，他明白阿廖沙是被迫的。后来阿廖沙的伤腿无法保住，必须铡掉伤腿防止感染破伤风以求保命，如此残酷的事无人愿做，也是刘天亮站出来做。别以为这是刘天亮心硬，他只是为了救阿廖沙；实际上刘天亮把铡刀用劲铡下时，他的脸是转向另一边的，因为不忍心看这血淋淋的场景。阿廖沙捡回一条命后要举家回国，临走前他要把自己积蓄的 50 两银票馈赠给刘天亮，以感谢他的救命之恩。但刘天亮知道阿廖沙医生刚失去了一条腿，正在艰难处境中，拒绝了阿廖沙的赠礼，哪怕他是一个相当爱财惜财的人。刘天亮反而叮嘱阿廖沙要自己保重。

此时的刘天亮虽然地位低下、辛苦谋生、经历坎坷，却又是一个如此实诚、懂感恩、淳厚善良、吃苦耐劳的好人，这给他的形象增添了魅力。人的美德永远是最宝贵的财富，也最能散发迷人的光芒，尤其是当美德的高洁与人物社会地位低形成明显反差时更是如此。这应该就是刘天亮吸引云朵，两人产生感情，最后结成夫妻的最重要因素吧。

从刘天亮熟悉马、善驭马和热爱马来看，他应该本是西部农村掌握一些技术的青年农民。只有长期在农事里与马打交道并深知马对农业的重要性的人，才能培养出善驭马的本事和对马的热爱。小说里写刘天亮是"车户出身"。这是农村里的一种职业。如果不是善驭马，他遭遇哥萨克骑兵时就无法逃脱，只能枉送一命。在红鬃马死前的那一夜，虽然刘天亮屁股被骑兵开枪打中的地方开裂流血，仍然不离不弃地陪了红鬃马一夜，陪它走完生命最后的路程，并且流下了眼泪。刘天亮善良的心地和对马绵厚的感情，为他的形象增添了夺目的光彩。

（二）酒坊创业者

1. 创业者的气质：敢梦想，勇实践，目光远，讲诚信，有策略

一个久挂树上的陶罐里的黄米在大自然的造化下发酵成酒，这事对刘天亮的启迪颇大，再加上他看到钟爷有一本讲酿酒工艺的《如匠酒经》，让他找到了自己奋斗的方向——造酒。这是一次创业，也是刘天亮命运的一个转折。只有心怀梦想的人才敢在遭遇一系列坎坷的情况下还能点燃创业的心灵之火。毕竟刘天亮没酿过酒，他的创业团队里也没人有酿酒经验，而且他也没有太多的本钱，一旦创业失败，刘天亮必然变成赤贫者。所以这次创业是一次奋斗，是一个试验，同时也是一场冒险。正因为如此，才让读者看到刘天亮的生命爆发力。

最初的创业团队就由刘天亮、云朵与迎儿几个人组成。他们依照《如匠酒经》着手试验，居然慢慢摸到酿酒的门道，还卖出了最初的一批产品，鼓舞了创业的精神。没想到他们立即遭遇迎头打击——沙枣梁子钟刘家酿酒的名声刚打响，蒙面土匪就上门劫掠，造成初创的酒坊的重大损失与对他们的精神打击。刘天亮当时不在家，回来得知此事而暴怒；如果他在场的话，恐怕会操起菜刀与土匪拼个死活。然而蒙面土匪已远遁，刘天亮也无可奈何，只能想着如何修筑围墙保护自家。但意志坚定的刘天亮不打算改变经营酒坊的人生计划。

创业难以单打独斗，为此他发展了自己的造酒团队，新成员是他在黑沟煤矿的把兄弟独眼龙，还有来参加筑围墙的跟三等人。独眼龙参与过黑沟煤矿因俏红被矿警抓而引发的"骚乱"，最终被煤矿开除，流浪在外，因此得以参加刘天亮的事业。

在酒坊创业计划驱动下，刘天亮潜藏的商业才华开始崭露头角，尤其是他能敏感地抓住发展时机，趁热打铁进行购房谈判。因为知道何砣子家井水好，有利于提升所酿之酒的品质，所以在得知何砣子挂牌卖房的消息后，刘天亮不顾云朵的反对，坚决要买进何砣子的宅子。可以看出此时刘天亮作为农民创业者的目光深远，其商业直觉超越云朵姑娘。或许这是刘天亮的野心比云朵大造成的吧！在与何砣子洽谈购买何的宅子时，刘天亮初步展现了谈判能力，给出的价格诚意十足，又坦言因创建酒坊支出颇多，无法给足 1000 两银子，并建议何砣子可以参股酒坊以获取日后分红。当何砣子答应考虑并

要求刘天亮不得再与别家谈时，刘天亮并没有因为占了优势而言语冲撞何砣子，而是答应下来。最终何砣子答应先收取600两银子急用，其余的银两入股酒坊。

这时的刘天亮开始发挥商业潜能，比之以往站到了更高的人生阶梯上。刘天亮与海黑子的购房谈判也很成功。海黑子因姨太太被一个哥萨克骑兵奸污而将其杀死，可能惹上杀身之祸，便急于脱手房子、搬离子归城避险。海黑子的宅子就在何砣子宅子边上，价格又很低，是千载难逢的好机会，有利于酒坊扩大经营规模。刘天亮及时抓住了机会，对海黑子也表现出了诚意与策略，一方面肯定了海黑子房子好，价格很便宜，另一方面有策略地表示哪怕是远低于市价的价格，自己由于创业花费大，资金不足，难以全部给付。双方态度友善敞亮，最终海黑子由于急于从子归城脱身，便以低廉价格卖了房子。刘天亮立即吩咐员工将骑兵的尸体丢到城外野沟喂野狗，还有情有义地埋葬了海黑子的姨太太，立了墓碑。此时的刘天亮爱憎分明，做事讲究情义与信用，这个性格侧面无疑是闪亮的。而且这种性格不但于普通人而言是可贵的，对于一位农民企业家更有特殊的价值，使他更容易在商海里树立口碑，让自己企业的根扎得稳实。

2. 酒坊的经营：坚韧倔强、血性反抗、品牌创造与要小聪明

当酒坊因在城里买到何砣子与海黑子的房子而具备扩大生产规模的条件时，刘天亮果断地把酒坊从沙枣梁子迁到子归城里，这样既能扩大生产，又杜绝了土匪打劫的危险。唯一不足之处正是云朵所担心的：城里的合富洋行正到处捉刘天亮而未果，酒坊办在城里会使刘天亮的安全受到威胁。胆大的刘天亮以皮斯特尔被抓，铁老鼠"勺了"等理由说服了云朵，还发展了团队新成员、把兄弟"二锅头"，在城里大干起来。此时的刘天亮颇有创业者的范儿，朝气蓬勃，内心蕴藏无限的能量，成为酒坊发展的中枢和精神领袖。在这点上，云朵是比不上他的。刘天亮主动进取，而云朵冰雪聪明，但主要是在局势不利时被动地发挥智慧潜能。

创业没有平坦路。二锅头虽号称出身于汾酒祖地"杏花村"，却没有显示出酿酒的本事，把酒酿成了醋；但碰巧是精品好醋，畅销得很，好不容易才扭转了出师不利的被动局面。刚喘口气，酒坊又摊上更大的事：山西会馆的首领山西王是"理门公所"帮会头子，说刘家酒坊做生意戗了他的行——也

就是没去拜山西王的码头寻求他的同意和保护，违反了子归城的社会潜规则。于是他们公然上门闹事打砸，把刘天亮打得昏死过去。这件事来得突然，酒坊的众多员工不巧都在外有事，刘天亮寡不敌众，吃了大亏。还是神拳杨公义在驼二婶劝说下，带人出面保下刘天亮。这次危机是刘天亮发展的一个大坎，但也充分显示了他坚韧不拔的倔性子和反抗到底的勇气。第二天山西王带人到酒坊，以为刘天亮会乖巧地道歉。没想到浑身是伤的刘天亮端了根铁铲守在酒坊门口，要和山西王的人拼命。面对强权势力，处于弱势地位且又有伤在身的刘天亮不但不低头，反而要与帮会势力玩命。他的血性和勇气令人赞叹！笔者可以断言，如果社会底层人人都有这般血性，帮会势力又如何能如此嚣张？正因为惧怕强权者多，所以血性与反抗的勇气才会显得可贵，值得赞美，才被认为是维护人的尊严的正义举动，这样的性格才被判断为具有美的价值。

由于外来势力大头领、姚记珠宝行老板姚大麻子急于在子归城立威，跳出来搅山西王的局，刘天亮才暂时躲过此次危机。

当姚大麻子与山西王两大势力流血拼斗以后，他们的"和平会谈"并没有酒坊主人刘天亮的参与，却极严重地损害了刘天亮暨酒坊众股东的利益。刘天亮由于急于创业曾向姚大麻子情妇赵银儿以高息借款，以酒坊全部产权及设备为抵押（包括两所宅子）。此时不但被赵银儿剥夺了酒坊全部产权，而且还被判资不抵债，众股东要依照股份承担债务。这是酒坊最大的危机，导致独眼龙、二锅头及其他酒坊员工风流云散，酒坊好像要就此夭折了。

而不甘心也不屈服的刘天亮马上成为告状专业户和子归城的诉讼名人。他连续5天上县衙门告状，还在县衙门口抢关刀。庸官金丁判刘天亮败诉。黑肚子、犟板筋、倔驴脾气的刘天亮岂会低头认输？这是他人生中最重要的一场奋斗，孤身一人的他敢在县衙里骂金丁县长是昏官；为拿到产权证据证明自己拥有酒坊产权，他愿装疯让把兄弟二锅头从赵银儿处偷取借据。哪怕庸官金县长不承认刘天亮的产权证据（借据），刘天亮也不放弃。认输就不是刘天亮，心怀理想、坚韧不拔以及令人惊叹的耐挫力是刘天亮重要的特点。正是有这样的性格，刘天亮死也要告状夺回酒坊，子归城不行，他就跑到省府迪化通过诸葛白上诉，而他边在迪化打工边等待转机。终于，嚣张一时的姚大麻子被不知名的地头蛇仇敌暗杀，闻讯后，刘天亮揣着省府杨都督的批示件，与云朵一家凑齐资金向赵银儿赎回自己的酒坊，重新开始酒坊的事业。

这样的事只有刘天亮这种性格的人才能干成，也只有能认识到刘天亮价值的云朵一家人才能不遗余力地支持刘天亮。重新拥有酒坊的刘天亮此刻才记起自己有一本《如匠酒经》，之前在沙枣梁子酿酒成功就是依照《如匠酒经》记载的步骤做的。刘天亮把《如匠酒经》交给二锅头和独眼龙去研究，一点也不藏私，不顾忌二锅头或独眼龙学成酿酒技艺后也出去经营酒坊，会给自己的子归城独家酒坊的地位造成严重的打击。哪怕刘天亮已经创业当酒坊老板了，他仍然是一位实诚的人。虽然他深知把兄弟二锅头不太靠谱，毛病不少，他只是把完本的《如匠酒经》也给了独眼龙一份私下研究，希望独眼龙也能掌握酿酒技术，不让二锅头专美。有了《如匠酒经》后，二锅头与独眼龙充满热情地尝试酿酒，加上何砣子宅子里上好的井水，刘家白酒这款丝绸之路上的名酒终于横空出世，打响威名。刘天亮终于扬眉吐气了！

应该说，刘家优质白酒的诞生，是刘天亮和独眼龙、二锅头三个人的共同功劳。刘天亮是酒坊领路人，他的商业眼光连云朵都无法比较，更别说独眼龙与二锅头。刘天亮的品牌追求驱动着独眼龙与二锅头的试验积极性，加上原何砣子宅里那口井的优质井水，刘家优质酒才得以酿造成功。但二锅头与独眼龙也功不可没，他们是疯狂试验的酿酒师，尤其是有优秀酿酒师的潜质的二锅头，他的人格缺陷固然比较多，但对酿出优质酒的贡献也很大。

于是，在刘家白酒香飘丝绸之路、行销走俏之际，刘天亮自然顺应市场，屡屡提高酒价，赚了个心旷神怡。甚至他还想赚更多，耍小聪明的他策划了一个特殊行动——放风声引诱各地酒料商到子归城赚热钱，然后把酒料价格压到正常之下，使成本超乎寻常地低廉。岂料酒坊员工跟三不满老板待他不好，泄了底。一时酒料商们怨气冲天，纷纷指责刘天亮，并要求提高料粮购买价。犟驴子刘天亮铁了心，硬不提价，坚决扛住众酒料商的强大压力，最终是刘天亮得逞，实现了超低价买进料粮，压低了刘家酒的生产成本。为此，既遭受经济损失，又觉得尊严受损的孟托与刘天亮成了死对头。

在此事上，刘天亮的倔强与耍小聪明一体并存，同时表现。作为身具多面性格的刘天亮，这样的表现实属正常。一方面在生活中他待人实诚，甚至易遭人欺骗，比如添仓奇案中他就被皮斯特尔骗去"救人"；另一方面涉及商业营利时，他心明眼亮，智慧超常，竟变得有点狡黠，没有脱离早年农民求实利耍小聪明的特点。只是刘天亮在酒坊经营与创造品牌成功的刺激下，胆子肥了，把前述的特点发挥到了极点。他想法应该是"爱卖不卖，随你"，但他没检讨是自己靠讲假话使计策，才诱导那么多料商蜂拥子归城的。这确实是刘天亮人品上的瑕疵。刘天亮的精明算计还不止这处。他曾花费5两银子向独眼龙买断一个故事的知识产权，即"向哥萨克讨要酒钱"的真实故事。5两银子在当时当地也算是一笔不小的钱，就为买一个故事，他还命酒坊员工在酒坊门口宣讲这故事。这说明在"古城春"这一名酒尚未打响名号之际，刘天亮作为酒坊创业者，已明白口碑对于企业发展的重要性。他宣传这故事，无非是以此证明自己的酒好，连哥萨克也喜欢他的酒；因为酒好，所以他敢去向蛮不讲理的哥萨克讨要酒钱。

3. 魄力与眼光

作为企业领导人，刘天亮富有魄力，眼光深远，当他的资金花得差不多了，他胆敢以海黑子的房契为抵押向神拳杨借钱来发展生产。在这点上，所有酒坊股东和酒坊员工，无人比得上他。甚至为了拓展酒坊业务，他跑到省城迪化找到参加多国交易会的大商人马四海，在衣袖里谈妥1000条篓酒的价钱，并收了三成定金，为企业带来充沛的现金流，奠定了酒坊发展的根基。这样的魄力与眼光，在子归城底层人乃至小商人中，无人可以比肩。可以断言，若非哥萨克骑兵入侵子归城燃起战火，在刘天亮带领下，刘家酒坊将驶上企业发展的快车道。

4. 行善救人

诸葛白在子归城遇险时，连夜驾马车出逃。刘天亮知道诸葛白是好人，又见驾车的蒋干车技太差，主动上去帮忙驾车，把诸葛白连夜送出了险地。这也导致了他在子归城的"失踪"。刘天亮连夜送诸葛白回迪化，对他来说只是顺势而为，不然心里硌得慌。一个如此心善的人，遇到可救的人不可能袖手旁观。当时刘天亮心里没想太多，可理解为是基于道德水平所做出的自然反应。

当哥萨克骑兵入城后，大街上危险程度显著上升。刘天亮守在酒坊门口，坚决不让员工出门。这就是老板保护员工生命安全的果断措施。刘天亮甚至下令挖地道，他考虑到有了地道就多一条逃生的路。当独眼龙自告奋勇送药酒去契阔夫处时，刘天亮也叮嘱他先顾好生命。刘天亮的心地善良是有回报的。多亏这地道，以及后来云朵下令挖的地窖，后来成为云朵保护酒坊、保全产品不可缺少的处所，酒坊才能完成与马四海的交易。

刘天亮心善，这是他最根本的品质之一，从小说中能比较容易地感受到。而他作为企业领头羊，从他的行为上也能看得出来。但他的那些高超的、可贵的商业思想与才华（不包括传假话故意严重压低料粮价格），夹杂在他的黑肚子与犟驴般的言行中，确实不那么容易发现。因此在近百篇评论《子归城》的文章中不乏有人称赞刘天亮酒坊创业、酿造名牌酒的表现，却几乎无人评论刘天亮的商业才华。

（三）子归城的战斗者

刘天亮自从踏入子归城，就没断过斗争。比如在黑沟煤矿，刘天亮那一嗓子呼喊激起矿工们的"骚乱"，因此救了俏红。那也是一种斗争，只不过没有采取武斗的方式。后面刘天亮花20两银子买了一支枪，准备彻底解决皮斯特尔，因为皮斯特尔准备报复得罪他、害他被抓的人。这时刘天亮的反抗性已提升到新的高度。残酷的社会现实告诉他，这社会已经变成弱肉强食的社会，谁不敢斗争，谁就得承受痛苦的欺侮与压榨。刘天亮作为善良的人，不会主动去欺压别人。相反，他一直在承受欺压乃至追杀。他的斗争性的觉醒是一件好事，可以让他更有效地保卫自己的尊严与家人的合法利益。

1. 报仇与担当

花朝事件中，云朵的妹妹迎儿去看热闹，混乱中不幸遭到哥萨克骑兵巴索夫的污辱，迎儿的精神被摧残殆尽。刘天亮怒火万丈，无法容忍这样的事情发生，抓起自己买的毛瑟枪，准备去找哥萨克骑兵拼命。反倒是受害者的姐姐云朵在悲愤中还保持冷静，明白刘天亮这样只能白白送死，于事无补，所以劝阻了刘天亮。

其实刘天亮何尝不明白单枪匹马去找骑兵报仇，只能送掉自己的一条命？只是那个时候刘天亮怒发冲冠，无所畏惧，悍不怕死。刘天亮对亲人就是这么好，亲人受辱，他愿为亲人报仇，哪怕会为此送命。这不仅仅是性子倔的表现，更是他爱憎分明的外显。这种强烈的爱憎感情，当然不是非理性的极端思维导致的，而是基于对人的尊严的维护和对人的生命价值的守护。

虽然在云朵劝阻下，刘天亮暂时放下直接找骑兵拼命的念头。但是，为亲人报仇的念头他始终没有放下。就是在这念头的驱动下，刘天亮在混乱中盯上了污辱迎儿的巴索夫等人，以迷幻酒让他们失去抵抗力，然后干掉了他和其他几个骑兵，并把这几人的尸体吊到城墙上。这就是刘天亮，犟头犟脑下潜藏着血性，在亲人受侮辱的巨大仇恨驱使下，他的血性完全燃烧，难以遏止。

报仇当然是正当的，但尽管当时两边杀气冲天、武装对垒，把尸体吊到城墙上还是比较欠考虑的。刘天亮没考虑到激怒哥萨克骑兵的后果。骑兵本来就行事凶悍血腥，这种死后悬尸的举动只能激起骑兵更加凶悍和更加血腥的报复，使他们加紧进攻子归城，子归城一旦被攻破，民众将遭受更加惨重的损失。

刘天亮将骑兵尸体吊到城墙上后，为逃避哥萨克骑兵的报复躲出城去。他路上遇到一位尼姑黑牡丹，听了黑牡丹一席话后，刘天亮才明白他的行为将祸延无辜的子归城民众。惊醒的刘天亮立马赶回去，站在两方对垒的战场中间，坦承就是自己杀死巴索夫等人的人，这一刻他一人做事一人当，绝不连累子归城无辜民众。他有为此献出自己生命的精神准备。

一人做事一人当，这既是讲义气，也是有担当。刘天亮也是凡人，当时凭一股血勇之气把巴索夫等哥萨克骑兵杀了为迎儿报仇。杀完之后他也知道哥萨克骑兵肯定要报复回来，而且肯定是非常血腥的。回归理性状态的刘天亮知道自己正面杠骑兵是会完蛋的，他也不是完全不怕死，所以才会避出子归城外。而一旦明白自己躲了，子归城民众却躲不过，他便意识到自己应该回去领受这份责任，或者说承受即将到来的骑兵的残酷报复。只有两个选择：要么逃，要么死！刘天亮一开始选择逃，后来选择死。

在这段情节中，作者并没有对刘天亮进行言辞渲染的夸赞，只是冷静地描述了经过，却已经成功地塑造了一个英勇的男子汉的形象。这个形象充满阳刚之美，正气凛然，义薄云天。这是因勇于担责而主动赴死，是多数人做不到的，也是动人的。

2. 战斗不息

刘天亮在拼命挣扎反抗中被吊到城墙上，差点被契阔夫所杀，侥幸获救才捡回一条命。骑兵并非仁慈，只是怕杀了刘天亮后找不到攻城的借口，才暂留着刘天亮的命。

骑兵"老白俄"半夜放跑刘天亮。不知死里逃生的刘天亮有没有后怕，反正他一直抱有高昂的斗志。斗志一方面来自迎儿被污辱的仇恨，另一方面来自与全城官民同仇敌忾、保卫自己的家园。作为甲长，他受命率人守卫南城。经过连番战斗与奔忙，到天亮他已是累极，吃饭吃一半便睡倒。这位对自己的酒坊极度上心的汉子之后到酒糟房看酒，又睡倒在里面，其疲惫程度可想而知。但是，如此疲惫的他也绝不会拒绝战斗。睡醒听酒坊伙计跟三说东城告急，刘天亮抓了一把铁叉便要赶去东城参战。因为没赶上东城血战，刘天亮心里不自在，但其实没人责备他。这是什么心理？这绝对是主人翁心理。面对哥萨克骑兵的血腥入侵，此时的刘天亮已经把整个子归城当作大家共同的家园，把自己当作家园主人，所以虽然守卫南门是县长诸葛白交给刘天亮的任务，缺席东门之战并非是刘天亮的过失，他却感到不自在，好像自己因睡觉而未尽该尽的责任。

刘天亮曾拥有的枪早弄没了。这个晚上他又花大价钱向陈老三买了一支毛瑟枪和10盒子弹，准备参加保卫家园的战斗。花自己的钱买设备打仗，这不就是中世纪欧洲贵族骑士的表现么？刘天亮这个黑肚子、倔驴、子归城中的奋斗者，如今居然把自己升华到贵族战士的精神高度，大义凛然地奔赴东门参加战斗。

芒种那天，哥萨克骑兵来犯，刘天亮带枪到东门请战。请注意，是"请战"，是不请自来要求参加战斗。于是他承担了东门城门闸门升降的责任。但终究东门没守住。刘天亮在涝坝上泥水中与两个骑兵进行搏斗，打得那叫一个激烈，浑身沾满泥水。这一仗中刘天亮是好样的，没让凶悍的骑兵占便宜。刘天亮的结拜大哥独眼龙的惨死，让他对骑兵增添了旧恨新仇。没歇多久，刘天亮要为独眼龙报仇，又参加了俏红的"斩首突击队"。斩首的设想挺好，是先进战术，但需要强大实力支撑。俏红的斩首突击队缺乏实力，面对实力强悍的哥萨克骑兵，突击行动完全失败了。在死伤惨重的情况下，刘天亮拼死杀出重围。这一阵，刘天亮连续投入战斗，他甚至操刀冲向骑兵队伍救回杨公义的儿子杨文登。他还在与骑兵战斗被击中头部晕倒，造成脑震荡，产生了血雨的幻觉。

从酒坊创业者到保卫家园的战斗者，刘天亮这一步走得英勇。这既是形势使然，更是刘天亮的主动选择。他连死都不怕，敢一个人站在战场中间，又岂会怕战斗？这是他作为一个实诚纯朴的子归城人的情感大爆发，也是他作为酒坊创业者对侵略者的回应，更是一位家园主人在尽自己保卫家园的责任。当然，也是刘天亮人物塑造发展到新高度的表现。

3. 气质与胸襟

战斗并非刘天亮在此阶段唯一亮眼之处。作为性格具备多维度多侧面的人物，刘天亮在紧张而危急的战斗时期，表现出了独特的气质，即他与酒的特殊关联。虽然他因为参加保卫战而累极，累到吃饭吃一半便睡倒，但一醒来就跑去酒糟房查看酿酒情况，结果又在那里睡倒。独眼龙酿造"勺娃子酒"成功后，兴奋至极，抱着勺娃子酒冲上大街，不幸遭遇骑兵攻进城来，惨死在骑兵的枪弹下，勺娃子酒也与鲜血一起抛洒在大街上。因脑震荡而迷迷糊糊的刘天亮感觉到子归城飘荡的酒味中有独眼龙的生命气息存在，迷迷瞪瞪就走回了酒坊。

这种下意识的行为泄露了刘天亮心灵最深处的秘密：创建酒坊是他最重要的生命追求，是他谋求改变命运最主要的寄托。由此也可看出，本质上他是一个爱好和平的人。成为一名英勇的战斗者不是他的初心，那只是他对黑暗势力残酷压迫的回应罢了。在得知投降骑兵的二锅头死在酒坊井里后，刘天亮跳起来，生气地喊道：我们的酒毁了！因为酿造高质量的酒，离不开优质的水。在这件事上或许可以责备刘天亮的人道主义精神还稍有欠缺，他没为生命的逝去悲叹。虽然二锅头有过多次背叛的行为，虽然当大多数人在浴血奋战时他还打着投降的名义去找契阔夫商量钟爷出殡的事情，他的死还毁了酿酒的优质水源；但是毕竟他也是酒坊的股东与酿酒师，对于酒坊也是有贡献的。疾恶如仇又挚爱酿酒事业的刘天亮因此跳起来，细想一下并不奇怪。在云朵即将携一马车财产撤离子归城时，刘天亮还交代她记得把酒坊招牌一起带走。刘天亮对酒坊的深厚感情和他身上的与酒相关联的独特气质可见一斑。

刘天亮成为酒坊老板后，又经历了保卫家园的浴血战斗，胸襟更为开阔，气度也更为弘远。这里面最突出的表现是他善待孟托。孟托在被迫卖料粮时感觉自己的尊严受到了刘天亮故意压价行为的伤害与侮辱，对刘天亮产生了极大的恨意，暗中想象了数十种杀死他的办法，可以说恨已入骨。虽然说起先是刘天亮的错，但孟托的反应也过于极端。孟托在北门参加战斗被打伤了眼睛，是刘天亮不计前嫌，把孟托背到孟长寿的医馆治疗。之后刘天亮又把孟托带回酒坊养伤。孟托伤好后要回老家，刘天亮还想送他一匹马好走回程。

他俩是不共戴天的仇人，只因为保卫子归城，抵抗骑兵，成为同一阵营的人。孟托从头到尾都没有说要与刘天亮和解或者原谅他了。刘天亮却没计较那么多，他已经把孟托视为保卫子归城的战斗英雄，他的行为就是在向英雄致敬，他愿意帮助英雄，哪怕他们的个人恩怨尚未和解。一个胸襟开阔的人，自然把民族大义摆在第一位，而个人恩怨退居次位。从心地纯良到民族大义为先，刘天亮迈出的这一步何其之大。这既是民族大义，也牵连着深厚的民间道义。在经历了那么多事件后，这二者已经在刘天亮身上融为一体了。单讲一样，似乎不够。一个从民间底层走出来的创业者、战斗者，当他登上民族大义的台阶时，他是带着民间道义登上去的，二者并不矛盾。也只有从这个角度，才能真正感悟这时的刘天亮的神采。

得知诸葛白县长统帅的靖安兵要去沙漠寻找意外失踪的云朵母子，刘天亮立即将六匹马送给靖安兵。于是刘天亮的八车财产只剩二车运得出去，其他的六车财产只能抛置在子归城。这些财产不是大风刮来的，是刘天亮作为老板与员工、家人共同奋斗许久才积累下来的。当时子归城毁灭在即，这些财产若保全下来，将是刘天亮将来择地再起事业的资本。但刘天亮心中万般担忧云朵母子，所以当靖安兵去沙漠寻找云朵母子需要马匹时，刘天亮二话没说便主动把马匹送给靖安兵。六车财产无法带出去，可他没有任何心疼的表现。这是因为云朵母子在他心中是排在第一位的。若不是他受命带领子归城商户民众经由西戈壁逃生，刘天亮绝对会亲自去寻找云朵母子。在子归城最后寻求和平之时，云朵的表现是如此的勇敢智慧，极其出众，这已被诸葛白县长的大力夸赞所证明，她是刘天亮最记挂的亲人。但此时的刘天亮精神世界的进一步升华，使得他把带领子归城的一路商户民众由西戈壁逃生摆在寻找妻子云朵之前，毕竟带领众人逃生的这副担子更重大。

刘天亮的胸襟与气度经战火的高温烘烤，呈现了精粹化的倾向，即由大胸襟、大气度自然地表征出极具个性的大我，他毫无怨言地接受重大任务，作为最惜财的人把财产也放在次位。他带众商户走西戈壁，而把二车财产交由狗剩、孬娃子这两位酒坊员工送到老轮台等候云朵母子，刘天亮还特地交代这二位员工，生活缺啥，尽管从这二车财产中取用。

云朵之前曾对刘天亮说要找到阿廖沙还钱，因为在刘天亮救了阿廖沙以后，他离开前把50两银票给了刘天亮。尽管刘天亮不要，阿廖沙也硬塞给他。如今刘天亮已有经营酒坊积累下的资产。当刘天亮完成带领众商户经由西戈壁走出去的任务后，又带领驼队赶到伊犁霍尔果斯口岸完成与马四海约定的交易，获4盒金砖为尾款（早先收过对方三成定金）。刘天亮马上用3盒金砖与跟随的员工伙计结算工钱路费，自己手上仅剩一盒金砖。这个东家此时气度大得很，与众多员工伙计分手在即，从此天各一方。若是未经历子归城毁灭前与骑兵的最后血腥一战，刘天亮给钱未必能这么大方。这个惜财出了名的人曾在沙枣梁子祭拜老白榆树时遇到骑兵，在紧急时刻，他临脱逃前还想着收拾祭品，还是云朵喊他不要东西了，快逃。可如今，战火中一条条人命丢了，一个个熟悉的人没了，活下来的他气质已迥然变化，变得对普通员工结算工钱也大方得很。之后，他带着葱头与跟三这二位员工和剩下的一盒金砖奔赴拱宸城去找阿廖沙。到了拱宸城，阿廖沙夫人说阿廖沙医生已死。事情到此本可结束：刘天亮有情有义，找到了阿廖沙夫人，给她和孩子一笔钱就够意思了。可是，刘天亮竟然突然念旧了，看着阿廖沙留下的孤儿寡母，他人道主义情怀澎湃，决定护送阿廖沙夫人母子及阿廖沙的棺椁回他的俄国家乡。为此，刘天亮又慷慨地拿出仅剩的一盒金砖给当地的陈县长，让他贿赂对岸的官兵，在没有过境手续的情况下把阿廖沙夫人母子及阿廖沙的棺椁送到了家乡。这种义举，说是义薄云天也不为过。代价也极为巨大，刘天亮和葱头、跟三在俄国适逢政治形势巨变，他们被迫滞留，甚至参加红军去打仗。8年后，他们才有机会回国。这8年时间里，云朵望眼欲穿，收不到刘天亮丝毫消息，渐渐心灰意冷了。幸好刘天亮历尽千辛万苦终于回来团聚了。刘天亮以500只羊的最高档次的聘礼，为云朵补办了婚礼，圆了她作为女人期望有一个风光的婚礼的梦想。

　　至此，一个多维度多侧面，具备发展性的人物性格刻画完成了，中国当代小说新增了一个内涵极其丰富，性格极为鲜明多样，审美价值相当重大，具备唯一性的人物形象。

二、"类结构人物性格"等艺术手法

　　刘天亮的性格特点及其审美意义上文已做了分析。这样的人物性格是作家创造出来的。那么，作家是如何创造刘天亮这个意蕴万千的人物形象的呢？

从微观的角度看，创造刘天亮形象的方法很多。总览众多塑造刘天亮的艺术手法，我们可以发现，作者能成功塑造刘天亮，下面几点不可忽略。

（一）类结构人物性格

这小标题的意思是：刘天亮由于性格呈现多维度多侧面，形成类似性格结构的塑造。这个结构分为里层和外层，里层是核心层，呈现的是顽强、实诚善良、进取、勇于反抗等性格特点；外层是衍生的或紧密关联的特点，呈现的是知恩图报、慷慨、倔强、粗俗、自尊心高、吃苦耐劳、有理想、有魄力、目光远、机敏、狡黠、惜财、义气、有担当、英勇等特点。

里层的性格特点，承载了刘天亮在人生道路上跋涉的基本品质，奠定了这个人物形象的主要内涵。

外层的特点，进一步拓展了里层性格的形象表现，或者和里层相结合，进一步完善人物性格的构成。

1. 里层

顽强，来自刘天亮的生命力，是他旺盛的生命力的表征。没有顽强的生命力，刘天亮一开始卷入铁老鼠谋杀雅霍甫的旋涡里，可能就无法逃脱了。没有顽强，刘天亮被金丁下令关在县衙球形地牢里个把月，饿个半死又出不来，早就崩溃了。旺盛的生命力使刘天亮顽强，顽强又使他敢于面对诸多人生困难，勇敢前行。

实诚，是没受多少教育也未接触新文化的乡下人常具备的品质。刘天亮也一样，因为朴实，所以待人实诚，没有虚伪的言语，也容易轻信人而被人欺骗。在添仓奇案里，他就被皮斯特尔所骗，要去救柳芭，差点陷入皮斯特尔的圈套里。海黑子以远低于市场的价格卖宅子给刘天亮，刘天亮就埋葬了海黑子的姨太太，给她立了墓碑，实实在在地回报了海黑子的善意。善良更是人世间最宝贵的品质，也和人生长的环境有关。刘天亮的善良是极突出的，在双喜的坟前，他会因双喜的悲惨遭遇而流眼泪。阿廖沙是被逼在刘天亮的酒里下毒的洋人医生，可刘天亮面对阿廖沙的人生困境，却伸出了援手。后来更是拿出自己仅剩的一盒金砖贿赂官员，不远千里送阿廖沙夫人孤儿寡母回异国家乡。对视自己为死敌的孟托，刘天亮也在孟托参加战斗受伤后善待他。在这点上，刘天亮与云朵是绝佳良配。如果云朵不是心善，又岂会救这个晕过去的黑瘦小个子？

进取也是刘天亮相当突出的性格特点。因为进取，他才会从秦州远赴子归城，想找驼二爷打工，寻求发展。因为进取，他才会在黑陶罐里的小米变成酒的启迪下，在看到钟爷的《如匠酒经》后，找到人生的突破方向，产生了创业的理想。试验酿酒，购买设备，组建团队，购买新宅，搬迁，招股……热火朝天的创业却遭遇山西王打砸破坏的巨大挫折和被赵银儿夺走全部股权的意外打击。若是一般人，早就熬不住了。可刘天亮是性格顽强之人，无论面对多大的困境，他都绝不放弃，死扛到底，想尽各种办法，锐意进取，终究走了出来，成功打造"古城春"这一丝路名酒。甚至他的好兄弟独眼龙也成功酿造"勺娃子酒"。刘天亮人物性格的光芒，和顽强、进取的性格特质绝对分不开。而这两点，对当代的年轻人尤其是农村出身的年轻人，也有很大的启发。

勇于反抗，作为刘天亮的类结构性格里层的重要特点之一，也极为重要。他如何反抗，他的斗争性、战斗性如何觉醒，他如何参与战斗，上文已经作了概述和分析。这里分析一下刘天亮的反抗性和他的顽强、善良和进取的关系。顽强使刘天亮足以在逆境中生存，善良使他散发人格魅力吸引人们（包括他的爱人云朵），进取使他激发出潜能，提升了自我，创造出属于自己的人生价值。反抗性，则是他保护这一切的锐利武器。不反抗则无以保卫善良人们的生活价值，就会使人被黑暗势力压迫欺凌，使尊严被践踏，劳动成果被剥夺，人被奴役。因此，刘天亮的类结构性格的里层的特点是相辅相成的，构成他的精神世界的支柱。

2. 外层

在刘天亮的类结构人物性格里，外层的各种性格品质基本上是内层的性格派生出来的，至少是极紧密地联系着的。

知恩图报，慷慨，讲义气，有担当等，基本上和他的善良品性有关。因为刘天亮颇为善良，所以只要别人有助于他，他定会回报，且时常极为慷慨。因为善良，刘天亮看不得子归城的好人家死去，他才会想去救郝大头，去救神拳杨，去救杨文登……狗娃子在花朝事件中身故，刘天亮交代多给狗娃家一些钱，善待他家。杀了巴索夫等骑兵又悬尸后，刘天亮逃出城又返回承担自己的责任，不就是怕连累祸延城内民众？甚至，刘天亮还成了子归城逃生民众西出戈壁的领路人。这一切都源于他的善良。

　　至于刘天亮敢借钱，敢创业，敢创品牌，以及花银子买断"讨酒钱"故事的机敏，买何砣子和海黑子的宅子时的善于谋略，通过诸葛白要回一份杨都督手谕以赎回酒坊股权的机智，乃至编造扩散故事以压低料粮价格的狡黠，"古城春"酒成功后屡次提价牟利，都是和他的锐意进取有联系的。

　　刘天亮的自尊心高，领头反抗黑沟煤矿黑矿警，敢拼命，爱记仇，敢下狠手，暗自购枪上阵杀敌，与骑兵在涝坝缠斗十分英勇……凡此种种也都自外而内地表现了他勇于反抗的性格特征。

　　在刘天亮的类结构人物性格的外层中，还有倔强、粗俗、惜财等似乎与核心性格关联度不大的特质。倔强与他的天性有关，也与顽强、勇于反抗有一定关联。而且倔强是他性格的底色，即不管是报恩，慷慨，创业，反抗……他都是倔强的，一旦定下主意，就会坚持到底。粗俗与惜财都是阶段性特质，随着刘天亮性格的发展和人生经历、阅历的丰富与积淀，这些阶段性特质起了变化。创办企业之初，刘天亮有时会粗暴地打骂工人，因为他是一个"黑肚子"。可后来带领商户民众由西戈壁逃生，他没有打骂过一个人。在他没见识的时候，把神拳杨到驼二婶家偷情误当"有贼"还喊出声，由此得罪了驼二婶，驼二婶揭发刘天亮私藏革命传单，导致他被县衙抓走。阅历丰富后这种事便不可能发生了。而他贫困阶段的惜财，后来便成了他大方慷慨的铺垫与衬托。同一个人的性格在发展中扬弃，有一些性格改变了，没了；还有一些性格发扬了，扩展了，升级了！而这样的具有情境性与说服力的扬弃，恰巧是小说艺术成功的标志之一。

　　刘天亮的类结构人物性格的形成，是作家有心的设计还是小说研读者的意外发现？我们不得而知。但至少可以肯定地说：类结构人物性格不是偶然或随意就能形成的，它与作家的创作格局密切相关。创作格局大，又有丰厚的生活素材的积累，才有可能塑造出这样的人物性格。小说人物的性格内涵要足够丰富，性格特征要足够多样，即黑格尔所说的，在艺术创造过程中人物获得越来越多的规定性，这种类型的人物性格才能立得稳。或者可以反过来说，类结构人物性格，不是轻易可以塑造出来的。这样饱满的类结构人物性格，在当今小说界应该还是较为稀罕的。或许，它可以成为当代小说的艺术衡量标准之一？

（二）事件叠加塑造

事件叠加，指的是作者将很多事件甚至是子归城中的重要事件叠加在刘天亮一个人身上，由此刘天亮的性格得到诸多展现和发展的机会，艺术地赋予了刘天亮人物性格重量。或者说，刘天亮经历的事件比别人多，性格展现与发展的机会也比别人多，那么，只要刘天亮的人物性格是自洽的、符合人物内在逻辑的，即便作家笔下其他人物的艺术独创性与他相等（比如都具备唯一性），他的人物形象的分量也会比别的人物重。叠加在刘天亮身上的事件如下：

亲历铁老鼠毒杀雅霍甫现场，刘天亮顽强逃命。

遭遇哥萨克骑兵，刘天亮头顶被契阔夫用马刀划了血十字，被逼着带路去迪化。刘天亮反抗无效，最后在路遇野驴群时猛夺老白俄一匹红鬃马，避开哥萨克追击的枪弹，逃出生天，到达黑沟煤矿。

在黑沟煤矿里，俏红鼓动支援抗击侵略者的阿山战役后被抓，刘天亮适时的一嗓子引发了矿工的暴动，并且他引领了冲击矿长办公室的行动，救了俏红等人，彰显了勇气和领头人气质。

阿山战役，刘天亮虽未参加战斗，但他在后支援，送毡筒到前线，因此救了阿廖沙医生。

在添仓事件中，刘天亮误中皮斯特尔圈套，差点死于杀手枪下，屁股中了枪，被红鬃马救下逃走，他也和红鬃马产生了一段特别感人的生死经历。

创办酒坊，与山西王的冲突，与赵银儿的股权之争……风风雨雨，磕磕碰碰，刘天亮终于创出品牌酒"古城春"。然后骑兵进城，酒坊被烧了。

花朝事件中，刘天亮救郭瞎子，砸骑兵救葱头，也是遭遇多多。迎儿遭骑兵污辱，刘天亮开始策划为迎儿报仇。

最后的子归城保卫战和子归城毁灭前的逃生之路，刘天亮更是密切参与。

刘天亮作为社会底层人，没有这么多事件叠加塑造，又怎么可能成为丝绸之路上的传奇？作者应该是经过多方考虑，才做如此安排，使刘天亮成为小说主人公。

（三）人际场域塑造

海德格尔的理论认为主体间性是主体间的共在，其中一类共在是超越性的本真共在。胡塞尔认为主体性是在主体自己的结构中被其他主体界定的，主体与客体的关系也是经由主体间的相互关系而得以确定的。刘天亮的性格及其特征，也是在与其他主体的交往中被界定的。刘天亮与其他主体互动交往越多，他的主体性越能被确认，他的性格特征就越鲜明凸显，从而达到超越性，即不断超越自己。刘天亮与其他主体交往的集合，笔者称之为"人际场域"。刘天亮的人际场域之宽，之广，之深，都是罕见的，因而其所推动和塑造的刘天亮性格也是罕见的。这得益于《子归城》宽广深厚的创作格局与情节安排。

在刘天亮的人际场域里，他首先面对的是邪恶的一方。合富洋行商约雅霍甫放大狼狗咬他，副商约铁老鼠派人追杀他，皮斯特尔先是想保护他以便拉拢铁老鼠谋杀罪的证人，后面又利用刘天亮为合富洋行打击神拳杨典当行，同时蓄谋除去柳芭与刘天亮。刘天亮也被哥萨克骑兵首领契阔夫欺压过。刘天亮还和县长金丁起过冲突，在县衙骂过县长。刘天亮因无意中得罪帮会首领山西王，遭遇到创业后第一场灾难，面临生命危机；之后刘天亮倔强地天天找上门向山西王讨要说法。形势逼迫之下，山西王竟开始和刘天亮结交了。刘天亮还和变态阴毒的赵银儿有过关于股权的重大冲突，差点导致刘天亮的企业夭折；刘天亮也和马麟打过交道，马麟诬陷他的酒毒死了人而捉了刘天亮……正是在这一系列的人际遭遇中，刘天亮的性格不断得到锤炼与发展，其顽强、坚忍、倔强、反抗等性格特征逐渐浮现。最终刘天亮成为反抗性突出的英勇的战斗者。

刘天亮在其人际场域里，和正面人物友善交往。首先是他和云朵一家人的交往。在这过程中，最初云朵是主动者。她不但和迎儿一起把晕倒在河滩淤泥中的刘天亮救回家，还花费半个时辰把他洗净。云朵的爷爷钟则林还运用独门方法，治好刘天亮中毒的腿，使他康复。后来刘天亮被哥萨克的子弹打伤，也是钟爷救了他。在这一交往中诸多细节里，刘天亮知恩图报，他的吃苦耐劳、慷慨、自尊等性格特征显现了出来。他甚至跪下拜钟则林为爷爷，自称为钟爷的又一个孙子。他知道云朵对他好，但似乎未能理解云朵对他的好感，显示出迟钝的性格。幸好云朵姑娘认识到刘天亮的本真与内在价值，让刘天亮接受她的好意，成为真正意义上的一家人。刘天亮喜欢迎儿的活泼开朗，视她为妹妹，情谊深重。这从迎儿被骑兵污辱后，刘天亮择机用迷幻酒对付巴索夫等骑兵并悍然杀之就可看出。此外，刘天亮与诸葛白也有交往，甚至夜驾马车载诸葛白脱离险境，直奔迪化。

围绕创办与经营酒坊，刘天亮与独眼龙、二锅头、跟三、狗剩、何砣子、海黑子、孟托、马四海等有大量的互动交往。在诸多情节推进和细节刻画之中，刘天亮的性格发展变化明显，他的商业敏感性、策略性、前瞻性、投资胆略、品牌意识、随行就市、热爱事业、信守承诺以及小农经济带给他的耍小聪明等特质，一览无余。综合起来看，刘天亮的性格特质与个人能力确实适合做酒坊的领军人物。

在子归城的生活中，刘天亮与更多的人交往。他为驼二婶打过工，互动颇多；他借驼二婶的骆驼带驼队运毡筒支援阿山前线，因骆驼的损失反欠驼二婶 31 两银子，靠云朵卖掉自己的嫁妆首饰来偿还这笔账；刘天亮向神拳杨有抵押地借过钱投资酒坊；与诸葛白有过友好交往，救过诸葛白的命；张一德则把刘天亮从球形地牢里救出来；刘天亮向陈老三买过枪；他与洋医生阿廖沙的交往，更是奏响了一曲人道主义之歌。花朝事件中，刘天亮救了郭瞎子，还用土块砸骑兵救下葱头；他曾经碰见俏红差点被兵联的人发现抓走，刘天亮见俏红有点面熟，应付了兵联的盘查救了俏红，在黑沟煤矿也救过俏红等人……在这些交往中，刘天亮的实诚良善、乐于助人、信守承诺、英勇无畏的品性逐一展现出来。

刘天亮的人际场域对其性格塑造颇有贡献。这也是通过小说对主体间性理论的实证。实际上，事件一多，人际场域必然扩大，二者是互为因果的。这也是小说创作格局的重要表征之一。

（四）配备极具个性与标志性的语言、动作

《子归城》里，作者给刘天亮配备的个性化与标志化的语言、行为并不算多，但是给笔者的印象颇深。有两点。第一点是刘天亮唱秦腔：

> 西出嘉峪关，
> 两眼泪不干，
> 往前看，黑石滩，
> 往后看，鬼门关。
> ……

每当刘天亮喝醉酒，或遇上烦心事，他就会吼上一曲。那种特有的西部苍凉的氛围便席卷而出，让刘天亮的形象更有韵味。从修辞格来看，这是使用了"反复"的修辞方法。但刘天亮每次放开喉咙唱这种秦腔，都有情境的变化，不变的是每次都衬托了刘天亮的形象。

第二点便是刘天亮爱说"儿子娃娃"。意思是老子是好汉，老子不怂、不怕，敢做敢当。这当是秦州方言，使人物形象颇具神韵，配上相应的神情动作描写，能表现一个人骨子的剽悍。

这两点从写作技法上看，似乎很简单。但是，要找到与人物整体形象高度吻合，有助于突出人物神韵的标志性语，却很不简单。可能需要生活的积累加上创作的灵感吧！

三、刘天亮形象的文学价值

（一）刘天亮作为小说成功塑造的人物，其文学价值主要是审美价值

小说的文学价值确实主要是审美价值，但又不完全是。读者通过阅读审美过程，要理解小说人物的审美价值，主要要解决几个问题：一是美在哪里，即美的载体是什么；二是什么是美，即成功的人物性格及其鲜明特征；三是美是如何创造出来的，即作家如何塑造和刻画人物性格；四是美的品味，即小说人物性格能否吸引多数读者并给人以精神享受或感受。就刘天亮而言，他的形象即美的载体；刘天亮的性格及其特征即是美的本体；而刘天亮的性格之美即作家通过"类结构人物性格""事件叠加塑造""宽厚人际场域塑造""配备标志性动作、语言"等创作手段创造出来。至于品味刘天亮之美，则基于读者个人喜好。但至少可以这样说，刘天亮的形象值得文学爱好者反复品味。

而刘天亮的文学形象虽然也包括了其性格及特征，但其内涵比性格及特征更宽广。也就是说，并不是小说中刘天亮的全部形象内容都可以称为性格及特征。举个例子，添仓案中柳芭未死，刘天亮乘马带柳芭逃离，柳芭与刘天亮共乘一匹马，柳芭面对面环抱刘天亮，刘天亮一时发生了男人都会发生的心理与生理反应。这段描写无所谓美不美，它完全是符合人性的，却称不上是人物性格。所以，论述刘天亮形象的文学价值，不会限制于其审美性，而是在审美价值基础上，着眼于更完整的文学价值。

（二）刘天亮是当代中国小说界人物塑造的新亮点、新贡献

刘天亮的形象是当代小说罕见的塑造成功的人物形象。他从秦州来到子归城，展开一段人生新旅程，他的形象在秦州农民的底色上，又融入了大量西部边疆的新元素。从普通的底层人物向创业型人物发展，他的性格也从土气、实诚、倔强、顽强发展为罕见的多维度多侧面的有内层有外层的多元一体化性格结构。这样的人物，从开始是顽强、自尊、感恩、敢于反抗的逃生者，到后来成为敢梦想、敢作为、有眼光、有策略、信守承诺，机敏又带着农民式精明的酒坊创业者和领军人物。他的足迹遍布子归城内外，经历过的困境和灾难也足够多，光是被枪子弹击伤就至少两次，一次是哥萨克骑兵打的，还有一次是合富洋行暗中聘请的杀手打的，被洋行大狼狗咬伤腿中毒一次，被洋行追杀过，被县府捉过，被哥萨克骑兵抓过，也被靖安营抓过，还在战火中被骑兵的马砸过。刘天亮多次在阎王殿门前游荡，死神收割不了性格如此坚韧的人。他救过的人也不少，阿山前线他救下洋医生阿廖沙，花朝事件里他救下郭瞎子和葱头，他还曾夜驾马车救省府洋务科长诸葛白。当境外侵略者进犯子归城时，他积极勇敢参加家园保卫战，浴血奋战在第一线⋯⋯

他的经历和性格是如此丰富多彩，行动相当积极，却又显得自然而然，完全没有图解概念的味道和生硬拔高的色彩。刘天亮刚出场时是土气的，直到后期他依然是一口秦州腔，行为上的土气有所改变，但始终是接地气的。这是作者耗费自己的心血使用大量创作素材，经由心灵酿造而创作出来的崭新的人物形象。这样的人物形象为中国当代小说史创造新价值、新荣光是必然的，也将带给读者新的审美的精神享受。随着时间的推移和更多的评论家、读者关注这部 160 万字的巨著，刘天亮的形象也将获得更多人的喜欢。

（三）刘天亮形象带来小说人物塑造的新格局、新手段

新格局指的是刘天亮的人物性格具有多维度多侧面，内涵极丰富厚重，得益于作者塑造人物的格局大，不急于发表小说作品，不愿一两年就拿出一部作品，而心甘情愿花费 13 年心血，宁愿用光自己的创作素材积累，也要把笔下的人物，尤其是刘天亮写得饱满传神，让人物活起来，让人物的行动诠释他自身的生命路程和生命价值，带给读者精神的启迪。

作者创作的格局又来自作者的思想格局。在后面论述《子归城》人物群

像审美深度意蕴的"历史性"时，笔者指出"还原历史"是先有发现历史人物的价值，然后才有历史人物的本质性还原。同理，是作者发现了刘天亮这个人物的巨大价值，然后才设想刘天亮所具有的和可能具有的性格及特征，下一步才是人物创造的具体设计过程。新格局，也就是说作家塑造人物的格局宏大。当然，这是笔者的一家之言，见仁见智吧。

新手段，即是作家用以塑造刘天亮形象的三种手段的结合，正是上文所论述的"类结构人物性格""事件叠加塑造"和"宽广人际场域塑造"的综合使用。小说中使用了其中一种艺术手法的肯定不少，但是三种都用的可能甚少。相信小说创作者或写作新手阅读《子归城》之后，能获得小说人物创作的启迪。刘天亮的形象及其文学价值确实是值得学习的。

新手段，还指作者以魔幻现实主义的创作方法创造小说中的人物，尤其是主人公刘天亮，表现了作者对文学的雄心和追求。举个例子：山西王借口刘家酒坊卖醋"呛了行"，到刘家酒坊打砸一番，因众员工刚好均有事在外，刘天亮受伤甚重。小说里从不同视角描写了此事。第一次描写时，刘天亮被写得可怜兮兮；第二次描述时，却是在纠纷当中，刘天亮怒不可遏，先对山西王的手下朱头三动手的。多线的、多种可能的描写，迥异于单线描述的小说。作家在小说里大量使用分割叙述（即多线）、时空闪回甚至时空错乱等创作方法，凸现了魔幻现实主义的色彩。比如在描写添仓事件即名妓事件时也是如此，值得读者反复品味，也确实令人回味无穷。这也是中国小说创作学、小说文体学新发展的实际案例。

第二节　冰雪聪明的奇女子——云朵

刘天亮是《子归城》的主人公，云朵是刘天亮的老婆。云朵说过：天亮他是天，而我是云，云跑不出天的。这只是云朵个人对自己的命运的比喻。事实上，云朵的天大得很。她像子归城天空中一朵多姿多彩、无比美丽地飘动的云彩。

一、情真义切的云朵

云朵在小说里一出场，就遭遇了因奔跑逃生力竭加上腿伤毒发而晕倒的刘天亮。她和妹妹迎儿果断地一起把刘天亮运回家。此时刘天亮于云朵是一个陌生人。当时的子归城应该不流行"不要和陌生人说话",但是,如果没有一颗慈善的心灵,云朵一个大姑娘也不可能把一个陌生男人带回家治疗。云朵的爷爷钟则林虽然不是医生,却有一些偏方可解毒治疗腿伤。或许就是因为这点,加上她的慈善之心,她才会毫不犹豫地把刘天亮带回家。云朵还提水冲洗刘天亮半个时辰,才洗去刘天亮泡在涅槃河滩涂里沾上的一身淤泥与臭气。云朵的心地善良由此可见一斑。

云朵与刘天亮结缘从这里开始。她掏出自己的脂粉钱,买中草药让爷爷帮刘天亮治腿伤解毒。在云朵与刘天亮的关系中,云朵是主动的一方。这既是她的缘分,也是她的聪明之处。她是前朝退职官员的孙女,过着农耕生活,父死母逃,家族的辉煌早已消逝。而她、妹妹和爷爷一起住在城外的沙枣梁子,伴着一只大狗,交往的人相当有限。所以当她救了刘天亮,了解了刘天亮的惊险遭遇以后,因刘天亮顽强的生命力和他主动帮忙干农活对他有了好感。更主要的是云朵的眼光毒辣,在与刘天亮的初步接触中看到了他的良善本性,认可了刘天亮的生命价值。刘天亮在黑沟煤矿打工一年后归来,除了给恩人钟爷送礼,还送给云朵姑娘 10 两银子。其时云朵经济状况不是很好,却不肯收下这礼。云朵是善解人意的人,知道 10 两银子是大串汗珠子换来的,不愿让心上人破费。倒是迎儿能明白姐姐爱刘天亮,代云朵接下这 10 两银子。迎儿的举动,客观上促进了云朵与天亮的感情联系。从此,云朵主动关心刘天亮的一切,直到最后成为真正的一家人。

初到子归城的刘天亮对云朵抛来的绣球比较木讷被动,没什么反应。此时的他刚遭遇不幸,地位低下,对于知书达礼的云朵不敢有什么想法倒也正常。换作是笔者在刘天亮的那种局面下,也会对云朵姑娘的主动视而不见,装作不懂的。这种描写实际上表现了正常人性的细微之处,这是作者厉害的地方。

云朵对刘天亮锲而不舍。刘天亮去收谷,云朵等他,他装作不知道云朵在等他。云朵一把拽住刘天亮,此刻她的感情表达爽朗直接。认准了人,她没有装出羞怯的模样,她懂得对刘天亮这样的"黑肚子"过于含蓄是行不通的。云朵不但帮刘天亮洗衣服,刘天亮想出去打工时又帮他打包好衣服,临出发又交代他:别去黑沟煤矿打工,那里不时死人哩。关切之情溢于言表。

刘天亮没有听云朵的劝告而去黑沟煤矿打工，是因为骑兵追杀他，阴差阳错之下他夺得马匹逃到了黑沟煤矿，顺势打工去了。假如刘天亮得知在黑沟煤矿打工虽然辛苦一点，但一年可赚200多两银子，此时急于挣钱谋安全感的他，肯定也会把云朵的劝告抛到脑后。也因此，当刘天亮从黑沟煤矿归来后，到了云朵家门前，又踌躇不知如何解释他没听劝告而去了黑沟煤矿，终究他转身离去奔向子归城。这段描写能表明刘天亮其实明白云朵对他的感情，云朵的叮嘱对刘天亮是有着不轻的分量的，他才会为不知如何解释而发愁。这又体现了作家善于描写人的心理细微之处。

刘天亮带驼队运毡筒去支援阿山前线，损失了好几头驼二婶的骆驼，账就算在刘天亮头上。刘天亮被迫留在驼二婶的车马店里打工。是云朵姑娘看不下去，把钟爷给她的嫁妆——一对玉镯子当了，替刘天亮还给驼二婶31两银子，还刘天亮自由之身。云朵的情怀暖人，既卸了刘天亮的财务压力，客观上也为后来创办酒坊创造了人力资源条件。添仓事件后，洋人通过省府施加的压力太大，神拳杨迫于无奈，不但损失三成资产，还得让下人张福出来承担杀人责任以命抵命。刘天亮知道后于心不忍，决心去向神拳杨坦白劫人真相，看能否救张福一命。素来心善的云朵明知刘天亮此去风险极大，却支持刘天亮"儿子娃娃"去讲个明白，无非也是为了张福一条命。云朵替刘天亮把替换的衣服包好，哭得眼睛红肿，殷殷真情与菩萨心肠由此可见一斑。后续情节中，刘天亮为受侮辱的迎儿报仇，用计杀死骑兵巴索夫等人，被抓后差点死去。刘天亮被老白俄放走以后，张一德保护性地把他藏在县衙球形地牢里，自己却在外出时被害，刘天亮"失踪"三周，剩云朵一人苦苦支撑酒坊。待诸葛白县长把刘天亮放出来以英雄相待，云朵见了刘天亮，扑进他的怀里又哭又叫，大大释放了郁结在心中的思念之情。情真义切的云朵就像子归城的一块宝石，晶莹剔透，绽放光芒。

二、机敏警惕的云朵

钟家对刘天亮有恩，但云朵没有把刘天亮拴在家里报恩的想法。这是明智而大气的，挟恩自重，不符合中国传统文化的信条。云朵比刘天亮厉害的地方在她比刘天亮机敏得多，对于周边环境中隐藏的危险更有警惕心。从刘天亮被追杀中，她明白事情没那么简单，刘天亮的危险并没有过去。尤其是合富洋行通过何砣子发出对刘天亮的有偿通缉后，云朵更加关心刘天亮的生命安全。

云朵是第一个对铁老鼠替刘天亮写的信起疑心的。这信是铁老鼠嘱咐刘天亮带去黑沟煤矿的，信中交代索拉西见到刘天亮后把他彻底处理掉。云朵没拆信封，不知信的具体内容，但起疑心后她就把信藏起来。幸好如此，否则刘天亮一到黑沟煤矿交上信，立刻就得完蛋。云朵知道自己家的雇工孕老汉人品靠不住，有可能去告密领偿，所以辛亥革命后孕老汉从子归城归来，云朵就不再让孕老汉进城，并让刘天亮不离孕老汉左右。云朵也反对刘天亮进城打听知县于文迪的消息，怕他遇上危险。送刘天亮离开钟家时，云朵让孕老汉驾车，不给他出幺蛾子的机会。云朵对刘天亮的安全十分上心，这既是云朵对刘天亮感情的外显，也表现了她机敏细腻的性格。

这当然是关乎情、出于爱的，也和她出生于前朝官员之家，对社会的动荡、危险有一定认识相关。云朵的爷爷钟则林在清朝时跟随入疆的林则徐大人做过事，后来在子归城做过两任知县，最后选择在子归城郊外过清静的农耕生活。钟爷之所以如此选择，肯定和清朝的政治与社会局势有关。大厦之将倾，社会乱象必定滋生。云朵生长在爷爷的庇护之下，对于社会人心的认识当然比刘天亮这个刚进城的"黑肚子"农民工深刻得多，对人也警惕得多。

在添仓事件中，皮斯特尔邀刘天亮去典当行救柳芭而导致遇险，云朵猜中这是皮斯特尔所策划的，绝对不安好心。所以云朵告诉刘天亮要躲着皮斯特尔，而不是去找他问个明白。这是真心实意地为刘天亮的安全着想。相比云朵，刘天亮完全缺乏对城里险恶人心的认识，因而不明白在利益之下的各种套路，显得淳朴傻气。这段时间里，云朵实际上成了初进城的刘天亮的保护人，这与云朵的个人感情和她的善良之心是紧密相关的。

三、纯洁善良的云朵

云朵的善良，不止针对刘天亮。善良作为人类的一种崇高品德，表现出的是一种普遍的恻隐之心。云朵在这方面的表现也是让人佩服的。

杨都督通入子归城县衙宴会斩杀马麟与金丁那夜，二锅头也被扣在县衙里，云朵一直在为二锅头的安危而担忧。二锅头虽说是刘天亮的结拜兄弟，也是刘家酒坊股东之一，同时又是酒坊酿酒师，可酒坊有难时他跑得比谁都快。他的心野，在酒坊做事也不专心，老是在外面勾勾搭搭，甚至设法破坏刘天亮的酒坊控股股东地位。这人的品性不太好，云朵多少知道。但是，一旦二锅头可能有危险，云朵还是为他担惊受怕。毕竟她是善良的人，还是把二锅头当作酒坊员工看待。二锅头在子归城的紧急关头以投降哥萨克骑兵的名义去找契阔夫联系给钟爷出殡的事情，后来在战乱时死在刘家酒坊的水井里，云朵为他的死哭得厉害。赵银儿是一个心性极其变态狠毒，策划多起流血杀人事件的女人。但云朵知道赵银儿就是当初林拐子的太太白牡丹，她是因为受尽社会压迫与侮辱，唯一的女儿玉儿被害死，才变成报复社会的变态女人的，因此云朵终究对她抱有同情。在向赵银儿揭露马麟杀害玉儿的真相以后，赵银儿的心性开始转变。云朵担心赵银儿的安全，又把她藏起来，准备帮她安全渡过子归城这段极其混乱的时期。阅读《子归城》时，赵银儿给笔者的印象非常之坏，几乎超过哥萨克首领契阔夫，她的阴毒让人有浑身发冷的感觉。就是这样一个人，云朵也愿意帮她，这很好地证明了云朵的善良品性。

林拐子，书中另一个重要人物，原本经商有起色的他因急于发大财而向合富洋行借款对赌，失败后一贫如洗，连漂亮的老婆白牡丹也输给人家，从此他恨上合富洋行，蓄意寻找机会报仇，并想找到羊脂玉枕而暴富、复兴事业。但很长一段时间里，林拐子只能摆摊代书，勉强度日。同时他装疯卖傻，掩盖自己的复仇目的，因而林拐子在子归城的社会地位也很低。这样的一个人，刘天亮在站稳脚跟后看不起他也属正常。唯有云朵对林拐子抱有同情之心。按理说刘天亮也是心善之人，也许他对于林拐子的历史不太在意，而对林拐子的邋遢形象比较在意，所以同情不起来。云朵是子归城的土著居民，之前对林拐子的命运应该有过关注，所以在林拐子落魄之后还保持着同情之心。在林拐子陷入困境后，云朵曾主动给了他50两银子去贩卖茶叶，实则是想资助他走出一条生路。这笔钱在当时是一笔大钱，尽管刘家酒坊收入不菲，但也从没大手大脚花钱。后来林拐子仅拿出一点茶叶应付钟爷，刘天亮见了就打骂林拐子，怪他花50两银子才买这点东西。云朵连忙制止他，说没有东西买贵了东家就打人的道理，其实云朵是在可怜林拐子。卜者受绥来帮会头领朱头三委托，乔装后运一车料粮到子归城刘家酒坊探动静。云朵因心善同情卜者，以正常价买了卜者一车料粮，却被刘天亮责怪，怕云朵坏了他低价购料粮的计谋。云朵骂刘天亮"狗改不了吃屎""见利忘义",气得自己到房间里流眼泪。

可见云朵的慈善之心比刘天亮更纯粹,也更细腻,这是毫无疑问的。这应该是家庭教养所导致的差异。当然,酒坊是以刘天亮为主经营,他压力更大,心肠更硬,同情心稍弱于云朵,也是可以理解的。

四、协助创业的云朵

刘天亮创办刘家酒坊,最终酿出了丝绸之路上的名酒。他的创业史,始于沙枣梁子上的钟家,即云朵的家。刘天亮创业成功,云朵功不可没。她是刘天亮创业的好助手、好伙伴。《如匠酒经》本就在云朵手里,最初的创业团队只有刘天亮和云朵、迎儿3人。他们根据《如匠酒经》试验酿酒,居然获得初步的成功,还卖出去了最初几批产品,打响了名声。

后来因为遭受蒙面土匪的洗劫,加之刘天亮抓住了扩大酒坊发展的时机,刘家酒坊与钟家一起迁到子归城内。在这件事上,因云朵重视刘天亮的安全,一开始是反对酒坊搬迁的,但最终被刘天亮说服,达成一致意见。

搬迁后刘天亮组建了自己的生产团队,云朵大方地把自己的传家宝《如匠酒经》分享给刘天亮的团队,让他们共同研究如何生产高质量的白酒。在这期间,虽然云朵的商业天赋不如刘天亮,对于刘天亮在经营酒坊上花钱大方甚至举债发展生产不是很理解,但是,她最后都支持刘天亮的决定。

出于对于刘天亮能力和人品的认可,云朵主动居于助手的位置,是她大度、为人大气的表现。刘天亮在或刘天亮行的时候,企业就交由刘天亮去折腾;而一旦刘天亮不在或刘天亮不行了,冰雪聪明的云朵就义无反顾地站了出来,顶了上去。这是云朵骨子里的自信、坚定与担当。当刘天亮为股权问题与子归城帮会组织头领山西王闹掰的时候,赌枪法赌输了,满心不甘又无可奈何。刘天亮去找山西王喝酒想套他的话,反被山西王灌了酒,把刘天亮的话套走。是云朵这位妇道人家去找山西王,彬彬有礼而又温言婉语,以山西王的枪弹误中独眼龙造成的损失说起,又分析了可能的社会影响,终究说服了山西王,赎回了酒坊股权。由此看来,说云朵冰雪聪明并非溢美之词。她的情商比刘天亮高了不止一个层次。

在刘天亮被县衙关押而"失踪"期间,子归城形势急转直下,骑兵攻进城来到处劫掠，他们军中从上到下很多人是好酒之徒，迟早会觊觎刘家酒坊的美酒。云朵智慧地预判了可能出现的局面，及时令酒坊员工挖地窖藏酒，然后在工房洒了酒，放一把火烧了酒坊的工房，以弥漫的烟火与酒香为理由，抵挡住骑兵索酒的野蛮要求。

云朵这些惊艳的手段令人敬佩。前面分析过，云朵生长在钟爷这样的家庭，具有一定的学识修养，性格总体上是温婉的，对人情世故与世道人心的洞察比刘天亮高得多。在酒坊的管理上，她不与刘天亮争，甘愿做配角，不等于她没有主意或没有能力。刘天亮说过，在关键的节骨眼上，云朵"主意大得很"。云朵的智慧内敛兼断事果决的性格，"该出手时就出手"，远远超出古代女性"上得厅堂，下得厨房"的境界，已开始展现女中豪杰的风采。事实证明："家和万事兴"，刘天亮与云朵的互补，是刘家酒坊事业发展的关键因素。

五、担当大义的云朵

酒坊是私企，和"大义"还挂不上钩。云朵担当大义，指的是在契阔夫意外死后，哥萨克骑兵失去头领，但威胁仍在，他们在惶惑的同时，一部人还坚持要和子归城民众死战到底。之前几番血腥战斗，死伤已经很多，损失巨大。这时候，止战熄火，走向和平，符合所有人的利益，是此时的大义。云朵就是在这种情势之下因担当大义而焕发出耀眼的光芒。

彪悍的军官热西丁是哥萨克骑兵首领契阔夫死后的主战派代表人物。云朵用计把热西丁骗来酒坊后，想通过对话唤醒热西丁的理性。不料热西丁是油盐不进的战斗狂热分子，不可理喻。云朵只好指挥刘天亮、孟托、谢尔盖诺夫及狗剩、跟三等人合伙把热西丁杀了，搬掉这块和平停战路上的绊脚石。此刻云朵作为指挥官作用已超出他人，她对全局有清醒的把握，对障碍所在一清二楚，在寻求和平而不得的情况下，处理问题的魄力令人佩服。也许是云朵知道刘天亮处理商业上的突发情况不会有大问题，而让刘天亮来做与战争有关的决策，他容易冲动，从而断送和平的可能性。所以她毅然决然地站到了指挥官的位置。

之后，云朵听说诸葛县长被巴克洛夫一伙骑兵扣下，逼问是谁杀了热西丁。勇于担当大义的云朵连忙赶去，承认杀了热西丁，并清楚说明是为了不再有杀戮，还劝骑兵不要杀老白俄（骑兵中的和平分子）。

刚当上群众领袖的警察谢三娃是容易头脑发热、缺乏理性的人，他想要带领子归城民众杀了剩余的骑兵报仇。但若是这样，战火重燃，双方还会再死很多的人。骑兵虽然只剩残部，但他们是真正的军人，战斗力远在子归城民众之上。此种情形下，云朵与谢三娃展开辩论，要求他不再报仇，因为双方都死了很多人。云朵的决定面临子归城民众的考验，如果他们爱和平，就会选择站在云朵这一边；反之，则会重新开战。幸好，云朵对多数民众心理诉求的把握是正确的。

然而，只剩残部的骑兵缺乏安全感，无法信赖子归城民众的和平意愿，何况还有谢三娃带领的一帮人在虎视眈眈。云朵在骑兵与谢三娃带领的民众战火一触即发的关头，主动站出来，表示愿意做向导带领骑兵撤退。这显现了云朵的魄力、决心和牺牲精神，因为做骑兵的向导是可能遇到不测的。她也知道骑兵在担心走不出沙漠而遭子归城民众宰杀，她想消除骑兵的心理负担，推进停战的进程。

骑兵内部争执不下的时候，又是云朵适时表态，保护了骑兵的自尊心，平息了局面。她在关键时候表现了高出民众一层的眼光与分析力，以一己之力影响了局势的发展，此时她所起的作用明显比诸葛县长大。她甚至让骑兵归还了诸葛县长的剑，使得诸葛县长平安而归。云朵高瞻远瞩的安排与调解，平息了双方冲突。但她抱着儿子给骑兵带路，也给自己和儿子带来不可预见的危险。

云朵担当大义的表现可以说是光芒四射，充分显出了一个女性如果拥有文化修养，再加上理性思维，可以在精神上达到何等的高峰。

六、云梯高登的云朵

云梯高登，即步步登高。这里的云梯是虚拟的，指的是《子归城》作者创造云朵的艺术形象时使用的一种策略：通过小说的情节安排和语言、动作等细节描写，让云朵的形象一点一点展露，人物的个性一层一层出现，精神境界一步一步提高，最终完成云朵的形象塑造。

云朵出场时，是救助刘天亮的天使。随着她对刘天亮产生情愫，她对刘天亮的生命安全也呵护备至、关爱有加。她对个人感情表达的主动性和应对环境的机敏性、警惕性，都明显强于刘天亮。

她的善良不只是针对刘天亮的，也是面向所有人的。上文已论述分析了这点，这里不再赘言，只是想指出一点：云朵从对刘天亮好，到对更多人好，在精神境界上是有提升的。

协助刘天亮兴办酒坊时，云朵让刘天亮居于主导企业的位置。此阶段的云朵依然显示出了善良的品格，主要表现在刘天亮不顺利或不在场的时候，云朵发挥才干补救或指挥。如云朵拜访山西王，赎回酒坊股权，那是刘天亮想完成却又失败了的。刘天亮被张一德关在县衙球形地牢避了几周，期间骑兵进城放火劫掠，酒坊因为有美酒而危在旦夕，是云朵果断敏锐地指挥酒坊众人渡过了危机。云朵甚至对着骑兵与皮斯特尔说出酒坊是她负责的，酒没了她来顶替，以身犯险，保住酒坊……云朵这段剧情里的种种表现，兼具了大智慧与大勇气，精神世界进一步提升。

作者塑造云朵的性格的时候有什么考虑，笔者不清楚。笔者只是觉得，犹如登云梯步步升高的云朵，并不是作家违背创作规律，硬把云朵拔高上去的，而是作家在其所创造的小说大格局中，写出了云朵应对复杂形势时可能有的反应。寻求和平，熄灭战火，靠刘天亮不行，他性子太硬，容易搞砸。靠谢三娃更不行，他就是个狂热的复仇分子，恨不得马上重新开战。靠赵银儿也不行，她本是煽风点火之人，即便是觉悟转变了，人也失踪了，就算她没失踪也没那个能量。靠县长诸葛白，此刻不行，他被骑兵扣为人质，能量发挥不出来。靠张一德？他也失踪了！难道任由双方吵到不可开交再重新开火，重沐血雨腥风？具有文化素养和分得清轻重缓急的云朵只能站出来，也必须站出来，把寻求和平的良好愿望和充沛的情感表达出来，把存在的障碍和问题一一破解，避免重蹈战火。她以自己真挚的言行做到了。她在局势的逼迫与驱动之下，站到了精神世界一个很高的位置上。可喜的是这一切都是自然而然的，读者看了会感觉理应如此，不会觉得云朵被神化。之后的情节便更是余韵袅袅了，通过云朵母子的沙漠遇险及结尾的婚礼，表现了云朵的母性和人性及梦想，算是"云梯登高的云朵"的尾声吧。

作者塑造云朵的性格时，还有两种艺术手段，这里简述一下。

一是"虚形实神"。作者对云朵这一位年轻姑娘的容颜身材的描绘很少，也没有对刘天亮与云朵这对夫妻的性爱进行描写，把云朵的容颜身材基本忽略了，而注重刻画云朵的精神世界，把云朵的精神世界实体化了。容颜和性爱是很多小说作者喜欢写的内容，笔者没有反对描写容颜与性爱方面内容的意思，那毕竟可以构成人物形象的一个部分，也可以调剂阅读口味。笔者只是惊讶于《子归城》的作者能写出高密度的人物形象和情节，竟能基本舍去对云朵这样的姑娘家的容颜身材方面的描写，而专注于通过人物行为刻画其精神世界。应该说，这样的写法效果是蛮好的，笔者个人感觉在层次上也更高一些。

二是"妻换夫位"的行为设计。意思是，写刘天亮与云朵这对夫妻，但凡云朵上场出彩的地方，基本都是刘天亮这一小说主人公不在场的时候，而由云朵上位，等于是妻换夫位。云朵说服山西王赎回酒坊股权时，刘天亮不在场；云朵下令挖地窖藏酒篓保酒坊时，刘天亮也不在场；云朵对话赵银儿揭露真相导致其转性时，刘天亮也不在场；云朵舌战谢三娃与骑兵大力寻求和平时，刘天亮还是不在场。也正是这样，才突出了云朵独特的性格和独特的魅力。

七、令人喜爱的云朵

笔者阅读《子归城》时，在被剧情深深吸引的同时，也相当喜欢云朵的形象。纵观小说中对云朵的描写，笔者心中充满阅读的精神愉悦。她是那么有爱心，那么贤惠，那么朴实，又是那么冰雪聪明，智慧大气，英勇淡定，竟然在危急关键时刻能担当起和平大义，做出令人瞩目的贡献，因此获得了县长诸葛白的大力称赞。这是当代中国小说中的奇女子，在文学巾帼之林里应该会有一个突出的位置。

云朵的人物性格充满新鲜的质感。她当然有传统文化中女性勤劳温婉的美德，又带有西部边疆地区大胆泼辣的味道和特殊家庭氛围下的知性美。《子归城》中紧张火爆的场面很多，而多数场合云朵出场都能降低火气，使人淡定几分。比如她去见山西王，去与赵银儿饮酒洽谈售酒救刘天亮，甚至她去诸葛白被骑兵扣住、双方即将重燃战火的现场争辩游说，都使人感觉紧张感略降几分，和平希望犹存。云朵的背景与人生经历，加上其温婉理性、冰雪聪明、智慧大气的女性人物性格，使其具备了唯一性。而唯一性正是文学作品审美最重要的价值尺度之一。

而云朵形象的创造，除了传统的人物语言、动作等描写以外，首先是作者使用"虚形实神"的方式突出其个性品质与精神世界，更得益于作者为云朵性格发展所进行的设计与描写，其中重要的是平衡好云朵与刘天亮这对夫妻，刘天亮有自己的专属高光，而当云朵的角色能量爆发的时候，刘天亮必须退场让位，让云朵有自己专属的场合；更重要的是，云朵在自己专属的剧情里，事件的重要性必须呈现逐级上升的趋势，以便实现作家寄望于云朵的审美价值或文学价值。

云朵这样质感独特的女性文学形象和其具备唯一性的人物性格，令人喜欢。阅读云朵的剧情是一种精神享受，写作上学习云朵的刻画手法可以获得启迪。甚至可以说，云朵这个人物形象是笔者写本书重要的动力之一，她带给笔者的愉悦的阅读感受实际上超过了刘天亮。

第三节　尽心尽责、文武双全的好县长——诸葛白

诸葛白在《子归城》前两部中出场不算多，而在他被杨都督任命为子归城新县长以后，关于他的描绘与刻画便相当密集。小说写的是子归城的历史，作为子归城负责任的县长，诸葛白施政涉及子归城的方方面面，因此他被刻画得多便是顺理成章的事。对比小说里写到的子归城前两任县长，一任是处于清朝末期的于文迪，虽然是钟则林所荐，素质应该不错，却因时代转折产生混乱的关系难有作为，被杀害了。第二任是庸官金丁，因木工技艺出类拔萃，被老婆的同乡、杨都督的母亲夸奖推荐，补了于文迪的缺。相比诸葛白，金丁差了十万八千里。他胡乱断案，纯因个人对木工手艺的爱好而断然下令砍伐子归城一带不多的林木，给本就有危机的子归城生态予狠狠一刀；且他为人怕死，缺少担当，最终附骥马麟的叛乱阴谋导致被杨都督所杀。诸葛白在他履行官员职责的过程表现出来的人物性格相当饱满，闪亮的地方颇多，他也是《子归城》重要人物之一，在《子归城》人物图谱上，是一个色彩亮眼的有价值的存在。

一、清廉有为、精于周旋的高素质幕僚

诸葛白出场时，他的职务是省府洋务科长，和各色洋人尤其是经商办厂

的洋人打交道是他的职责范畴。当他从省府迪化到地方去办理公务时，在一般人眼里，诸葛白是代表省府杨都督之人，具有权威性，类似携带尚方宝剑的钦差大臣。可是，在洋人眼里，诸葛白作为省府官员也算不得什么，因为辛亥革命前中国的没落景象已是举世皆知，新疆也经历了辛亥革命带来的改朝换代的动荡，省府力量不足也是事实。子归城合富洋行是当地经济命脉，由于身份特殊、经济实力强大，其新商约铁老鼠手持俄总领事伊万给的公函，去找诸葛白送金条行贿，企图攫取黑沟煤矿的永久开采权。可是，诸葛白却用手把玩着金条，借用古代圣人的信条训斥铁老鼠无法无天，断然拒绝了他的贿赂和无理要求。如此看来，诸葛白是一个头脑清醒忠于职守的聪明官员，而他对付贪得无厌的外国商人时借用孔圣人的名义说理，捍卫中国的利益，反正外国商人也不懂儒家学说是什么。

后来，革命者俏红进入黑沟煤矿发动工人支援抗击境外侵略者的"阿山战役"时被抓，有被杀害的可能，由此导致由刘天亮引发的暴动，也是诸葛白去处理。诸葛白以延长黑沟煤矿10年开采权为筹码，换取黑沟煤矿释放被抓的矿工们。由于诸葛白代表省府介入，使得强势的黑沟煤矿不敢对矿工继续进行迫害。在事关国家资源权益方面，诸葛白是清醒而又务实的官员，既难以收买，也无法恐吓或蒙骗。作为民国初年的官员，诸葛白清廉有为、维护国家利益的高尚品质显露无遗。

阿山战役之后，杨都督又派诸葛白带人到子归城，明里是为了设立邮驿站与考察"兵联"负责人山西王与黄大胆，暗中却是考察马麟。因为马麟是前清朝军官，所指挥的靖安营作为地方武装力量又是他原先所带的部队，能否在需要的时候为省府所用呢？杨都督没把握。诸葛白在与马麟饮酒聊天时，抓住蛛丝马迹，得出结论：马麟有对杨都督取而代之以统治新疆的野心。马麟则在赵银儿提醒之下对诸葛白有了怀疑，开始掩盖自己的野心，甚至有对诸葛白灭口的打算，派人日夜盯紧诸葛白。诸葛白被迫连夜出逃。幸亏路遇刘天亮这个驾车高手，代替蒋干驾车把诸葛白顺利送到迪化，否则能否逃出都是个未知数。诸葛白的清醒与果断可见一斑，而他代表杨都督外出办事可能遇见的危险性也是不言而喻的。

这段时间里诸葛白做的事已不限于洋务科业务范围，他实际上是杨都督的幕僚，作为杨都督的代表在外面奔走，帮杨都督处理一些事。诸葛白文化水平比较高，与洋人相关的事他拎得清，懂外语也擅口才；对马麟这样的地方部队领导人，他也能来往周旋、应付自如、探听虚实。可以说诸葛白是杨都督手下素质全面的可用之才。他出身于一代名相、传奇人物诸葛亮的家族，能被杨都督选中在省府当官，而且一开始干的是棘手的洋务科长，可见他不是简单人物。从不懂遮掩的马麟口中，诸葛白探出了他的勃勃野心，比如他说杨都督只是运气好，兵力才一点就攥住省府大权，只要有一个团规模的兵力在迪化作乱，杨都督的大权就不保……诸葛白立刻想到杨都督答应哥萨克骑兵中校契阔夫到子归城省亲恐怕很不妥当，万一有野心的马麟与哥萨克骑兵部队勾结，危害就大了，他当下决定报告杨都督此事。不得不说诸葛白的政治敏锐性很强，抓住眼前的只鳞片爪便想到了深远的未来。

既有能力，又敢担当，机敏又决策果断，目光长远的诸葛白出场虽然不算很多，却通过人物行为把良好的角色形象初步树立了起来。

二、尽忠职守，全力以赴干好施政大事

诸葛白的身份由杨都督幕僚转变为子归城的新县长，是发生在马麟、金丁被斩杀之后。这之前他们联络哥萨克骑兵首领契阔夫，密谋把杨都督骗到子归城，想借助哥萨克骑兵的力量杀害杨都督，实现马麟割据地方的野心，却被杨都督出奇兵斩杀了。

子归城就在边境上，境外就有虎视眈眈的哥萨克骑兵，原来在金丁手下时内政就一团糟，县长不是那么好当的，需要一位有能力的官员来扭转局面。杨都督选择了诸葛白。诸葛白任县长，险之又险：其时新疆形势紧张，外有侵略势力觊觎，内有不少地方会党帮派谋害省府任命的地方官员，企图割据地方。杨都督仅留张一德和30多人监视哥萨克骑兵契阔夫部千余人，再无余力帮助诸葛白。诸葛县长与契阔夫部周旋，成则子归城可保，不成则要就义成仁。

可是，诸葛白此时却义不容辞就任县长。他认为一来不能辜负杨都督的信任，二来他有家学渊源，他也想有一番作为以造福地方百姓。

纵观诸葛县长施政，主要在于五件大事。

第一件事是向子归城商户与民众筹集粮草送走哥萨克骑兵。骑兵不走，始终是子归城的最大威胁。幸好俄国爆发革命，骑兵因此离开子归城的可能

性很大。以粮草送走瘟神，也是杨都督定下的主意，诸葛县长自当大力执行。但是执行这件大事之前，诸葛县长还处理了两件不大不小的事：一件是从县衙球形地牢里捞出半死不活的刘天亮，另一件是救了杨修。杨都督离开子归城后又送来手谕，要诸葛县长杀掉知晓太多秘密的"暗子"杨修。诸葛县长知道杨修受苦甚多，立功奇大，舍不得下手。他把杨修保护起来，派他到花花沟监视大烟客们的动向，然后向省府发电报谎称杨修已潜逃。诸葛县长在此事上表现出来的仁义品质及个人担当，已超过了他的领导杨都督，令人佩服，相当值得称赞。

在民间素有威望的钟则林的帮助下，诸葛白顺利筹集好粮草送走骑兵，完成第一件大事，先把子归城形势稳定下来。

第二件大事是振兴买卖。马麟等奸贼既已诛，诸葛白立马号召商家开业，并带马福山挨家挨户检查商家营业情况，酌情处罚个别犹豫着没开店营业的人。祸害已除，威胁已去，有什么理由不营业呢？驼二婶因傻儿子二宝被皮斯特尔杀害受到极大刺激，风雪之夜走出车马店到北门外一凉亭基石候客，怕客人找不到车马店，当天驼二婶被冻死了。诸葛白借机表彰驼二婶为"商家楷模"，书一面锦旗，悬挂在车马店旗杆上，借此事诸葛白传递了县政府振兴商业的决心。子归城内外车马道上的商户行人也逐渐多起来了。这件事诸葛白做得相当漂亮，使用的策略也很得当。

第三件大事是整编靖安营。诸葛白重用杨都督早先派给马麟当副官、实则来监视马麟的马福山，让他当新靖安营的头；他任命年轻人为连排长，搭建新框架，组织起百来号年轻精壮汉子，钢枪快刀精神抖擞地操练，镇住了妄图谋乱的老兵油子、靖安营原连长武丁及其串联起来的其他老兵油子，迫使他们散去。把地方武装力量重新整编，并控制在自己手里，这是诸葛白当县长后很重要的一步棋，使地方治安有了基本保证。这也证明了诸葛白当县长并非书生治政，不是全照本宣科。对于县域施政，他是成熟而有思考的人。

第四件大事是号召与组织打井挖涝坝。涅槃河因黑沟煤矿早先乱开乱采改变水脉走向而招致断流，对全城民众的正常生活产生极大威胁，诸葛白因此在涅槃河边掉眼泪，这体现了他是负责任有情怀的县长。他还带人到城外山里找了4天的水，但没找到。这就给子归城的正常生活致命一击。一个城市不能没有水，没水的城市必然变成死城。子归城现有的水井根本就不够用。

诸葛白县长得为城市谋生路，于是他出面号召众商家出钱出力，组织起来共同打井挖涝坝，以井水渡过生活难关。面对人心不齐、对县府打井建议响应不力的局面，诸葛白学习老祖宗诸葛亮在东吴登台作法祈风的招数，玩了一招祭祀河神祈雨的大戏，终于天人感应了一回，飘来了云，打响了雷。雨虽未下，但诸葛县长借机批判是有些人对挖井挖涝坝心意不诚而导致天公不下雨，借祈雨之势，把抱团打井挖涝坝拱得火热。这件事也颇能表现诸葛县长对县域治理责任的担当及所费的心机智慧。

打井挖涝坝的热火朝天延续了一段时间，既挖出了一些出水的井，也产生了一些浪费钱财、互相影响不出水的水井。在子归城这靠近沙漠的城市里，这也是无可奈何的事。蒙学堂的张元培先生对此有看法，去找诸葛白提出节制打井的建议，群众对此也颇为支持。诸葛白初任子归城县长，重任压肩，心肠正热，为拯救这个城市竭尽心力，听了张先生的建议，心中自然不爽。可是，纵是不爽，他也忍住了。因为有群众支持张元培的建议，诸葛县长也不去违拗民意，于是依照张先生的建议，收结了全县打井工程。这等胸襟算得上是宽阔，明明他心中不爽，但是尊重民意，容得下别人提意见。这是好官的标志之一，也是诸葛白所具备的品质。

第五件事是下令禁烟禁娼。在子归城，赌馆、娼馆与大烟馆都是公开的，延续了旧日格局，当然也碍了诸葛白这位富有人文情怀的地方长官之眼。子归城外有条林公渠，是虎门销烟的英雄林则徐到新疆以后组织挖掘的。林公威望延绵后世，诸葛白也无法容忍大烟馆这等祸国殃民的东西存在。他先下了禁烟令。他没想到地方各种势力盘根错节，烟民们在烟馆老板黄大牙的煽动下结伙上街闹事，点火烧县衙门，幸亏救火及时没酿成大祸。武丁等失业的老兵油子趁机打砸抢烧黄大牙的大烟馆，但此时马福山的靖安营主力正在花花沟执行任务。诸葛白这个有情怀亦带有理想主义色彩的地方主官只好痛下决心，让原黑沟煤矿矿警瓦西里当队长的民兵联防队维护治安。瓦西里本就是比较有良心的矿警，他捉获武丁等破坏秩序的人，把这4人全毙了，才缓和了局势。诸葛县长虽是文官，施政讲求道理，但是他对于破坏社会秩序的暴力分子尤其痛恨。子归城形势复杂，他刚上任不久，不彻底压下对县府权威的不法挑衅，以后的施政就会更加困难了。诸葛县长的施政经验虽有不足，但他学到了杨都督的杀伐果决。

　　可是接下来禁娼所面对的挑战就更棘手了。如果只是娼妓们反对，还好处理；问题是子归城支持吸大烟的人少，支持嫖娼的人却意外的多，不少人认为人生苦短，唯求享乐。那个时期的子归城，终归还散发着浓厚的末日王朝遗留的陈腐气息，新鲜的、有意义的娱乐活动基本没有，因而娼妓馆甚得人心，包括拥妓吟诗的商户人家、引车卖浆的贩夫走卒乃至位列中产阶层的众多工匠农户们都站在禁娼的对立面。

　　由此可以看出：禁娼这事肯定是对的，但诸葛白没有先进行调查研究，操之过急，对于"一旦产生民意对抗该如何解决"没有准备好应对办法，他还以为打击红灯区事业肯定是得人心的，不会有大问题。所以笔者认为诸葛白带有理想主义色彩，也就是脱离了子归城旧文化根深蒂固的现实。强力镇压民众不是诸葛白这样的儒官的风格。上回镇压的是武丁之流放火打劫掀起骚乱的失业老兵油子，这回却是普通民众，面广人多，如何镇压？再说马福山率靖安营在花花沟执行任务，目前维持秩序的民兵联防队不少成员是反对禁娼的，也靠不住。诸葛白面临左右为难的局面：想镇压，缺少力量；不压下去，则大损县府威信。

　　就在此时，契阔夫率骑兵再度归来，形势骤然紧张了。这既给诸葛白解了围，却带来更大的生死存亡的危机。接下来，诸葛县长就成为抗击契阔夫骑兵入侵的战斗指挥官了，下文会专门进行评述。这里就诸葛县长的性格表现做个小结：诸葛县长上任以后即风风火火投入工作，兢兢业业的工作态度令人赞叹。他的施政能力比较强，能分清主次，办公有条不紊，恩威兼施加上策略运用，稳定了子归城的局势。在这过程中，诸葛县长爱憎分明的施政态度和绵厚的人文情怀以及宽广的胸襟令人敬仰。虽然诸葛县长是儒官，可他对于武丁之流敢于下狠手镇压，政治意志比较坚定。他对子归城民众令人忧虑的前景感同身受而垂泪，力护杨修，凡此种种，都突出了诸葛白性格中的大爱。

三、子归城保卫战的指挥官

　　在破城子遭遇命运困局的契阔夫骑兵部回到子归城，打算占据它作为发展基地。本来鄙夷偷袭的契阔夫看到被沙漠黑风暴袭击后的部队狼狈不堪，放弃了军人风度，下决心采纳皮斯尔特的建议偷袭。殊不料他们在途中遇到了外出祭拜老白榆树的刘天亮一家。刘天亮一家拼命逃回子归城报告重大敌情。正因下令禁娼被众多势力反对而焦头烂额的诸葛县长立刻明白事情紧急，顺势由政务官转为子归城保卫战指挥官。

在杨修提醒之下，诸葛白恢复了理性，开始发号施令，派遣动员各方力量保卫子归城。他先是让神拳杨带人一起守卫东城门，神拳杨本因手下武二嫖娼被关而不满，此刻也以大事为重参与保卫战。诸葛县长灵活处事，让手下记下武二的20大板，放他出来参加战斗。之后他借助山西王的力量保卫南城门和水西门，刘天亮也被派去协助守卫南门。山西王的帮会力量不小，枪支甚多，他本为反对县府禁娼而威胁要对县府动用武力，现在大敌当前，山西王也懂得顾全大局，便放下芥蒂参与保卫战了。诸葛白于大敌犯境之际，运筹帷幄履行了军事指挥官的职责，确实是负责任的县长。

完成保卫战的部署之后，诸葛县长出于爱民，动员城外居民避入城内。但总有部分民众眼光短浅，存侥幸心理，不舍家财不愿入内。诸葛县长亲力亲为，费尽口舌地做动员工作，终于在骑兵的马蹄踏上城门前的土地上之前，基本完成避难工作。这样的县长是真正把民众安危放在心上的，才会讲尽道理，使城外民众规避危险。

接下来诸葛县长在东门指挥保卫战。被指挥的不是有组织、经训练的部队，而是子归城一般民众。幸好契阔夫的骑兵是饥饿之师，也没有很高的战术素养，所以双方僵持着。可是团练总教练神拳杨冲动之下率人打开东城门冲了出去，结果不敌骑兵的攻击，800多人出去，除掉溃散的，仅300多人逃回来。守卫东城门的人又不肯开城门让这300多人回城，怕骑兵趁势冲进城。

诸葛县长眼看这些人可能全被骑兵屠杀，心中焦急，忙下令开城门让这些人进城。可是守城人乱作一团，开或不开门吵成一片，县长的心够软，可是指挥无效。幸好关键时刻马福山带靖安营的人从骑兵背后杀过来，闯开一条路，连带滞留东城外的神拳杨带领的人一同回城了，但神拳杨本人却成了俘虏。东门救人之事于诸葛白而言并未成功，是因马福山带兵归来而得以完成，这体现了局面的复杂超出诸葛白的能力范围，而他仍是一位心系子归城的好官。

由于汉奸杨干头带领12人敢死队偷袭北门，让骑兵进了城，东门在骑兵的炮轰与火攻之下也被冲开了，生死搏斗在子归城民众与骑兵之间展开。局势进入白热化的混战，诸葛县长已无法进行指挥，他决绝地投入搏斗中，"浑身都挂满了与敌人肉搏的血花肉沫"（《子归城》第四部《石刻千秋》第178页）。挂满、肉搏、血花肉沫，3个词马上把一个勇猛的战斗者形象勾勒出来。独眼龙抱着刚酿出的"勺娃子"美酒上街被残杀，激怒了战斗中的子归城民众，"几乎全城的人都呼喊着，从四面八方涌向拐子街为独眼龙复仇"（《石刻千秋》第179页）。在愤怒与齐心协力之下，民众终于把骑兵赶出城去。这件事体现了诸葛白的勇士与战斗者的一面，在当时全国的县长中不说独一份，也是十分少见的。

接下来诸葛县长动员刘天亮卖酒给骑兵，以维持停战局面。刘天亮因独眼龙之死更加痛恨骑兵，所以只肯卖给骑兵"三窝头"酒。在卖酒这事上，诸葛县长考虑到骑兵原有1000多人，几次战斗下来虽有死伤，但实力还是远超子归城民众，所以维持停战局面可以降低子归城民众生命财产的损失。这个决策没有错，县长首先要考虑的是民众生命财产的安全，尤其是在武力严重不如对方的情况下。

诸葛白意识到停火是暂时的，骑兵要么会在高台上炮轰子归城，要么准备困死子归城（他们已占据城外水源与官道），因而同意俏红组织敢死队突击骑兵。但是由于战斗水平不足，仅毁了几门土炮，斩首行动没有成功，只有刘天亮三人逃出来。契阔夫暴怒之下指挥骑兵在7小时内发动了6次进次，双方死亡均过半百。诸葛县长感叹于民众的战斗精神后，吟诗向省府求救："芒种接战苦，孤城日渐危。裹疮尤出战，饮血更登陴。不厌黄尘起，但惊天地昏。日久无援军，心计欲何施？"但是省府确实没有力量援助子归城。诸葛县长打算尽一切可能挽救子归城，便拿出3根金条让葱三带去镇西府，让他无论如何都要请来援兵。在斩首行动失败与求不到援兵的苦苦挣扎之中，闪耀的不正是诸葛白对民众尽责的高尚品质和诗人的气质？

骑兵通过挖地道、火攻等方式又攻进城里。尽管骑兵已经攻下子归城中门，占据了子归城三分之二的地方，可诸葛县长还在盼望着镇西府援兵的消息。就在此时，葱三回来告诉诸葛县长"镇西府在唱空城计"，也就是无援兵，诸葛县长顿时感到全身无力。在这绝望关头，他居然还在谋划未来，草拟了县府的"禁采禁伐令"，盖上县府印鉴，准备留给下一任县长。所谓禁采禁伐，就是不许随便采掘矿藏和砍伐树木，以便保护子归城的自然生态环境。

这既是钟爷生前最重视的一个提议，也是诸葛县长奇异的思维跳跃：眼下的战乱局势已经无解，骑兵难以战胜，没有援兵，子归城没得救了。干脆就考虑以后的大事吧！子归城终会回归正常的。诸葛白对当下的情况绝望，却似乎又对子归城会回到中国人手里充满信心，否则就难以解释他起草禁采禁伐令的理由。这件事似乎超乎寻常却又符合诸葛白内在的性格逻辑，虑及县域未来发展的根本，其无私远谋的职业操守堪可照耀全国的县长们。

接下来，诸葛县长身负长剑去与契阔夫过招，并商谈停火及给钟爷出殡事宜。哥萨克的彪悍众所周知，契阔夫也是身经百战经验丰富之人。诸葛县长身负长剑而去，既是对自己的剑术有信心，也是胸中有武勇之气，不惧战斗与牺牲。正因为有这样的精神气质，他以剑与契阔夫的马刀过了一招而平分秋色，赢得 3 天的停火时间。这是难得的关于诸葛县长的战斗描写，小说中对这方面的描写不多，却也让我们窥一斑而知全豹，看出诸葛县长不是满身书生气息、手无缚鸡之力之人，而是文武双全的儒官。

接下来诸葛白开始处理契阔夫意外死在女儿柳芭的枪下而导致的新局面。骑兵因头领之死产生了分裂，以军官热西丁为首的主战派想继续杀戮；而主和派想撤回家乡。关键时刻，云朵成功地策划了消灭热西丁的行动，使主战派失去了领头人。然而，僵持的局面还在继续，酝酿着开战的势头。诸葛白前往说服骑兵却又被扣住，靠云朵的前去谈判才稳住了局势，并且云朵自愿做向导带领骑兵撤出沙漠返回家乡。这一过程中，诸葛白看到了云朵发挥的巨大作用，甚至产生了短暂的嫉妒心理。不过，诸葛县长终归是有胸襟的儒官，在云朵带领剩下的骑兵踏上归乡之路后，诸葛县长对刘天亮盛赞云朵的智慧与贡献。儒官也不可能十全十美，有缺陷也十分正常，这才是真实的人。这样写来，不但无损诸葛白的形象，反而凸显了这一形象的真实性。

四、子归城的终局之人

诸葛县长最后的决策是在子归城即将被黑风暴毁灭以前，让谢尔盖诺夫和刘天亮分两路带领子归城剩下的民众穿越沙漠踏上逃生之路。诸葛县长的安排很妥帖，指派的带头人十分靠谱，尤其是他敢于让谢尔盖诺夫带队，这是颇有胆略与见识的。谢尔盖诺夫已从买官的哥萨克中尉悔过自新蜕变成好人，他原本到处奔波经商，对于路途比较熟识，完成了县长的重大委托。虽然诸葛县长已决心与子归城共存亡，但在此之前，他先妥善安排剩余民众出逃，县长的责任与担当一分不减，令人敬佩。他还亲身吊在城墙上书写"禁采禁伐令"，这是颇费体力的艰巨行为，也是诸葛县长最后的心血，是他留给子归城后代的宝贵的精神财富。

诸葛白最终死于子归城风沙之中。笔者认为诸葛县长之死缺少其内在性格逻辑的完整性。子归城之毁灭绝对不是诸葛县长的责任，他也没有对不起这里的民众。他无论有多失望，还是可以选择逃生，然后争取东山再起。要使诸葛白的结局体现其应有的人物性格逻辑，作者应该给诸葛县长加点"戏"：或者使他肝痛，得了不治之症；或者让他最亲爱的夫人由于生病缺乏人照料，突然离世……这些意外的情况可以成为压垮骆驼的最后一根稻草，以完成诸葛白的人生逻辑链条。

五、身份的转换和流泪情境

毫无疑问，凡认真阅读《子归城》的人，都会敬仰诸葛白这样的好官，为他的悲剧结局而惋惜不已，可见诸葛白的人物形象的塑造是成功的。从创作的方式方法上看，塑造诸葛白形象的方法有两点值得关注与研究。

第一点是"身份的转换"。这身份包括职务身份如科长、县长，也包括社会性身份，如诗人、战斗者、剑客等。诸葛白刚出场时的身份是省府洋务科长，负责处理合富洋行名下黑沟煤矿相关事务，他表现出了坚决拒贿、清廉有为、崇法理不崇洋、处置事情利索的特点。

接下来他的身份转变为杨都督的特派员，到子归城明里考察邮驿站与兵联，暗里考察靖安营营长马麟。在以这一身份进行活动的时间里，诸葛白表现出擅长周旋、心思机敏、眼光锐利等特点，在刘天亮的帮助下有惊无险地完成了考察任务。在杨都督出奇兵诛杀马麟与金丁之前，他又以特派员身份与马麟等人周旋，进行谋杀与反杀的惊险万分的斗争，表现出超人的胆略与智慧，可以说诸葛白是杨都督诛杀马麟与金丁的策划者。

然后，诸葛白的身份转变成县长。他在施政时所做的事，如筹集粮草送走骑兵，整编与改组地方武装靖安营，全力振兴市场买卖，号召与组织商户市民打井挖涝坝，力图解决子归城缺水问题，以及从牢里捞出刘天亮，救助杨修等，这些事情证明诸葛白是心中有民众、肩上有担当的有能力的好县长。

除暴安良，怜悯之心暖人。虽然他下令禁烟禁娼时操之过急，但他终归是出于民众的长远利益而为，是他的儒官情怀的表现。

往下，随着哥萨克骑兵杀回子归城，诸葛白顺势变为子归城保卫战指挥官，他清醒地调动各方力量守卫各个城门，竭尽全力减少民众的生命财产的损失，在不利的形势下对抗骑兵的进犯，身先士卒，始终站在第一线，忠于职守，尽了军事指挥官的职责。

当骑兵攻入城里、保卫战激烈地展开之后，诸葛白的身份又转换成战斗者，他英勇无比，和子归城民众并肩作战，身上挂满肉沫血花，具体描绘虽不多，却足以激发读者对战斗之惨烈的想象。在反侵略战斗中，诸葛白武勇形象之高大，是县长中的翘楚。

在参与战斗的同时，诸葛白还是一位诗人。早在独眼龙酿成"勺娃子"酒后惨死街头，诸葛白就赋诗一首悼念他："血泪酿成刘家酒，一尊饮罢古城春"。刘天亮由此得到启示，把独眼龙酿的"勺娃子"酒命名为"古城春"，享誉丝路，芳名远扬。而后他又赋五言绝句向省府求救。能武又能文，这成了诸葛白突出的个人符号，进一步凸现了他的儒官特色。

诸葛白临死前，身份又变为县长兼书匠，吊在城墙上书写他最后的心血之作《禁采禁伐令》。不是书匠、没有一点书法功底的人，吊在城墙上是写不出来的，也无法将其传给后代。

此外，诸葛白又有一层历史作家的身份，小说中多次引用他写的《北丝路记考》，这正是他的这重身份的最佳证明。不是历史作家，不会去做这方面研究的。诸葛白还郑重其事地把《北丝路记考》的手稿交给刘天亮代为保管，让他送到省府诸葛家。如果把书稿赠给刘天亮这"黑肚子"，肯定是浪费了。

在儒官这一底色上，诸葛白的各种身份伴随着子归城历史进程持续转换着，显示了他的人物性格的各个侧面，于是获得了越来越多的人物规定性，读者也能认识到他的文武双全、对保卫民众与民族一腔热血的特点。

塑造诸葛白人物形象时值得关注的第二种写法是运用"反复"的修辞手法刻画诸葛白的流泪情境。丈夫有泪不轻弹，只因未到伤心处。诸葛县长流泪，第一次是在断流的涅槃河旁，那时他学习钟则林入山考察水源4天，一无所获。眼看涅槃河旁岸的各种作坊均已因没水而关门歇工，接下来连县城民众的日常生活也失去保证。没水，子归城就会死亡。前程困难重重，"哀民生之多艰"，诸葛白流泪了。第二次流泪，是在葱三奉命带3根金条前往镇西府搬救兵，解骑兵攻城屠戮之危。葱三辛苦归来却告知诸葛白无兵可搬，无兵来救，因为镇西府在唱空城计。万念俱灰的诸葛白绝望了，流下了伤心的泪水。他的心为不幸的子归城民众而碎，泪为此而流。第三次流泪，是在刘天亮带领驼队和子归城民众离开之后，诸葛白大声唱起了《空城计》，看到战乱后的子归城满目疮痍、荒乱苍凉，想到牺牲的神拳杨、俏红等人，他无限感慨，两行浊泪潸然而下。第四次流泪，是陈之妹知道子归城毁灭在即，想以自己的身体慰问日夜操劳万般辛苦的诸葛白，权当人生最后做一次好事。可诸葛白心忧城毁在即，说了一句"不能做伤风败俗的事"。这句话冻住陈之妹的心，她以为县长是嫌弃自己的妓女之身不干净，伤心地自杀了。其实她的心地很好，一直想为辛苦的县长准备饮食，减轻一点县长的压力。诸葛县长也知道她是一番好心，只是感觉自己身为县长不能做伤风败俗的事罢了。所以陈之妹死后，诸葛白手捧细黄沙在浇她身上，直到她埋成个黄菩萨，才让骆驼拉塌她的房子，就地埋葬了她，诸葛白也流下了伤心泪水。这4个流泪的情境放在一起看，意蕴多多，分量颇重。

在长篇小说创作中，说"细节决定成败"肯定是不准确的（在微型小说创作方面还可以这样说）。但是，当作家把握住写作素材，设计出合理合情的人物形象以后，重复运用素材便成了作家创造人物形象的重要手段。就看诸葛白这4次流泪，第一次为涅槃河断流，泪为哀民生之多艰而流；第二次为无援兵来救，泪为子归城陷入战火绝境而流；第三次为目睹城市之毫无生机，泪为自己没能力挽狂澜于既倒而流。第四次为陈之妹自杀，泪为己之过和命之绝而流。流泪的具体情境不同，深处的精神脉络却如一，都是因人道主义而流的泪水。细节描写运用反复的修辞手法，让诸葛白的性格因泪水的滋润而益发鲜明、感人。

六、诸葛白形象的文学价值

毫无疑问，在当下社会语境中，诸葛白是一位"旧县长"或"旧官员"。但如果用这样的词来概括诸葛白，就带有贬低的意味。文学的价值，不在于题材的新或旧，而在于文学作品本身是否具备较高的艺术水平，是否能以艺术形象感动人。否则，所有曾经的经典作品包括《高老头》《双城记》《战争与和平》《安娜·卡列尼娜》《变形记》之类都得丢进垃圾箱里去，因为它们写的内容从时间上看的确已经很旧了，可是它们的文学价值却永在，这是关于文学价值的常识。

诸葛白作为历史小说中的官员，他有可能那么"好"吗？在小说中，诸葛白的形象中的确包含很多好的品质，身为旧官员的他有高尚的人品，实属难得。问题不在于以现代视角去质疑旧时的好官，而在于小说塑造的诸葛白这样的官员形象，是否具有强大的内在生命力和真实性。上文对诸葛白的性格内涵各方面进行了分析，认为随着小说情节和人物活动的展开，诸葛白在大量事件与细节描写中获得了越来越多的规定性，他的儒官特色和文武双全、忧县忧民的特征越来越鲜明，其真实性也毋庸置疑。这里的真实性指的是在小说的整体情境中，诸葛白这个人物不但是应该的，也是可能的。这真实是人性的真实，本质的真实，也是历史的真实。

当下中国时常强调传承中华传统文化。中华传统文化当然不止于《诗经》、楚辞、汉赋、唐诗、宋词、元曲、明清小说，也不止于《尚书》《大学》《周易》《论语》之类经典。优秀的中华传统文化在于代代中国人生生不息传承下来的优秀品质，包括中国人身上承载的仁、义、智、信、诚、毅、勇等精神品质。诸葛白的形象正好恰当地展现了传统文化的不少优秀品质，并且以他的身份和个性与方式表现出来。如果认为诸葛白是旧官员，即使刻画得不错，也不应该过高评价，这是一种可笑的认识。因为这种认识会导致模糊和否认中华传统优秀文化。文化的载体不止在于书画等作品形式，更在于人。人是天地之间的最高存在，至少是最高存在之一。人才是活的民族文化载体，如果把旧时代的人包括文学作品中旧时代的人物形象都加以贬低，那中华文化便只剩下书本和口号了。

诸葛白这一形象的文学价值，在于他的双维度融合：一个是身份维度，他是历史人物、是旧官员；另一个是品质维度，他的形象承载着仁、智、信、礼、毅、勇等多种优秀传统文化品质。这两个维度交融于人物相关情节与剧情发展过程中，形成了可歌可泣可信可学的县官形象，矗立起当代小说之林中的一座人物丰碑！所以，诸葛白既是他自己，又是民族传统优秀文化的符号，是审美价值与社会价值的融合，是在蕴含着审美价值的形象中，自然而然地显出了社会历史文化价值。因此，他带给了文学创作的启示是：通过审美性描写优秀传统文化的活的载体——人，来达成优秀传统文化的美的传承。即承载优秀传统文化品质的人本身是美的，而作家创造这一人物的文学手段也是美的，二者相互交融，浑然一体。

第四节　新旧时代交界线上的一棵不老松——钟则林

阅读《子归城》时，钟爷也是笔者关注的一个人物。他是云朵与迎儿的爷爷，也是刘天亮曾经的干爷爷，后来当然是刘天亮的岳祖父了。他像立在新旧时代交界线上的一棵不老松，巍然耸立，潇洒老去。虽然他踏过了旧的时代，也不属于新的时代，可他的身上，闪烁着中华优秀传统文化的耀眼光芒。

一、走向洁身自好的农耕生活

钟则林8岁跟随林则徐大人入疆，长大有志有节，最景仰的是林则徐大人，家里供有林大人牌位。林大人是抗英禁毒名将，他誉满中华的名言是"苟利国家生死以，岂因祸福避趋之"，谪贬新疆后在缺水区域组织挖掘引水渠道，做了很多实事，造福新疆人民，其高尚人格让很多人钦佩。后人称林则徐组织挖掘的渠道为"林公渠"。钟则林的理想就是像林公一样为国为民干一番事业。

钟则林在书中一般被称为钟爷，在谋仕途中曾在迪化陷落时腿部受伤，但依旧浴血奋战抗击阿古柏部队的入侵；后在子归城任管带，组团练，修旧城，扩新城，与敌对峙，战功卓著，曾被封"巴图鲁"英雄封号。他的二儿一女皆牺牲于抗击阿古柏侵略军的战斗中，其父则阵亡于上海吴淞战役中，可谓满门忠烈。他本也怀抱着"修身齐家治国平天下"的儒家政治理想，后来却在子归城先辞游击令，后辞县丞，抗旨不遵。他先后举荐了两任县知县，自己却搬到子归城外的沙枣梁子上，毗邻沙漠。这其中的原因，除了他年事渐高，难以担负繁重的官场公务，还因为清皇朝衰势早显，经过两次鸦片战争和太平天国及捻军起义，皇朝千疮百孔，日益没落，官场一片肮脏，宵小横行，互相倾轧，内讧仇杀。身为官场中人的钟爷感到天下大势渐衰，加上官场不堪，使他心灰意冷。钟爷家族不幸，他的丈人被叛变追随侵略者阿古柏的大叔蒙坤害死。钟爷的儿子被钟太太四格格寄养在大叔家里，说那里最安全，虽然儿子长大了，有了家室和钟爷的孙子，结果又因所谓的叛逆罪而被杀害。钟爷连孙子也没了，断了家族血脉，太太四格格也病了，这一切对他是致命打击。因此他虽有才华却辞官不任，和两个孙女住在人烟稀少的沙枣梁子，种田过日子，这是他自己选择的洁身自好的农耕生活。拒绝仕途的诱惑，这需要很深刻的思想基础，对于旧时代的人来说是很不简单的。这意味着钟爷从旧时代走了出来，但他还和旧时代保持着精神上的联系，因为在其中浸泡了一辈子，难以割弃皇朝"正统"对他的影响。

也因为如此，在得知皇朝于辛亥革命后垮台，皇帝退位，以及钟爷的老同窗、县长于文迪一家被马麟杀害以后，对钟爷打击与伤害甚大。尤其是知县于文迪一家是逃到沙枣梁子被钟爷一番批评后才返回县城的，却因此惨遭杀害。钟爷很自责自己劝于文迪返回害了他一家，为此精神打击甚大。从此以后，钟爷身体差了，头脑变坏了，时而糊涂时而清醒，已不似往常一样清明。朝廷垮台及辛亥革命在地方上的血腥味对钟爷打击如此沉重，除了他崇仰皇朝正统的原因以外，还和他不了解民主共和的新时代有关。不管他有没有听过那些词，他在子归城所耳闻目睹的一切，都无法让他明白什么是新时代，以及它是否值得追随和热爱。既然如此，旧时代的毁灭像一颗威力巨大的炸弹爆炸，炸得他的大脑从此一团糨糊也不奇怪。但是，走向隐居生活的他始终是洁身自好的人，从未做过任何坏事。

二、性慈心善的老人家

钟爷是有文化内涵的人，他会治病，甚至能以偏方治疗像刘天亮这样大腿被恶狼犬咬伤并中毒的人，虽然治疗的方式很独特但见效了。后来刘天亮被骑兵的枪弹打中屁股也是钟爷治好的。枪伤是比较严重的外伤，而钟爷能治好它，说明钟爷医疗外伤的本事不凡。更重要的是钟爷是性慈心善之人，否则凭什么要救治来历不明、黑瘦矮小且形同乞丐的刘天亮呢？

钟爷的孙女云朵和迎儿也都是心善之人，是两人把晕倒在涅槃河淤泥中浑身脏兮兮的刘天亮救回家的。可以推断，这正是钟爷长期家教熏陶的结果。儒家讲究"恻隐之心，人皆有之"。钟爷也是学儒之人，身体力行一个"仁"字，也很正常。

其实钟爷的小孙女迎儿与他没有血缘关系。迎儿是在婴儿时被父母遗弃，是钟爷抱回来抚养长大的，可钟爷对迎儿就像是对亲孙女一样。从云朵与迎儿如亲姐妹般的亲密无间的关系里就可以推断出：钟爷对姐妹俩一视同仁，相亲相爱，从而让云朵充满智慧，迎儿也焕发灵性。迎儿被骑兵污辱后出家当尼姑，一朵纯洁的花蕾就这样被世上的恶所摧残了。钟爷倍受打击之下，也只能叹着气说："迎儿命苦啊！"

旧的时代已去，新的时代还未来，世界处在混沌之中，钟爷也时而清醒时而糊涂地处于混沌中。即便如此，钟爷也仍是性慈长情之人。他还记得夫人四格格与他一起走过的岁月，他年年让云朵与迎儿到四格格坟头上香撒花，撒的是四格格生前喜欢的海娜花。

从云朵对赵银儿揭示的真相中可以看出，赵银儿当初生下的女儿没有死，叼走她女儿的野狼被好心的村民穷追猛打，丢下了婴儿，于是被钟爷抱回家养活，然后送给知县于文迪当孙女，取名玉儿，玉儿最后与于文迪一家一同死于马麟之手。钟爷的性慈心善于此可见一斑。而这桩事的真相对赵银儿的改邪归正起了重大作用。

钟爷在云朵的终身大事上很开明，没有任何干预，顺其自然。他对刘天亮有救命之恩，还接纳刘天亮进入钟家。后来刘天亮与云朵姐妹一起创建刘家酒坊，技术上依托的就是钟家家传的《如匠酒经》。这件事钟爷也是以顺其自然的态度给予支持。只要钟爷有一分的反对，酒坊就办不成，因为酒坊最早就办在沙枣梁子的钟家里，况且云朵与迎儿是钟爷养大的，极尊敬爷爷，绝对会听爷爷的话。钟爷的开明在于觉得自己老了，做不了什么事了，因此不反对年轻人创业。即便如此，当后来刘天亮设计谋划，编假故事，把合理的酒料粮价格往下压的时候，钟爷虽照样秉持不干预的态度，私底下却摇头叹息说"自作孽"，在心中对此事给予了批评。一声"作孽"，道出了钟爷心中始终信奉《己所不欲，勿施于人》的价值观，因此对刘天亮的这种行为不满。当刘天亮被子归城派出所所长张一德保护性地关在县衙球形地牢以免遭骑兵毒手时，于酒坊而言刘天亮"失踪"了，云朵自然心急如焚，准备把脸涂黑外出找刘天亮，被钟爷制止了。心急则乱，外面一片兵荒马乱，云朵没有任何刘天亮的消息，能到哪里找？弄不好就把自己搭进去了！钟爷虽老且时常犯糊涂，此时竟一点也不糊涂，毕竟见过大世面稳得住，对孙女的爱护一丝也没减少。

三、热爱故土与和平的战士

钟爷晚年脑子时好时坏，有时会产生幻觉，比如诸葛县长与钟爷讨论问题，谈着谈着，钟爷产生幻觉把诸葛白错认为狗官金丁，挥舞老拳要打诸葛，幸好被人拉开了。但不管怎样，钟爷始终热爱着子归城这一片故土的，脑子坏之前更是如此。辛亥革命爆发，知县于文迪逃离县衙去沙枣梁子找钟爷，钟爷便告诉他：即便清朝气数已尽，亦当思谋边疆之危难，保一方平安，免生灵涂炭……情深意远，这是钟爷为苍生着想的情怀袒露，岂不令人倍感可敬？

所以当刘天亮要祭拜沙枣梁子的老白榆树时，钟爷是大力支持的，并且为之撰写了老白榆树的祭文，用语凝练，情真意切，寄予了对老白榆树和这一片故土的深情。

钟爷对庸官金丁以行政命令发动组织人马砍伐子归城县域内为数不多的树木也是极为反对与不屑的。金丁砍掉钟爷家门前的大柳树，气得钟爷已治好的脑病又复发了。他曾骂"狗县长金丁，罪在千秋"，钟爷知道一个地方的生态环境被破坏以后，影响的涟漪将扩延很久。钟爷指的就是金丁大肆砍树伐林的行为，这体现了钟爷深远的生态环境意识。后来钟爷临终前留书郑重地向诸葛县长提出过关于子归城生态环境保护的建议："种树者，奖；伐树者罚。掘河坝毁道渠者，罚。滥开矿窑者，坐牢。"（《子归城》第四部《石刻千秋》第248页）这是有针对性的长远之策，对于诸葛县长是一种启迪，也是钟爷心系故土之情的外显。这是一片他战斗过的土地，他天然地热爱这一片土地。况且虽然他已老了，但他的孙女、孙女婿与玄孙都将生活在这片土地上，所以他的故土之情老而弥坚。

也因此，当哥萨克骑兵进犯子归城，造成无数生命财产的损失时，垂垂老矣的钟爷坐着轮椅带着林则徐大人的牌位，视死如归地前往骑兵阵前陈说和平与停战的必要，差点遭到骑兵小头目热西丁的劈砍。但钟爷已豁出去了，义无反顾，冒死演讲，坦然自如，情真意切，无一丝一毫的胆怯，就像一位勇敢的老战士。壮年时金戈铁马，血战疆场，抵抗侵略者；晚年他又临危不惧，阵前宣扬和平停战，也是抵抗入侵者。这位具有传统文化素养的中国老人像一面镜子，照出了侵略者的野蛮残忍嗜血，也照出了中国西部边疆民众热爱和平的本性。

四、神秘的预言者

小说中钟爷在脑子坏了以后，处于时而清醒时而迷糊的状态。奇异的是，这位旧时代的遗孤老在"颠懂"中，竟然对天地万物万事有了一种说不清楚的第六感，并且幻觉与第六感杂糅在一起，突如其来，难以辨析，时常有惊人的准确性，所以带出了一种神秘感。刘天亮被骑兵"老白俄"半夜偷偷放跑以后，派出所所长张一德怕他被骑兵杀害，把他关在县衙球形地牢里，没人知道这件事（张一德之后也失踪了）。云朵没有刘天亮的消息，心急如焚，钟爷却没丝毫焦急。他对云朵说，刘天亮没事，会回来的。之后事实证明钟爷料事如神。

丁巳年春，钟爷作五言古体诗一首，预言了子归城"沙漫荒城"的未来："天狼生于北，黑飙肆于南。老阳烽火时，胡沙漫荒城。"甚至还有一次，他在幻觉中看到风暴骤起，黄沙弥漫，子归城被淹没了。后面子归城的演变，一丝不差地验证了钟爷的预言。

《子归城》第三部《天狼星下》中写钟爷早上面对天狼星长考，然后说子归城"要变天了"，变天指的是天气的突变。不久果然寒流来临，冻得人们瑟瑟发抖。这件事也证明了钟爷短期预言的准确性。同一天的幻觉中，钟爷看到白牡丹穿白绸子旗袍，自缢在一片阳光中。自从赵银儿女扮男装穿黄长衫后，钟爷受了很大的刺激，常在幻觉里见到黄色的东西，他甚至还看到迎儿在破烂的庙宇里伴着青灯黄卷，外面是漫漫黄沙；看到涅槃河畔，他带领军民和阿古柏的人马隔河对峙，漫天黄色的沙枣花瓣飞舞……钟爷被黄色晕染的幻觉像万花筒般转出他一生的镜头。像钟爷这般懵懂的老年人不多见：他脑子虽坏了，但不乱来，反而成了预言者，不但不难堪，甚至堪称传奇。

《石刻千秋》中写诸葛县长强硬地要求子归城所有商户上交粮草以便尽快送走哥萨克骑兵这群瘟神时，钟爷预见了天气即将大变，寒潮将来临，要赶快将粮草交付给骑兵。他的言下之意是粮草如果没及时交付，寒潮一来，骑兵就有借口赖在子归城一带不走了，那威胁可就大了。说到短期天气预报，现代人靠的是仪器及数据分析。而钟爷是否是靠着长期生活积累的经验来预言天气就不得而知。小说对此未加以描写或说明，否则可能会把预言带来的神秘感瓦解了。

甚至钟爷早就写了预言自己死亡的古诗七绝:

> 死于风沙生于水,涅槃梦断驿路边。
> 烽火连天城湮日,家祭犹在胡沙中。

能断生知死,这绝对是传奇,也是旧时代一部分人所信奉的能力。钟爷也确实如自己预言那般在风沙中逝去,逝去时也真的烽火连天。我们只能说,钟爷作为老年人,他的下半辈子的人生脉搏和子归城一起跳动了无数日夜,子归城即将到来的大难以及自己的归宿,隐隐约约都被他所预知,并在懵懂时候从心底潺潺流出,凝聚为诗。钟爷的懵懂和结局如预言一般,为这位老人披上了一层特殊的色彩。

五、钟爷独特的人物定位

纵观小说对钟爷的描写,从第一部《古城驿》延绵到第四部《石刻千秋》,分量比刘天亮和云朵少很多,但也不是可有可无的人物形象。相反,他作为从旧时代走过来的人物,有自己的坚守与个性,就像一棵立在新旧时代交界处的不老松,屹立不倒,神采奕奕,焕发优秀传统文化的光芒,是一种独特的类型代表性人物。

这有赖于作者给钟爷设计的恰当定位:他不像名士五柳先生陶渊明那样喜读书,不求甚解,但五言古诗写得极好;钟爷肯定是读过点书的,但也称不上名诗人;不过,他是子归城的主人翁,也是子归城历史的参与者和见证者。即便在生命终结前,他也敢坐木轮椅前往战火纷飞的阵前做呼吁和平停战的演说。

他也不像卧龙孔明,隐居乡下,一旦刘皇叔上门求贤,便出山指点江山,干一番惊天动地的大事业。钟爷则相反,他在迪化与子归城抵抗侵略者阿古柏的势力,立功甚多,封号英雄,干了一番事业后却最终心灰意冷,辞官挂印,躲到城外郊野之地过洁身自爱的耕读生活。他不像俏红那般有革命理想,也不像刘天亮那般要开创一番事业。他就站在旧时代溃败的地方,在痛心朝廷正统崩溃后,以培养自己的两个孙女为己任,把传统文化的仁、义、智、信、勇、廉、耻等理念传给她们,让她们懂得做一个真正的中国人。就拿云朵来说,她做的那么多善事好事奇事,体现她有仁,有义,有智,有礼,有信,有勇,有情,有真(具体参看本章第二节),谁敢说不是钟爷培养的?就说刘天亮用计费心机压低酒料粮价格,损害料粮贩子正当利益一事来说,是刘天亮人生中做过的罕见的一件坏事,为了赚钱而露出丑态。钟爷与云朵虽未讨论过此事,态度却出奇地一致。钟爷私下说这事"自作孽",云朵则气得骂刘天亮"狗改不了吃屎"。所以说,钟爷既是旧时代的回眸者,也是优秀传统文化的传播者,更是功劳卓著的爱国爱乡者,三者兼具,是这个形象成功的第一个要素;同时,钟爷还是一位神秘的预言者。

这个预言者是作为"颠懂时的预言者,预言时的颠懂者"出现的,极有其特殊性。钟爷在脑子坏了以后,随时可进入"颠懂",常在"颠懂"中预言。但他不是预言大师,随时能为世界指点迷津,如果是那样,就可称为神了。他也不是一般的老糊涂,虽然他会有短暂糊涂,但糊涂时的幻觉并不离奇,多为他的人生片段或跳跃性的蒙太奇。他的幻觉和预言中都缠绵着故土、亲人、故人和自己的一生。即便他"颠懂"到要打诸葛县长,也是因痛恨金丁的胡作非为。令人着迷的是他的预言居然很准确。

上文分析过,这也许是和他的人生经历、生活经验有一定关系,但是更重要的是作者有意给钟爷涂上一层超自然的、超验的色彩。中国旧社会当然有人信这个,可现在是科学昌明的时代,人类的航天飞船都飞到遥远的火星上去了,写这种超自然的东西好吗?假如《子归城》是科普作品当然不好,可文学作品得另行讨论。小说是虚构的,它可以也有条件超越现实万物。即便是以现实主义为基础的小说,也可以加入象征的、神秘的甚至是超验的元素,形成交融状态,人们称之为魔幻现实主义。在加西亚·马尔克斯的《百年孤独》里,就有不少对神秘与超验的描写,书中第二代的奥雷里亚诺生来独特,从小就有准确预言的本事;书中第五代美人儿梅蕾黛丝身上有特殊气味,曾因此害死几个男人,她洞明世事,超然物外,甚至抓住一张雪白床单仙人一般飞升空中,最后不知所踪。中国作家阿来写的小说《尘埃落定》里,康巴土司生了一个傻儿子,这个傻儿子与社会格格不入,却具备神奇的预言本事,准确地预言和见证了藏族土司制度的衰亡。上述小说受到读者们的欢迎。人类自古以来就需要神话、需要想象,即便现在科技发达了,魔幻现实主义小说依然大行其道,有一阵子甚至风靡世界,说明人的精神世界需要想象力的滋润，人的强烈情感需要具有想象力的渠道流泻。如此看来，钟爷身上焕发的神秘色彩和预言，不但是被允许的，是创造特定情境氛围所需要的，而且成为钟爷重要的特征之一，也是这个人物形象成功的要素之一。

六、"魔幻"对于现实主义形象的价值加持

上文对作者塑造钟爷形象的主要方法做了简要分析。那么，钟则林的形象具有什么样的文学价值？

这个问题涉及文学审美的价值。古典美学一向认为经由心灵创造的非功利性的美能引发审美者普遍的精神愉悦。正因为如此，跨越现实主义的文学作品能受到普遍的欣赏与称赞。魔幻现实主义作品虽说是 20 世纪的拉美文学潮流，却也给改革开放后的中国文学提供了宝贵的营养，促进了中国文学的进步与发展。不可否认，小说《子归城》具备了一定的神秘性，体现了魔幻现实主义的色彩。其实《子归城》具备超验神秘性的人物不止钟爷，还有迎儿和云朵。迎儿几乎凡梦皆灵，梦境演的就是接下来的现实。而云朵则有嗅觉上的超验，在不可能的条件下，她就是能嗅到某种味道，然后知道谁来了。最突出的当然是钟爷。钟爷的形象蕴含着某种程度的魔幻现实主义写作取向。由于是在现实主义基础上的魔幻，魔幻的效果不是抵消或削弱了现实主义，某种程度上反而加强了现实主义。钟爷作为旧时代的回眸者，从过去到后来，卫国保土反侵略，善待亲人、孤儿、故人，一以贯之，旧时代的腐败与不堪没有在他身上留下影子或气味，他以洁身自好的耕读生活保留了很多优秀传统文化的特质。而他的懵懂、神秘性幻觉与预言，因为皆缠绵于家乡、故土、亲人与故友，使得其对家园、亲友的情感显得更加强烈，所以不但没有削弱他的现实主义形象的价值，反而对其进行了一种特殊的强化。

作家刘岸创作长篇小说巨著《子归城》时有意进行了文学写作的试验。这个试验在小说文体形式上的表现力度较大，在小说人物塑造上也有着力。从钟爷的形象上看，现实主义的价值与魔幻主义的价值是互相融合、完全统一的。钟爷这一生于旧皇朝的人物、在西部边疆卫国守土抗击侵略者的战斗者、嫌弃肮脏官场而洁身自好的农耕者、优秀传统文化的代表者以及神秘的老人，说得上是当代中国小说人物之林中一片引人注目的绿叶吧？

第五节　坚守大义、卫国有功的
边疆军政领导人——杨都督

当代国人大多知道左宗棠收复新疆领土的伟大功绩，也知林则徐入疆开渠、勘田、垦荒、操防固边等辉煌业绩。辛亥革命后的新疆都督、督军杨增新运筹帷幄，在未得到中央政府任何财力与兵力支持的情况下，不顾新疆哥老会等起义频繁，省府力量孱弱，毅然倾力支援边疆地区，抗击境外势力的侵袭，并斩杀密谋叛变投外的内部势力首领，挫败外国侵略势力分割中国北部疆域领土的阴谋，使阿勒泰这个被国外侵略势力觊觎的地区（11 万平方公里，面积相当于江苏省）重归新疆行政，并永留中华版图，为中华民族立下了丰功伟绩。这样的人物、这样的功绩却被许多当代国人遗忘，在文学作品中也未得到表现，这是爱国主义教育与历史教育一大缺憾。

长篇小说《子归城》（四部本）弥补了这个缺憾。该小说中刻画了众多人物形象，新疆都督杨增青即为其中一个，是一个占篇幅不算多，却较为特殊而又具有深刻含义与文学价值的形象。

杨都督的原型为杨增新。小说中的杨都督作为一个戍边卫士、一个挫败外国势力侵占我国领土的阴谋的边疆军政领导人的形象，值得关注。

一、三个性格特点凸显形象

总体上，《子归城》（四部本）中对杨都督这个边疆军政领导人的施政举措的描写，主要集中于组织抗击蒙古黑喇嘛势力对阿山地区的进犯和应对图谋占领子归城的哥萨克骑兵契阔夫部，保护我国西部边疆的领土完整；内政部分略有涉及，主要是对子归城县长金丁的任命及对其行政工作的指示以及处理地方帮会势力叛乱事宜。由于金丁追随勾结外敌、企图叛变自立的子归城地方武装靖安团团长马麟，因此处理内部叛乱又与对外斗争交叉在一起，体现了边疆地区外政与内政是不可分割、紧密联系的。

小说中杨都督在施政中和与哥萨克骑兵契阔夫部以及马麒部等的交锋中，彰显了自己作为卓越的地域军政领导人的性格特征。

他立场坚定，旗帜鲜明地维护民族大义，坚决守护国家疆土完整；同时又心胸开阔、头脑清醒，对各种图谋分割中国新疆领土的域外势力了然于胸，极力防范，勇于斗争；与外国势力交往时既不卑不亢、有理有节，又多次直接或间接宣示领土主权，保持了地域性军政领导人的良好素养。具体有以下几点：

第一，他欢迎投靠了新政权、愿意接受新政权领导的原清朝营级部队马麟部，可谓心胸开阔。同时他对边疆地域政治的复杂性和各种可能都保持足够的警惕性。因局势紧张，他来不及改编马麟部，便就地任命安置，以此特殊局势对他们进行考验，此可谓头脑清醒。

第二，当黑喇嘛属下骑兵进犯阿勒泰地区，意图从我国领土上割下一块肉时，杨都督不顾困难，马上部署省军展开反击战，并发动各地资源援助阿山战斗，最终击退黑喇嘛的军队，取得保卫战胜利，成功保住了阿勒泰地区。那时只要杨都督稍有犹豫，阿勒泰地区就会像科布多一样，落入境外侵略势力手中，最终丧失领土主权。小说对这一历史事实进行了描写，从中可以看出：是杨都督做出了关键的决策。

第三，他与哥萨克骑兵契阔夫部和俄国总领事伊万进行了一系列交锋。当契阔夫部欲借道子归城时，杨都督为防止哥萨克骑兵趁机侵犯子归城，决定由省军押运他们的兵械，并写了一封信给契阔夫，允许他"稍做休整，补充供给，奠祭亡灵（其舅雅阁甫），以作长途远动……但不可杀人放火，违法乱纪，所到之处需秋毫无犯"。他对契阔夫部可以做什么不可做什么进行规定，彰显了对子归城的主权。信由张一德随身携带，在关键时候出示。这一策略性的行为是他在提示契阔夫中校：别跟我耍手段，我们的领土是不容侵犯的，契阔夫也因此受到了震慑。《子归城》第三部中，当子归城形势危急时，杨都督给契阔夫回电警告契阔夫骑兵不准犯境，这都是对于主权的反复宣示。甚至杨都督还多次电邀俄领事伊万共同前往古城解决危局。这既是主权宣示，又是外交行为，杨都督想尽可能以外交行为压制军事行为，因为那时新疆地方政府的军事力量是很弱的。

杨都督睿智沉着，眼光长远，擅长谋略，对各类局势应对有方，力求为守疆固土、抗击外国侵略势力谋取最终的主动权。

杨都督这一特质主要通过五个举措得以表现。

第一个举措是在收编马麟部并以其部下组成靖安营时，委派马福山为马麟的副官。马福山虽受马麟限制，却是省府派来的人，可以被视为杨都督派来监督马麟的人。他的很多行为细节表现出他对农民乃至平民企业家的刘天亮和子归城派出所所长张一德等的袒护，都是杨都督授意的。

第二个举措是派杨修与蒋干从省城迪化去子归城创办具有无线电功能的邮驿所（类似邮局）。杨修与蒋干就是杨都督提早埋下的暗子。杨与蒋二人均是杨都督下令培训的无线电人才，属省府管辖。杨都督以办理子归城邮驿站的理由，在地方势力马麒部的眼皮底下，以光明正大的方式把这二人派到子归城，暗中监视与汇报，暗子便成了钉子。

因为马麟尽管在辛亥革命时期参加了造反，但他本质未变，其部属未受到改编。杨都督在来不及对马麟部进行整顿的情况下，保持了对他们的清醒认识和足够的警惕性。

第三个举措是委任张一德为子归城派出所所长，进一步为将来埋下可用的暗子。

第四个举措是在阿山反侵略战斗打响之际，杨都督名正言顺地从马麟的靖安团中抽调了两个排精壮兵参加阿山战斗，削弱了马麟的力量。但杨都督同时允许其自主招兵，将靖安营升格为靖安团，可谓明升暗降（实力下降了）。其时马麟与契阔夫部勾结未成，怀着拥兵一方当诸侯之野心的马麟明摆着吃了一个暗亏，却又无可奈何。

杨都督的第五个举措即利用平定伊犁叛乱抽调了马麟一个连，并强行扣押了这个连，进一步削弱了马麟的力量。

杨都督富有魄力，关键时候杀伐果断，身先士卒，勇闯险境，出奇制胜。没有这样的性格特点，他无法在危机来临时迅速平叛，挫败内部叛变势力的分裂阴谋。当时的危机在于子归城地方武装力量靖安团不仅不抵抗哥萨克骑兵契阔夫部的入侵，其领导人马麟及县长金丁反而与契阔夫勾结，设下圈套，企图骗杨都督到子归城视察以杀掉杨都督，实现他们和契阔夫部瓜分子归城的阴谋。而杨都督则将计就计，不但电邀沙俄领事伊万来子归城商议危局大事，还请威望卓著的迪化俄商首领谢苗诺夫来子归城慰问契阔夫部。杨都督佯装等候沙俄领事的回应，实则乔装打扮，快马加鞭，率兵夜入险境，直捣叛贼马麟的心脏。这样的地域军政领导人形象确实罕见。

二、三大塑造杨都督形象的手法

诚如上文所述，杨都督仅是《子归城》（四部）众多人物形象中所占篇幅并不多的一个人物，但作者并不因其所占分量不多而随意下笔。看得出来，作者因杨都督在《子归城》人物谱系中的特殊性而格外用心，努力使杨都督的形象丰满鲜活起来，以文学性来感染读者。具体来说，作者塑造杨都督的独特手法主要为以下几种。

（一）虚实结合，以虚衬实

虚，总体虚泛的叙述，指的是对杨都督与其在子归城的行为（主要是施政方面），不进行细致描写，仅使用满足情节发展需求的简洁叙述。比如对马麟的任命，又比如抽调靖安营精壮兵士两个排，扣押参加伊犁平叛的靖安团连队不让归队，又比如命令张一德组建子归城派出所等。都是简单叙述，带过细节，读者无法读到杨都督的具体言行举止。当然，虚泛叙述中有时也插入一点淡笔描绘，比如杨都督因林拐子的告状信而训斥金丁等。杨都督的描写如此之少以至于阅读小说前两部时，笔者一度误以为杨都督的形象太单薄，不具备文学的价值。

实，实实在在的描写，指的是作者对杨都督的行动细节进行生动形象的描绘，以便展示人物的精、气、神，凸显杨都督的人格特质。在这点上，作者是精心设计的。这体现在杨都督突然从绥远平乱之地回归，率精锐卫队乔装混进驼二爷的车队，进入县衙门以迅雷不及掩耳之势斩杀暗中勾结外敌企图谋杀杨都督的恶势力首领、靖安团团长马麟及其追随者县长金丁。（第三部《天狼星下》）

读到这里，笔者立刻把关于杨都督的内容串起来，明白了这虚实结合中，前文的虚很好地衬托了后文的实，让阅读体验有一个极大的升华——杨都督并非仅仅是由于情节的需要而出现的无足轻重的人物。他也许谈不上神机妙算，但是他极具眼光与智慧，"苦心默运"，杨都督是一个极具重量、实实在在的戍边英雄和功勋卓著的地域军政领导人。

（二）空间视角，由远及近

远近指的是杨都督与子归城的距离。以子归城为坐标，杨都督所在的省城迪化或他后来去的绥远是远方，他就在远方对子归城的政局作出种种指示，比如训诫马麟，比如与哥萨克骑兵契阔夫部联系沟通，又比如回应子归城的求援电等等。他在地理上远离主线情节与核心事件的发生地子归城，《子归城》前两部中杨都督的形象缺乏足够的描绘，给人的印象是杨都督不了解子归城各事件的细节，他的回应属施政的通常举措，并且他容易受子归城反面势力的蒙蔽，无法洞察马麟势力的阴谋。也因此在阅读《子归城》前两部时，笔者为乏力的杨都督捏一把汗。

可当作者把描写杨都督的视角由远拉近之后，观感却倏然转化。及近，指是杨都督暗中来到子归城，即小说第三部《天狼星下》第十六章 "一夜惊心百年"。杨都督不再是笔者印象中那个乏力的形象有点模糊的地域军政领导人，而是智谋超人、勇气超然、杀伐果断、精气神饱满的战士。乔装进入子归城，杨都督在力量上是处于劣势的，况且马麟们已经策划了与契阔夫部联手的局，计划在子归城一举杀掉杨都督的阴谋；一旦杨都督进入子归城时被识破，有可能遭遇不测。

然而智勇者胜！杨都督夜入子归城，突然亮相，下令斩马麟，杀他个措手不及，人头落地，终于割掉了这个满肚子坏水的毒瘤！这视角的远近变化和情节的极速转折，带来了极佳阅读体验，展现了文学的魅力，真是大快人心，令人钦佩与赞叹！

（三）浓墨重彩，画龙点睛

如上文所言，杨都督乔装夜入子归城平叛，是作者在前文多次以远景与对杨都督的虚泛叙述作为铺垫之后，精心刻画的一个高潮，可谓浓墨重彩。在这浓墨重彩之中仍然有必要的铺垫。

第一幕是杨都督出场。一开始描写络腮胡子驼二爷与守子归城门的马麟手下的杨干头吵架，然后乔装成车夫的杨都督亮相了："胡子花白，穿长袍马褂，戴一顶塌沿的毡帽。俗人却不俗相，看上去精神矍铄，目光有神。" 哪怕是乔装的身份低贱，杨都督的气质却是脱俗的。"老车户出神地望着城门上子归城三个字，还深深地叹了口气。" 值此动荡时局，杨都督涉险讨伐叛乱头子，岂不感慨万千？"身份" 低而气质高，这引起了守城头目杨干头的怀疑。杨都督却一点也不慌，只是催马车入城，最后在驼二爷及他手下的骆驼客的配合下闯进了城。

第二幕是杀马麟。在高潮到来之前，"四个汉子，在一个老者引导下，抬着系着红绸子的烤全羊、烤马鹿昂然而入"。这老者便是伪装成老车户的杨都督，气宇轩昂。当马麟感到气氛不对，放下酒杯站起来之时，"老车户突然摘下毡帽，朝地一摔，手指马麟，大呼一声：斩马麟！"马麟这才一怔，扮作抬鹿汉子的快刀手嗖地从马鹿肚子里掏出一把寒光闪闪的大刀，手腕一旋，刀片从马麟脖子上抹过。在这个惊心动魄的时刻，杨都督摔帽干脆利落，"斩马麟"三个字简洁有力，雷霆万钧，气势如虹，瞬间把控了局面，体现了一方地域领导人的魄力与手段！

第三幕是斩县长金丁。杨都督捡帽，弹灰，对赴宴的众商户陈情，敬酒。然后满脸笑容的杨都督，"猛然将杯子摔倒在地，随即手指金丁，又是一声厉喝：砍金丁！"之前摔帽，此处摔杯，然后又是斩钉截铁的三字命令，挟无上气势，指挥着刀手们摘下了金丁的脑袋。金丁因夫人与杨都督有亲戚关系而幸运当上县长，他木工才能出众，施政却昏庸无能自私，追随密谋叛乱的靖安团团长马麟，死不足惜。这段斩金丁的描写，先抑后扬，富于魅力。

第四幕是公开马麟与金丁罪状及任命诸葛白为县长。杨都督先是邀哥萨克骑兵契阔夫部的皮斯特尔和巴克洛夫入座，然后才开口"今天只斩这两个人，他们勾结外敌，残害百姓，罪大恶极，十恶不赦，不杀不足以平民愤……"一口气说了八个"不杀不足以"，像是一篇气势滔天声讨叛贼的檄文，同时也是对"外敌"皮斯特尔和巴克洛夫的震慑。

上文说明杨都督虽远离子归城，却通过自己的渠道和手段洞悉马麟等人的阴谋诡计，掌控着全局。小说中对于杨都督远离事件中心时的种种虚泛的叙述犹如是在画龙，而拉近距离刻画子归城平叛时的杨都督就像是"点睛"，让这只龙一下获得了生命，焕发了高昂的精、气、神，展现了他运筹帷幄、谋定而后动，快刀斩乱麻、拔除子归城内乱根源的领导才华，十分激动人心！

三、爱国主义文学形象的新突破

小说吸引人的地方在于牵动人心的情节发展和打动人心的人物形象。塑造人物形象是小说必不可少的一环，而独具特色的人物形象既吸引了读者，也是小说家对于小说艺术的贡献。《子归城》中的杨都督因其特色而具有突出的文学价值。

（一）杨都督的形象为当代小说人物之林增添了新的类型

之所以这样说，是因为笔者发现在中国现当代小说中找不到这类型的人物形象：杨都督作为地方大员，肩扛军政双重责任，虽权力集于一身，但省府力量相当孱弱，地域最广而财政颇穷，武装力量在全国各省中规模最小，省府地处边疆，面临复杂的内外形势。内部不宁，辛亥革命后新疆各地哥老会和革命党人等纷纷起事以夺取地方政权，而此时新疆省政府已获得了中央政府的承认，急需休养生息以壮大实力；外有俄沙势力扶植蒙古独立，支持黑喇嘛旗下武装力量侵犯我国科布多阿勒泰地区，同时沙俄势力也不时在边境一带骚扰。杨都督的形象是在如此恶劣的形势下为维护国家领土统一和保护新疆安定局面立下汗马功劳中展现出来的。这个小说人物形象的新类型，可以激发阅读者的爱国主义情感。

（二）杨都督的形象突破了对小说中历史人物塑造的限制

《子归城》不是历史小说，但杨都督可以算是历史人物，《子归城》写他指挥阿山对黑喇嘛势力的反击战，指挥伊犁平叛和绥远平乱，斩杀谋图勾结外敌叛乱的地方武装首领等，均于史有据。那么，这个为祖国保下11万平方公里领土的爱国军政领导人，为什么长期以来没有作家以他的经历为蓝本进行文学创作呢？

在辛亥革命与民国革命背景下，一个旧时代诸侯式的地域军政领导人值得去刻画吗？杨都督在新疆各地镇压会党起事，是不是对革命力量的镇压？他还利用权谋铲除新疆统治阶层里的异己，算不算一个心狠手辣的枭雄？杨都督这个历史人物的很多经历《子归城》并未深入描述。按照旧的思维标准，杨都督镇压起事会党就是镇压革命力量，他镇压内部异己就是旧式军阀行为。

然而，作家刘岸创作《子归城》时，突破了旧的思维对小说中历史人物刻画的限制，以维护国家领土的统一、反抗境外势力对我国西部边疆领土的进犯为支点来塑造杨都督的形象，宣扬了爱国主义和民族大义。而对杨都督的其他方面尤其是涉及内部权力斗争的地方，作者一概略过。这是很聪明的做法，因为这不是杨都督的传记，也不是以杨都督为主角的小说，没必要描写偏离《子归城》主题的内容。对历史人物，我们当然不能完全用当代的标准去评判。只要对国家主权与领土安全做出贡献的人，都值得对其贡献进行肯定，都值得以文学手段刻画其形象。我国西部边疆领导人领导人民反抗侵略的历史真相在小说中得以还原，这对所有立志保卫祖国建功立业的当代人是启迪与鼓舞！

（三）杨都督的形象拓宽了爱国主义在文学中的表现领域

直到现在爱国主义仍然是我国重要的主流思想之一，这和我国曾遭受百年以上的外敌入侵有关，文学作品中有爱国主义的表现也是理所当然的。一般而言，新中国的文学作品把共产党人和革命者作为承载爱国主义的人物加以塑造，描写抗日战争中牺牲的赵一曼等人和在抗美援朝战场上英勇奋战的将士是表现爱国主义，刻画陈嘉庚的形象也是表现爱国主义。同时，革命小说《红岩》也被认为是爱国主义文学。而实际上，关于国家内部斗争也是革命的一环，保卫国家的主权与领土完整也是爱国主义的主要内涵。

杨都督作为旧时代的地域军政领导人，由于其经历具有复杂性，所以难以被视为爱国人物，被拦在文学园囿之外。

刘岸创作《子归城》打破陈规陋见，拓宽视野，有意识地塑造了一个旧时代里具有复杂性及拳拳爱国之心的边疆地域军政领导人形象，在丰富小说人物类型的同时，也拓宽了小说中爱国主义表现方式的领域。在给人们带来小说审美感受的同时，也会带动人们对爱国主义文学进行更深刻的思考。

当然，杨都督的塑造也是有瑕疵的，尤其是在子归城民众经历了与内外邪恶势力的激烈斗争以后，杨都督下令子归城新县长诸葛白处死杨修，理由是"知道得太多"。这个细节不符合杨都督的人物逻辑。杨修作为"暗子"埋伏在子归城，其本人也是底层人士，无缘参与省府上层斗争，并且被恶势力关押凌辱，在九死一生处境下靠装疯卖傻活下来，却也不曾变节。他也不曾掌握对杨都督不利的任何材料，杨都督没有任何理由下令处死他。估计是因为民间有此传言，作者受了民间传言的影响。

总体上看，《子归城》对于杨都督形象的塑造是基本成功的，在带给人们阅读享受时，也带来了新的文学思考。

第六节　壮烈的社会贤达——神拳杨

神拳杨，大名杨公义。标题中的壮烈，指的是神拳杨的结局。神拳杨擅长拳术，扬名民间，是子归城原最大典当行的老板，他算是子归城武术界和典当界的代表人物，可以说是颇有声望的社会贤达。

一、掉入大坑，心志犹坚

身负国术傲视人间，又手握子归城最大典当行这一笔巨大资产，有妻有子，还有社会声望，神拳杨可谓人生完满。古人云"满则亏"，神拳杨的"亏"不是因为典当行经营不当，也不是因为在社会上与人相处不好产生矛盾冲突，而是来自合富洋行的算计。合富洋行是子归城最大的经济势力，通过与林闽嘉签订的黑沟煤矿的对赌协议及其他破坏性手段，顺利夺取了黑沟煤矿的产权，财产大增。于是合富洋行又盯上了神拳杨的典当行占的市场份额，这就必须设圈套引神拳杨入局。

这个局由皮斯特尔与谢尔盖诺夫共设，即谢尔盖诺夫借口从合富洋行赎出意中人名妓柳芭，但因手头银两不足，须回迪化筹资，怕柳芭被别人捷足先登，所以暂以800两银子押在神拳杨的典当行，待筹得银两来就领走柳芭。神拳杨不是没头脑的毛头小伙子，没有答应。洋行的人纠缠不休，神拳杨急于与驼二婶偷情缠绵，一时心烦答应了，交代员工将柳芭好生看管住，没想到这是个阴谋。当晚皮斯特尔忽悠来刘天亮，趁添仓节典当行员工忙碌中警惕不足，劫走了柳芭。随后在郊外发现柳芭的无头尸体（其实不是柳芭的，但大家不知）。神拳杨交不出来人，被迫拿出身家三分之一的财产赔给合富洋行和谢尔盖诺夫；在洋人和省府的压力下，他还被迫让手下张福顶替认罪以给洋行一个交代。张福被判死刑，神拳杨以大笔金银细软赔偿张福家。

神拳杨在这件事的处理上，有几处值得注意。

一是他对洋行的贪婪和无耻估计不足，因忙于偷情而过于轻率地答应了洋行，这是因为他的社会经验尚不足以应付合富洋行那帮老奸巨猾的家伙。按理说能拥有如今地位，神拳杨的社会经验应该足够丰富，加上之前他的典当行从未典当过人，理应更慎重一些。他却因贪恋床第之欢而让事业遭受重大打击，于他这种有阅历的人来说是不应该的，是极大的教训。

二是名妓事件发生后，神拳杨处于极被动的地位，但他答应赔偿合富洋行和谢尔盖诺夫损失也过于鲁莽。虽说当时子归城没有律师行帮他抗争，但只要他冷静下来肯定能发现整个事件的破绽。只见柳芭尸身未见柳芭的头，他可以报官要求找到柳芭的头来证明被劫的典当人已被害，然后再赔偿损失。

他也可以要求抓捕凶手后再赔偿，但他没有，只是按照典当物失窃的理由赔偿。这只能证明事件的发展超出了神拳杨的想象，也扰乱了他的思维。

三是他安排手下张福顶替凶手，让手下以命换钱。表面上这属于自愿交易，但用当代的道德与法律的标准来衡量这绝对是违法和不道德的。只是这事发生在100年前，那时是清末民初时期，子归城与全国一样，处于动荡转型期，这种下人为主人承担责任的做法为民间所认可。虽然神拳杨向张福的家人补偿了价值不菲的金银细软，但张福终究是没了一条命。生命无价，没有人，尤其是年轻人愿意丢掉生命。张福是主动顶替的，从他入狱到死，从未反悔过。这可以看出神拳杨平日对他不错，于他有大恩，他愿报恩而赴死。

四是后来谢尔盖诺夫后悔自己参与策划名妓奇案，致使一条无辜的生命离去，哭着向神拳杨忏悔，神拳杨竟原谅了谢尔盖诺夫。神拳杨为什么要原谅谢尔盖诺夫？要么是因为谢尔盖诺夫已是哥萨克骑兵中尉，不原谅也拿他没办法；要么是因为谢尔盖诺夫退还了从"名妓奇案"中赚到的钱。帮助洋行策划阴谋，还赚了不少钱，这不是空口忏悔就可以被原谅的。

总的来看，合富洋行以有心算计无心，当胜。神拳杨遭受突然打击之下，思维混乱，只能以典当行常规来应对，当负。但在这过程中，神拳杨表现出来的对省府的尊重和对行规的尊重，对顶罪的张福全力补偿，以及后来对谢尔盖诺夫忏悔的谅解，可以看出他是个好人，没有弯弯绕的心思，心胸宽阔。况且他也明白合富洋行弄垮中国典当行以占领市场的目的，所以他发誓一定要坚持把典当行办下去，绝不让洋行的阴谋得逞。这也显示了神拳杨虽然在合富洋行这里吃了大亏，但民族气节绝不亏欠。所以神拳杨并没有一蹶不振，他继续在子归城仗义助人，这是很难得的品格。

二、仗义助人，站稳立场

仗义助人，是神拳杨作为社会贤达的重要的特征。比如，在刘天亮的酒坊被山西王手下砸烂、人被打伤的时候，他主动站出来调解。

刘天亮与山西王相比，是相当弱势的一方。他被打时，酒坊员工都在外面忙事情，无人援助他。即便是酒坊员工都在，也奈何不了山西王人多心狠。神拳杨出面劝解，直接原因是神拳杨的情人驼二婶的请求。驼二婶这样做仅是出于同情刘天亮；而神拳杨愿意出面劝解，既有尊重钟爷的原因（钟爷是刘天亮的干爷爷),也有出于社会贤达帮助弱者的社会情怀的原因。社会贤达有责任制止欺侮弱者的行为,让社会更和谐美好。钟爷已经是前朝的人物,虽说他在清朝时抗击阿古柏侵略者有功劳,但清朝已经覆灭了。所以山西王根本不把钟爷放在眼里;可神拳杨没有,他对钟爷的尊重其实是对其作为抵抗侵略的英雄的尊重和认可,这间接表现出神拳杨的人格特质。

与山西王这样的帮会势力头领相比,神拳杨的力量肯定较弱,他手下只有典当行的员工。但若比社会地位,则一点也不差,甚至神拳杨更高。因为帮会势力虽然人多势众,但毕竟是游走于社会边缘,带有偏门与暴力的味道。神拳杨则带有经济经营与国术(武术)专家的气质,更易被社会大众所尊重。因此他愿意站出来,敢于站出来,这是神拳杨急公好义的性格表现。尽管这对于解决刘天亮与山西王的冲突帮助不大(山西王并不信服神拳杨),但至少是精神上的支持。

后面当刘天亮向神拳杨借银子赎回山西王手里的酒坊股权时,神拳杨因欣赏刘天亮与哥萨克骑兵斗争时的英勇表现,同意就此事帮刘天亮一把。其实那时神拳杨的经济实力已大不如昔,愿借银两给刘天亮,确实能算仗义助人。从根本上讲,神拳杨也是勇敢的反侵略主义者,因此他欣赏刘天亮对哥萨克骑兵的反击。

后来当皮斯特尔与杨干头带骑兵到酒坊拿酒,云朵借口酒坊已烧掉,没有酒了(实则酒藏在隐蔽的地窖里)。于是皮斯特尔要抓云朵,正好此时神拳杨带人到酒坊,立马上前阻止,严正斥责对方,指出刘天亮杀巴索夫等侮辱迎儿的骑兵的事不得牵累到云朵身上。因神拳杨的人马比皮斯特尔多,皮斯特尔被迫撤退。这种仗义助人的行为会严重得罪骑兵,有可能带来严重的后果。但神拳杨不怕,这表现了他性格勇敢、民族立场坚定。

驼二婶的傻儿子三宝被皮斯特尔杀害后,神拳杨也很愤怒(三宝是他和驼二婶生的),也想声讨报仇,只是因为找不到证据才作罢。

总的来说,作为社会贤达维持社会公道,这是神拳杨应该做的,他也确实做了。说这是他的重要特征之一,不会有错。

三、坚守大义,壮烈牺牲

帮助一般民众,神拳杨愿意尽力而为。而参加子归城的内部斗争,则在更高层面上体现了神拳杨的性格内涵。神拳杨介入子归城激烈的政治与军事斗争，是他正义感的外显。比起山西王，神拳杨在政治觉悟上明显高出太多。这也好理解，毕竟山西王游走于社会边缘，他讲究的是帮会的义气，而不是什么正义感，有正义感他就不会因为酒坊"呛行"而去砸酒坊打刘天亮了。神拳杨不一样，是正正当当的商人和名声响亮的武术高人，其社会声望正是在上述基础上仗义助人而获得的。

更厉害的是神拳杨看穿了靖安营长官马麟与县长金丁的罪恶本质；也因林拐子的告密，神拳杨得知他们甚至趁夜偷偷放跑了杀害三宝的皮斯特尔这个子归城民众眼里的罪人。神拳杨便与杨都督任命的子归城派出所所长张一德暗中合谋软禁金丁，"挟天子以令诸侯"，借用金县长的名义组织大家与骑兵抗争，并阻止金丁与马麟合流作恶。当张一德失手被抓关进县衙的时候，神拳杨让手下张富贵组织刀手队，准备去县衙救出张一德，并暗示他若遇到马麟与金丁不留活口。这是极其大胆也完全正义的行动，如果暴露了也相当危险，因为马麟与金丁的力量比神拳杨强太多了。由于杨都督派到靖安营当副官的马福山教了张一德"假烧死"这一脱身之计，神拳杨暗中布置的刀手救人之计用不上。但这也表明在子归城遭遇外敌入侵的紧急关头，神拳杨不但目光犀利，还坚定地站在社会公义与民族大义一边，已经是豁出去了。

对于诸葛白县长邀自己担任子归城团练总教练一职，神拳杨是心甘情愿的，并且尽职率领团众守卫子归城。神拳杨在哥萨克骑兵攻陷东门的生死关头奋勇当先，山西王紧随其后，率愤怒的子归城民众奔杀过去，经过血战终于收复了东门。战斗中神拳杨英勇的形象是感人的、高大的。

但是，神拳杨毕竟缺乏军事指挥的素养，在东门之上看到仇人皮斯特尔时，他恨意上涌，冲动之下竟下令开城门率众冲杀出去，结果遭遇骑兵压倒性火力优势，冲出去的 800 人死伤惨重，只有部分人逃回来。神拳杨因为这次行动惨败而归，更恨骑兵了。所以俏红组织敢死队实施对骑兵的"斩首行动"时，神拳杨毫不犹豫就报名参加。可惜俏红组织的敢死队行动也失败了，一生英豪的神拳杨被捕，被残酷的骑兵封进骆驼肚子活活闷死。神拳杨抵抗骑兵可谓壮烈，却以惨烈的结局给一生收场。可以说，在子归城抗击侵略史上，神拳杨留下了壮烈的一笔。仗义助人和勇于反抗成为他性格的主调。

四、真爱真情，真实人性

当然，神拳杨在私德方面是不完美的。在《子归城》里，神拳杨与车马行驼二婶的私情也是比较重要的情节。

首先可以肯定神拳杨对驼二婶是有真感情的，甚至是一往情深。当初神拳杨用二担银砣子与驼二爷赌潘银莲（即驼二婶）的归属，他是愿意娶驼二婶的。可是他家里的长辈恪守传统伦理道德，以家族"潘杨不通婚"的族规阻止，至死坚决不同意，还要神拳杨发誓不娶潘姓女子（因民间传说杨家将被潘仁美害死）。神拳杨虽然无法娶驼二婶，可是在真爱驱动之下，也不愿与驼二婶断了关系，俩人保持着偷情的关系，还生下了三宝这个傻儿子。三宝被皮斯特尔杀害后，驼二婶的精神垮了，在寒潮夜外出候客时冻死了，是神拳杨收殓了驼二婶。别说在100多年前，即便到了现在，个人的性爱感情也是一个很难说清楚的话题。恩格斯曾说过，没有爱情的婚姻是不道德的。神拳杨与驼二婶没有婚姻，却有爱情。所以笔者不能从私生活角度去批评或批判神拳杨，只能感叹有情人无法成为眷属，双双落了个悲剧下场。当然，神拳杨的悲剧下场关乎民族大义，与驼二婶是不一样的。

神拳杨与驼二婶的私情是隐性的重要情节。首先，神拳杨是因为与驼二婶的私情而不慎掉入合富洋行设的圈套里，导致事业受打击而且失去了张福这个忠心的手下。《子归城》的重要情节"名妓奇案"与神拳杨的私情紧密关联。

其次是驼二婶状告刘天亮私藏俏红散发的革命传单，导致刘天亮被关进县衙牢里，这也是由她与神拳杨的私情引起的。刘天亮在驼二婶的车马店值夜，看到店里有人影闪过，大呼"有贼"。实际上是神拳杨到驼二婶店里偷情，刘天亮这个"黑肚子"不知情况，无意中喊出的。结果却惹恼了驼二婶，她透露刘天亮私藏革命传单以报复。

最后，神拳杨和驼二婶偷情的结果是有了三宝这个傻儿子，三宝又被皮斯特尔杀害，由此点燃了子归城众人的怒火，促使大家众志成城抗击骑兵。神拳杨由此更恨皮斯特尔，在东城门守卫时看到城门外的皮斯特尔时，他恨意汹涌之下率众打开城门出击，遭到骑兵优势火力打击，死伤惨重。

由此看来，关于神拳杨的情节设置既关系到保卫子归城的重要斗争，又关联神拳杨的私生活，二者纠缠在一起，显得生活的味道特别足，既写出了真实人性，也表现了人物性格，使之成为《子归城》这一宏伟壮烈画卷的一部分。作者的构思是深远的，描写是成功的。

五、"虚艺实情"等塑造人物形象的手法

作家刻画神拳杨的形象是颇为用心的。笔者注意到灵活运用以下几个创作手法是神拳杨形象刻画成功的保证。

第一是"虚艺实情"。对神拳杨的武艺，作者采用虚化的方法，而对于他的情感及情感导致的行为则给予详细的描述。神拳杨大名杨公义，神拳杨只是他的外号，说明他的拳术功夫高超。既然是功夫高手，作者一般爱描绘其神出鬼没的招式，可《子归城》的作者偏不写神拳杨使用什么招式，哪怕神拳杨参加了与骑兵的生死搏斗，也没有描写他的高明招式。也许这是作者在人物塑造方面运用"陌生化"策略的表现，即用"反熟悉化"的方法，塑造一个与别人笔下的功夫高手不一样（陌生）的形象。而神拳杨无论是在山西王面前维护刘天亮，还是在酒坊里逼退想抓云朵的皮斯特尔，无论是与张一德合谋挟持金丁以号令抗击骑兵，还是参加俏红的斩首行动突击队……都是实实在在的行动，都是其情感的外显。可以说，由于作家采用"虚艺实情"的方法，成功塑造出一个属于西部边疆的、与传统武术功夫名家迥然不同的形象。

不过，在神拳杨悲剧收场前，作家似乎没把握好"虚艺"的分寸，写神拳杨临死前坦白自己"骗了大家半辈子""啥功夫也不会"，以往他每天凌晨闻鸡起舞是"舞着布帕子，糊弄人"。笔者不赞成书中这种"祛魅化"，这不是塑造神拳杨形象所必要的。武术界的确长期有假大师故意夸大和神化自己的功夫以牟取利益。不过，武术界更多的是默默苦练传统功夫技艺的人，他们的功夫虽不像假大师夸大的那般神奇，但真正的武术名师的能力也比一般人强很多。《子归城》中只有神拳杨一人属武术界，而这仅有的一人实际上又是"功夫骗子"，这个尺度没掌握好，也不太合理。现实中不可能有一个人吹嘘自己功夫很好，大家就接受了，至少他得好好耍一套拳术，或者在与人交手中，他的身手比较出众。比较合理的情节设计是神拳杨的确有些功夫，但夸大自己能"隔山打牛""踢死老虎"之类，他坦白的就是这些牛皮的真相。

那么，这种"祛魅"笔者是赞成的。

第二是"主副双线交织"。主是主线，副是副线。塑造神拳杨形象的主线是他仗义助人、勇于战斗、坚守大义，上文在这方面有过具体论述，这里就不赘述了。而塑造神拳杨形象的副线则是他与驼二婶的私情，这副线是人性的细微表现，上文也评述了。主线和副线，交织着推进，共同构成神拳杨的形象，并使这形象更具有社会性的质感和人性的真实感。

第三是特写镜头式的场景描写。在神拳杨的最后关头，骑兵往两边散开，中间的士兵缓缓推出神拳杨。他先向大家坦白了自己的神拳真相，然后骑兵把他塞入死骆驼腹中，用针线把骆驼肚子缝起来。神拳杨在骆驼肚子里闹腾、翻滚、喊叫，甚至曾伸出一只手来……如此残忍的酷刑，用特别冷静细致的特写镜头式语言描绘，真是让人毛骨悚然，益发显露了哥萨克骑兵的残暴不仁和神拳杨的牺牲精神。神拳杨是壮烈的、不屈不挠的，既令人悲叹，也令人敬佩！

六、兼擅武术与商业的独特的文学形象

刻画神拳杨形象不仅仅是因为人物素材存在，作家顺势而为，也不仅仅是因为作家设计情节的需要。刻画神拳杨的形象，关键在于他具有文学价值。

第一重价值是神拳杨给出了一个擅长武功的商界人士形象，这是很独特的。神拳杨经营大型典当行，小说里对他的经营并未展开描写，而对他落入合富洋行的陷阱从而导致重大经济损失进行了细致描写。神拳杨从这一经营败绩里嗅出了合富洋行阴谋的目的所在，便发誓要把典当行坚持办下去，绝不让洋人控制典当行业的阴谋得逞。此外他还有仗义助人的高尚品质，甚至冒着风险助人，这在商界人士中也不多见。这一独特的商人形象显露了他的民族气节、坚韧和乐于助人的品质。这是其价值意义所在。

第二重价值是树立了一个独特的懂商业经营的武术高手的形象。中国是武术的发源地，各种功夫争奇斗艳。大部分小说里的功夫高手形象除了练功，便是介入江湖恩怨，打打杀杀。像许世友将军这样擅长少林武功的便成为传奇，是很独特的武人形象，不过似乎也没有小说作品取材于他。神拳杨作为西部边疆小城有社会影响力的功夫高手，既未开武馆授徒传艺，反而专营典当行，够特殊。他也有打打杀杀，但不是什么江湖恩怨门派之争，而是参加

西部边疆反侵略的重大战斗，在战斗中他还作为民众首领冲锋陷阵，这当然与他的功夫高手这一重社会身份有关。最终他壮烈牺牲了。这一懂经商的为民族大义而牺牲的功夫高手形象是独特的，其形象的文学价值也独特。

第三重价值是塑造神拳杨这一兼具商人与功夫高手双重社会身份、又具有独特性格的人物形象的创作手法的价值。笔者把读者分为"阅读享受爱好者""文学评论爱好者"与"学习创作爱好者"三种。神拳杨的形象对于第三类读者的价值是突出的。如何"虚艺实情"，防止陷入过于烦琐的不必要的细节描述，而将主要笔墨用于那些可以突出人物性格的地方；如何为笔下人物设置描写的主线与副线并交织推进情节；如何把特写镜头式描写用于关键或必要的地方……这些刻画神拳杨的手段肯定具有文学创作的价值。

总之，通过神拳杨形象的性格演化，展示了他老实经商，仗义助人，追求爱情，坚持民族气节，积极参加反抗侵略者的斗争，敢于牺牲的性格内涵。由种种具体的规定性综合构成他的独特形象，神拳杨不但是独特的武术界或商界角色，即便放在当代小说人物之林里，也是饱满的形象，具备唯一性。读者通过小说语言，把握神拳杨这一人物的情节与生命轨迹，最终分享其形象所包含的价值与意义。所谓美即理念，从人物形象的价值与意义看，它便是理念。这理念影响了作家的创作理念。小说人物归根结底是要通过高度艺术化的形象吸引人，进而呈现人物的社会价值与意义。

神拳杨的形象作为《子归城》这部具有高度艺术性作品的构件的价值，和《子归城》中的所有成功的人物形象是一样的。

第二章 《子归城》人物形象审美评述（二）

在这一章里，分 6 节对《子归城》里的 6 个人物形象进行了审美评述。这 6 个人物都是作者重点刻画的人物，分为两类，一类是反面人物，另一类是中间人物。

第一节 傲慢、残忍的侵略者——契阔夫

契阔夫是小说《子归城》的反面人物中权力最大的人。他统率着相当于一个团规模的哥萨克骑兵，武力值在子归城这一带占绝对优势。因而，牵动子归城局势变化的最重要的因素实际上是契阔夫及其率领的哥萨克骑兵。威胁省府迪化的是他，血洗合富洋行的是他，准备占据子归城作为发展基地的是他，几次下令进攻子归城劫掠民众的也是他，计划叛乱的地方武装靖安团首领马麟把谋杀省府杨都督的希望寄托在他身上。契阔夫，成为子归城挥之不去的噩梦，直到他魂丧合富洋行石头楼，和女儿柳芭一起在疯狂燃烧的烈火中化为灰烬，噩梦才告终结。

众多评论《子归城》的文章对于由哥萨克骑兵的血腥狂暴反衬出的子归城民众血性反抗侵略的描写，都给予了赞美；但是对于哥萨克骑兵首领人物性格的审美分析，则没有几篇提及。而契阔夫作为反面人物形象的审美价值是与刘天亮、云朵、诸葛白等正面人物形象及其他人物形象的审美价值相伴随的，契阔夫形象的塑造是小说整体布局的有机组成部分。如果契阔夫的人物性格刻画得成功，读者在阅读中，不时被其引发情感变化与思考，那么他

的审美价值就基本实现了。

一、契阔夫以残忍、傲慢为基调的复杂性格

（一）沙皇忠诚的马前卒

从小说里看，契阔夫是一个忠诚的具有强烈使命感的哥萨克军官。"使命感"在这里是一个中性词，是以契阔夫的视角而言；"忠诚"也是如此。契阔夫忠诚的对象是俄国沙皇，他的使命来自沙皇的愿望：用武力在远东攫取更多的土地和财富，为沙俄帝国的扩张建功立业。为此，契阔夫中校率领一个团的哥萨克骑兵到中国新疆一带寻觅机会。按小说中的描写，契阔夫带领哥萨克骑兵借帮助新疆省府镇压新疆叛军之机进入新疆省府迪化，伺机图谋不轨。省府杨都督在识破其狼子野心后，赶紧扩招省军，命令哥萨克骑兵只能驻扎于俄国领事馆（这里的情节设置似乎还不够合理，一个领事馆应该驻扎不下一个团的兵力，应为领事馆及其附近）。尽管契阔夫的骑兵们盘弓跃马，跃跃欲试，但是省府军的主力部队早就包围四周，将火力瞄准了骑兵。一旦骑兵有异动，就会被全面压制，骑兵只会剩下惨败的下场。

契阔夫见没有下手的机会，就把部队拉到子归城外围，伺机在边境一带等待时机。契阔夫是一个有信仰的军官，他信仰的就是俄国沙皇。俄国沙皇允许哥萨克向他效忠并向外侵犯扩张领土；而自费武装的哥萨克人则从铁血的侵略扩张中找到自己"建功立业"的利益与价值。这就是第一次世界大战时期帝国主义时代远东的恶潮，契阔夫不过是恶潮中的一员。

由于辛亥革命后中国处于混乱的转型期，新疆省府基本自立但实力颇弱。子归城作为边境小城，实力之弱就更不用提了，契阔夫认为在这里有机可乘，一直想在这一带有所作为。后来沙俄帝国形势剧变，沙皇下令各路部队勤王救主。契阔夫接到命令后本打算行动，但是听到白军的高尔察克将军勤王失败并身亡的消息，让他意识到由于距离遥远和俄国红军的阻击，勤王也只是他的空想罢了，硬要去的话很可能是死路一条。很快，沙皇冠冕坠落，帝国瓦解。遭到重大精神打击的契阔夫则从以往沙皇帝国的迷梦中清醒过来，图谋割据子归城作为他今后发展的基地。只是他低估了子归城的民众血性反抗的精神意志，最后他在各种因素之下走向了灭亡。

（二）契阔夫的"军人风度"

契阔夫率领的是哥萨克骑兵，他们不是土匪，也不是游击队，而是武装部队。契阔夫作为这支部队的总指挥官，具有一定的军人气质或风度是很正常的。契阔夫作为军人，崇拜勇者，迷信武力，讲究一定的战斗规则，对于文化素养高的人有一定的尊重。作者没有因为契阔夫是侵略者而刻意加以丑化，而是力图把契阔夫作为颇具风度的蛮勇军人与侵略者的人物特点刻画出来。

《子归城》第二部《根居地》描写了契阔夫部从子归城撤走前，金丁县长派张一德代表他去送契阔夫。契阔夫因之前捆过张一德而向他道歉，说他是"有文化的人，不该受绑捆的委屈"。这表明在非剑拔弩张与战火纷飞的情况下，契阔夫可以保有一定的军人风度。虽然在战场上契阔夫对骑兵杀了多少人并不在乎，尤其是契阔夫率领下的骑兵在追杀野驴群时显得如此狂暴嗜血，但契阔夫对张一德的道歉行为并不显得违和。

在《子归城》第四部《石刻千秋》中描写了垂垂老矣的钟爷与骑兵辩论："你们到底还要死多少人，流多少血，才会明白这道理（和合）？"嗜血的骑兵军官热西丁听后不快，拔出马刀就要砍杀钟爷。是契阔夫下令放过钟爷，因为契阔夫知道这老人是有文化、爱思考的人，就放他一马，自己率兵攻城去了。也因此，当新县长诸葛白要求骑兵休战时，契阔夫让县长来会见谈判并持冷兵器较量。契阔夫是哥萨克骑兵军官，彪悍而善使马刀战斗。诸葛白负剑而来，用剑与契阔夫的马刀交手，平分秋色。有一定军人风度的契阔夫对文官诸葛白的勇武有好感，才达成双方停火3天的口头协议。

之前刘天亮曾因骑兵拿走自己酒坊的酒而大胆地追去讨要酒钱，骑兵用一头山羊给刘天亮抵钱，没有因刘天亮胆敢讨要酒钱而杀了他。有点军人风度的人，自然会承认世界需要有一些规则。刘天亮因迎儿被侮辱而复仇，用计杀死侮辱迎儿的巴索夫。契阔夫同意对刘天亮进行审讯，倘若他无一丝军人风度，就会直接用枪杀死刘天亮。在神拳杨被捕后临死前，他的幼子杨文登在骑兵端枪持刀虎视眈眈之下冲过去找爸爸，处于极为危险的境地，刘天亮不顾危险当着契阔夫的面冲过去把小孩抓回来，救了他一条命。契阔夫虽然恨刘天亮，但见他是救小孩，还是由着刘天亮去了，没有下令开枪。这更是表现其军人气质的细节。作者在用细节刻画人物方面做得很到位，这才能给我们一个很不一样的军人形象。

老白俄是契阔夫部队里一个较有理性的人,《子归城》里没有提到他的本名,他从心里不太赞同其部队屠杀子归城民众的做法。契阔夫命他审理刘天亮杀骑兵巴索夫的案子,而刘天亮之所以杀巴索夫,是因为巴索夫在"花潮惨案"中糟蹋了钟爷家的纯洁姑娘迎儿。老白俄这个有正义之心的老兵或许认为刘天亮事出有因,罪不至死,判刘天亮"死缓"。契阔夫硬要判刘天亮死刑,所以老白俄便偷偷放跑了刘天亮。契阔夫震怒之下,终究没有枪毙老白俄,因为老白俄曾在战斗中救过契阔夫一命,算是有过命交情的战友。残忍的契阔夫能放过老白俄,证明了他对战友之情还是看重的,并非灭绝人性的杀戮机器。

契阔夫从心底看不起皮斯特尔这类贪生怕死的孬种,但为了现实利益的需要聘用他为骑兵顾问。当契阔夫得知皮斯特尔杀死了傻孩子三宝后,痛斥了皮斯特尔。这也是其军人气质的外显。

契阔夫表现出来的军人风度,并非他主要的性格特征,无法掩盖他对子归城民众犯下的滔天罪行,但可以看出残暴的侵略者不是一个抽象的概念,他也可以有自己的特质,并且也会在情节发展中获得更多的规定性,从而使人物形象生动起来,成为整部作品成功的有机要素。

(三)傲慢、自负、残忍的侵略者

契阔夫带兵到子归城这一带不是来玩的,而是来侵略的。他也不是不懂中国疆界何在,而是他拥兵自重,看不起中国法律和边疆军民。他的傲慢、自负、残忍是沙俄侵略者的人性黑斑。

刘天亮去黑沟煤矿时,路遇哥萨克骑兵,契阔夫强迫刘天亮做向导带他们去迪化,并用马刀在倔强的刘天亮的天灵盖上画了个血十字,在刘天亮夺马逃跑时下令开枪射击。在那之前,契阔夫已用马刀斩杀了一个哥萨克逃兵和一个中国向导,或许他认为只要是军情需要,杀人就是合理的。如不是他需要向导,刘天亮也难逃一死。倔强的刘天亮曾几次质问骑兵:你们为什么敢来中国境内?为什么在中国境内抓人?当然骑兵听不懂汉语。

连"黑肚子"刘天亮也知道公理所在,身为中校、曾受沙皇嘉奖的契阔夫不可能不懂国际法。他不过是仗着武力傍身肆意践踏国际法罢了。只因武力强大,给了契阔夫及其骑兵骄横、傲慢、自负乃至残忍的本钱,他们才敢恣意妄为。

皮斯特尔的投靠，使契阔夫得知他舅舅雅霍甫死于合富洋行内部势力之手的真相。于是契阔夫率领骑兵闯入子归城，对合富洋行的人员展开一场血腥的屠杀，血流遍地，烈火燃烧，把白石头楼烧成黑石头楼。骑兵还趁机劫掠了7家商店。这件事把契阔夫的血腥残忍的劣根性暴露得淋漓尽致。一是在中国土地上大肆屠杀，二是对于雅霍甫之死，除了铁老鼠和胖厨娘，其他人都是无辜者，却被契阔夫屠杀殆尽，犹如地狱的恶魔降临一般。迷信铁血与暴力的侵略者就是如此缺乏人性。

花朝惨案中，残暴的骑兵因被人群孤立而恼羞成怒地冲向欢度佳节的人群，大开杀戒。这笔血账，当然也记在契阔夫头上。在中国土地上，契阔夫率领的骑兵比强盗还残忍，强盗抢了东西还不一定杀人，而骑兵一不高兴就杀人泄愤。这是一群丧失人性的变态的刽子手。但是，杀人者，人恒杀之。《子归城》第三部《天狼星下》就描写了花朝惨案中11位骑兵追杀民众而进入子归城，被民众反抗的浪潮所淹没，全部丧命。不过，中国平民对抗外国侵略的斗争，终归是血染大地，损失惨重。

之后，契阔夫明知皮斯特尔不是被中国人杀的，却以傲慢的口气向子归城下最后通牒，要求"全体投降，归顺于我"。伴随而来的不仅仅是骑兵的屠杀，也有子归城民众英勇的反抗。在这场以皮斯特尔之死为借口进攻子归城而引起民众英勇反击的战斗中，更多的子归城民众死在骑兵的刀枪之下。子归城血淋淋的场景揭示了：侵略者找借口或理由发动战争对于他们是很简单的事，向来也都有借口可找；但是他们欠下的血债是无法洗刷的，是无法逃脱的罪行，他们将被历史和文学永远钉在耻辱柱上。

（四）可悲下场

这世界，从来就不是用武力可以践踏一切并永久统治的世界。虽然人类社会从中古时代，对以暴力攫取利益的追求就没停止过。可是，当忽必烈大军的铁蹄踏遍欧亚大陆的时候，他们可曾想到仅近百年，蒙古王朝就灰飞烟灭？近代以来，以暴力攫取疆土或利益的侵略者行为还在大肆上演。契阔夫率领的不过是沙皇旗下的一支小部队，竟敢在子归城进行血腥屠杀，然而没有吓倒子归城民众。子归城民众的血性反抗，也给哥萨克骑兵造成了大量损失。从客观结果看，由于骑兵的武力占绝对优势，身经百战的骑兵部队对战未接受过军事训练的子归城民众，最终子归城民众的损失大大超过了骑兵，可谓惨不堪言。

四处弥漫的腥风血雨对人的精神摧残是致命的。参加战争的人容易患上战争后遗症，参战者的亲属也容易受精神影响。比如契阔夫的女儿柳芭就是一个可怜的人。契阔夫忙于帝国事业而率兵在外长期奔波，连他霸占撒拉尔而生下的女儿柳芭的存在都不知道。虽然最终契阔夫得知了柳芭是他的女儿，可契阔夫的罪恶也到了柳芭无法容忍的地步。中国有句古话"宁做太平犬，不当乱世人"，讲的就是战乱之世，对生命的残杀极大地伤害了经历者的心灵。被自身的不幸经历严重伤害过的柳芭，在寄居合富洋行黑石头楼期间，目睹了来犯的骑兵对子归城民众欠下了太多血债。血腥场面会让人夜夜噩梦，陷入悲痛而难以自拔，是对人的一种巨大折磨。所以张纯如在写完《南京大屠杀》一书后，才会悲愤自杀。柳芭的精神状况也到了这种境地。柳芭无法忍受惨案一再发生，她觉得也许她可以通过劝解父亲契阔夫而给这一切按下终止键。但是，她不知道进攻、侵略、掠夺已成深入契阔夫骨髓的精神理念，她的劝阻乃至以枪对着父亲的额头，都无法扭转契阔夫这个侵略者的念头。于是，擅长杀戮的契阔夫也死于杀戮，只不过下杀手的是他的女儿，这也许是他唯一没料到的事。

柳芭是主动陪着契阔夫葬身于烈火之中的，但实际上是契阔夫害死了自己的女儿。或有读者会为柳芭惋叹，但没有人会去同情契阔夫这个侵略者的下场。这侵略者的双手沾满子归城民众的鲜血，死有余辜！

可能会有读者认为契阔夫被女儿柳芭开枪打死，从而造成整个局势的逆转并不可信，违背了人物的性格逻辑。强势嚣张的契阔夫怎么可能让女儿开枪打死？笔者则认为：契阔夫的傲慢自负早已深入骨髓，他意外得知女儿的存在，认为女儿不过一弱女子罢了，根本体会不到女儿在看到生命被肆意屠戮的绝望。以契阔夫的军官地位和他的性格，屠杀反抗者是天经地义的事，他没想到女儿会因此而决绝地对他开枪。这正是他傲慢自负的性格造成的短视，也是人物性格逻辑的自洽。

二、双线情感刻画法

契阔夫属于《子归城》会让人留下深刻印象的人物。从艺术角度分析，此人的性格呈现出相对丰富的内涵，傲慢、强硬、残忍的性格特征鲜明，是作家塑造得比较成功的军官类型反面人物。

仔细阅读与品味《子归城》，可以发现作家塑造契阔夫形象时，主要使用了"双线刻画"的手法。这个"线"，指的是情感线。

第一条线，是契阔夫对沙皇及使命的情感。契阔夫之所以率兵踏足中国西部边境，是因为他在受到沙皇嘉奖以后，雄心万丈地要建立沙皇所期待的"丰功伟业"，将之视为自己的使命。从中国人的角度看，这丰功伟业就是侵略。可在沙皇的沙文主义熏陶下成为军官的契阔夫，把沙皇当作他的精神信仰，建功立业而受沙皇赏识是他的情感寄托与行动目标。他的一系列行动及行为，都是在这一情感支配下发生的，包括砍杀向导、恐吓与强迫刘天亮、进入省府迪化和冲击花朝节活动现场等。当沙皇处境不妙，下令各路兵马勤王之后，契阔夫也准备配合行动。后来形势剧变，沙皇被迫下台了，契阔夫的精神支柱倒塌，他一时不知所措，如陷泥潭，牙齿也疼起来了，甚至差点自杀但被部下劝阻。精神崩溃以至连牙齿也疼，这一细节真的很细，但也很妙。

沙皇之所以成为契阔夫的精神支柱，是因为沙皇既是高高在上、戴着光环的最高统治者，又是能为哥萨克人开疆拓土行为下达许可的人，这是哥萨克效忠沙皇的精神奥秘。也因为如此，契阔夫在沙皇垮台后，没了效忠的对象，精神却没彻底垮塌，因为他还有另一根隐秘的精神支柱：开疆拓土，获取利益。这也是溶入契阔夫的血液与灵魂之中的信念。若非如此，契阔夫率兵返回故土，可以投降新政权，全军均可保命；或者丢弃武装，以平民身份返回家乡，更可保命。可是，当以武力侵略与劫掠成为本性以后，契阔夫便率兵沿着血与火之路继续走下去，犯下更大的杀孽。他的第一条情感之路便是这样一条缺少人性的不归路。

第二条线，是契阔夫对亲属的情感，具体指契阔夫对舅舅雅霍甫和女儿柳芭的情感。

雅霍甫是契阔夫母亲的弟弟，早年随侵略者阿古柏进入新疆，后来成为子归城合富洋行商约（即董事长兼总裁）。契阔夫未与雅霍甫亲近过，只是知道有这么一位亲人在子归城经商发财，对此有亲人相会的期待也是正常的。但还未等契阔夫来省亲，雅霍甫便被合富洋行副商约铁老鼠毒死了。契阔夫从皮斯特尔那里得知真相后暴怒不已，本已把屠杀劫掠、开疆拓土视为天职的契阔夫，岂有不报亲人被害之仇的道理？契阔夫一怒之下，率兵进入子归城对合富洋行进行了一场血腥的大屠杀，彻底暴露了契阔夫与骑兵残暴的本性。

柳芭是契阔夫的亲生女儿。撒拉尔在被契阔夫糟蹋后怀孕，又被迫到合富洋行服侍雅霍甫后生下柳芭。撒拉尔以头撞石而死，留下柳芭这可怜的孩子由雅霍甫抚养。雅霍甫死后，他的同样心肠狠毒的老婆曾把柳芭卖到迪化的"窑子"（娼馆）里，使柳芭受尽磨难。

不管怎么说，柳芭是契阔夫的亲骨肉，她的美女母亲撒拉尔也是契阔夫惦念的女人。相比前一条情感线，这一条情感线因情节设置的关系描绘的内容较少，除了上文写的屠杀合富洋行，就是契阔夫在黑石头楼与女儿短暂的见面。柳芭聊到撒拉尔，契阔夫立刻问她在哪，可见契阔夫心中还有撒拉尔。紧接着契阔夫发现柳芭的声音极像撒拉尔，确认柳芭是自己的亲女儿。他甚至欣赏地看了柳芭一会儿，尽管柳芭不让契阔夫撩开自己的面纱，那一刻的契阔夫心中想必充盈着意外得女的惊喜吧。再粗犷狂野的军人，对自己的亲人也会有常人的感情。但契阔夫对亲人也不会退让自己作为哥萨克人的原则立场。拒绝柳芭提出的停火与撤兵的建议后，他面对柳芭指着他的枪口说，"开枪吧，你敢开枪吗？"契阔夫傲慢自信到了这种程度。可是，谢尔盖诺夫描述中王二傻被大石板压死的惨状，已成为柳芭下决心熄灭子归城战火的压秤之砣，因为"一地一地的血沫子，滋滋地响"太可怕了，必须制止。柳芭毅然决然地开了枪，杀死了契阔夫，蜡烛引燃的大火烧起来了，柳芭选择葬身火海，陪同她只见了一次面的父亲。

这段剧情充溢着浓烈的情感，就这样完成了契阔夫的形象塑造。

这个形象是情感线与性格特征二维交织的产物。情感线引出人物外显的行为风格，行为风格又体现了契阔夫的沙皇崇拜、侵略野心、军人风度、傲慢自负、狂野嗜杀、残忍无度等特征。二者交织在一起，融合为契阔夫的整体形象，给笔者留下深刻的印象。

三、罕见的哥萨克军人形象

在中国现当代小说中，军人的形象不少见，《林海雪原》里的少剑波、杨子荣的形象在那书籍不流通的时代就妇孺皆知，甚至还有富有文化教养的日本侵略军军官的小说形象。但若说细致刻画的哥萨克军官形象，契阔夫应该是第一个。

在中国小说出现的活灵活现的哥萨克中校形象，且让人读了留下难忘的印象，确实很少见。由于地理与历史上的"距离"，创作哥萨克军官的形象难度极大。契阔夫形象的诞生，当然不仅仅是作家善于想象的结果。善于想象是作家必备的素质，却不是创作成功的全部奥秘。《子归城》作者在梳理家族和社区老人流传的子归城口头史的基础上，也深入研究了哥萨克相关的历史资料，在准确把握具代表性的哥萨克军官的特点的基础上，仔细权衡契阔夫与沙皇、沙俄领事、杨都督、诸葛白、刘天亮、马麟、柳芭等人物的关系，以此来创作契阔夫的形象。

因此，契阔夫成为清末民初中国西部边境小城反侵略斗争史中的一个文学焦点与视角，成为子归城官民英勇抗击境外侵略势力血腥屠杀的注脚。他的形象的成功，补足了《子归城》这幅作者刘岸先生献给中国小说史的清末民初西部小城人物生态图谱。文学的价值在于通过作品的创造，向读者提供高品质的精神食粮，契阔夫是作者为读者献上的精神珍馐的重要组成部分之一。

契阔夫的形象，对于如何刻画小说反面人物具有启迪意义。既然是反面人物，其性格里必定包含比例较大的负面品质。这些品质来自人物的民族文化劣根性熏陶、职业或行业规则或潜规则的影响、家庭及学校教育的熏陶、个人经历的积累等。由诸多因素组成的反面人物会在情节推进中获得越来越多的规定性。就如契阔夫的彪悍狂野在他砍杀哥萨克逃兵和中国向导时就显露无遗，而他在刘天亮的天灵盖上用马刀划血十字则表现了他的强硬粗暴；他给子归城下通牒时体现的是他的傲慢无礼；他的骑兵对野驴群的虐杀则无疑是嗜血的体现；他对合富洋行人员大开杀戒犹如魔鬼降临，缺乏人性；更不用提他率骑兵攻入子归城后的纵火劫掠和大肆屠杀所暴露的残忍、无情、嗜血的一面……这里包含了诸多反面特质，可见反面人物的性格也不是单一的，侵略者形象也可以具有多重层次。

契阔夫作为一个暴戾的侵略者，不仅仅只是在进攻、劫掠与屠杀。如果这样写，会造成人物脸谱化，那就是创作的失败。作家刘岸笔下的契阔夫在傲慢、强硬、自负与残忍的同时，也具有一定的军人风度与他的情感生活。他向张一德的道歉，他放过钟爷一马，他与诸葛白的谈判，他为舅舅雅霍甫报仇，他与女儿的对话等，这一切虽然无法减轻他作为侵略者的罪孽，但是却使得他的性格更加丰满、立体起来，使他的形象鲜活起来。

第二节　充满腐败气息的野心家——马麟

用充满腐败气息来形容《子归城》里的重要人物马麟，是因为他的行为表现十分陈腐。不是所有经历过皇朝衰颓阶段的官员都会散发腐败气息。钟则林也是前朝官员，曾在古城驿当过管带，他守土卫国、反抗侵略，一发现官场腐败不堪，便辞官去过洁身自好的耕读生活。而马麟同样是前朝管带，在发现清朝大势已去后，便带兵易帜倒向新政权。但他只是投机取巧而已，一身的毛病都没改掉。辛亥革命后，中国陷入政局动荡，新疆也成为新政权下的一个省，独立管理，但因省府实力较弱，省内各地呈现复杂的斗争局面。沙俄等外国势力觊觎科布多、新疆的领土和利益，虎视眈眈，拔刀相向，所以省府没时间也没精力去策反马麟这样的前朝军官，只能暂时利用他，把他带来的兵马编为靖安营，属地方武装。在子归城里，暂时没有可以压制马麟的力量。也因此，马麟便继续散发腐败气息，甚至发展为企图裂土割据进而统治新疆的野心家。马麟在清末民初的新疆是一个具有典型性的人物。

一、由内而外的腐败气息

（一）迷恋权力，心胸狭窄，善妒迷信

马麟对于天下大势还是心里有数的，所以他易帜投靠了新政权。他是极端自私的投机者，不可能为旧皇朝殉身。由于新疆彼时的局势，他被任命为子归城靖安营营长，是地方武装领导人，带的是他自己原来的兵。可是，他心里不平衡，他认为省都督杨增青能以不多的兵力（一个团左右）掌握省府大权，只是因为运气好。他一点也没考虑到自己的才能远不及杨增青，十分嫉妒杨都督，甚至痛恨杨都督。他曾私下做了个杨都督的纸人，用针去扎，既迷信，也是发泄对杨都督的不满。他还去庙里抽签，向神灵询问自己的命运。这样的人明显是对权力的欲望过强，导致嫉妒心也很强，以至于无缘无

故就恨上了杨都督。就小说而言，杨都督掌握省府大权在前，马麟带兵投靠新政权在后，省府也未苛待他手下部队或他本人，可以说省府至少在表面上是信任他的。可是权力欲过剩的马麟却把杨都督视为眼中钉，这完全是腐败气息作祟，也是导致他成为叛国贼的心理基础。因此，他和杨都督痛恨的子归城哥老会、青红帮暗地里勾结，关系火热。马麟这类人崇信"有枪便是草头王"和"帝王将相，宁有种乎"，这种心理在当时全国各地也是一种普遍存在，马麟不过是一个代表性人物罢了。但是这个人物又有自己独立的性格表现，譬如针扎纸人，体现他心理变态；老庙求签，体现他迷信；与江湖帮会交往，明显是为未来谋权蓄势，等等。当然远不止上述这些。

（二）畏敌如虎的怂包守备长官

　　既然马麟以个人利益为最大最重，自不会把守土卫疆放在心上。"察罕通古事件"是黑喇嘛势力在沙俄唆使和支持下进犯中国领土的事件。杨都督是坚定的保国卫士，自然要调遣武装力量进行反击，那时马麟的部分兵马也被调到察罕通古。可马麟不但对保土卫国无丝毫自觉，甚至还对此不满，可见马麟在当时全国各地豪强中真是个可鄙的异类。一般来说，军人出身的豪强人士在地方争夺权势是正常的，可是一旦遇到外国势力入侵，多数人就会集中力量一致对外，哪还会像马麟这样对于抵抗侵略者的行动不满呢？

　　他想扣住洋人医生阿廖沙做他的部队医生，阿廖沙偷了骆驼逃跑，却在偷渡温音其河时被对岸的子弹打伤了脚。刘天亮好心救了阿廖沙，却被马麟当成阿廖沙的同伙审查了半个多月。杨都督的部下张虎青将军给马麟的命令是审查阿廖沙，若无间谍行为就训诫后放人。结果马麟连刘天亮也一起抓起来，他对刘天亮不训诫只审查，对阿廖沙却只训诫不审查。作为军队长官，马麟如此做是很不负责任的。因为如果阿廖沙是间谍的话就不会被发现，甚至给阿山前线造成危害。只能说马麟对于欺压国民内行，而对洋人却有本能的畏惧。

　　更不堪的是，他对哥萨克骑兵心惊胆战，畏敌如虎，不敢战斗，让部队躲进城外干沟，一点都不想履行守土职责。在子归城郊外，马麟率部遭遇契阔夫祭奠其舅雅霍甫，骑兵开枪致意，马麟没有派人侦察，一听枪声就吓得带头逃窜。皮斯特尔本是马麟特使，被派去与契阔夫接洽，转身投靠了哥萨克骑兵，成为契阔夫特使，耍弄了杨干头一番，让他去回复马麟。因为害怕无法联络上契阔夫，马麟忍痛拿出 100 两银两给皮斯特尔活动关系。这样的地方守备长官实在是没有骨头，到了让人鄙视的地步。马麟又怕杨都督知道他面对骑兵一枪未放便败退的真相，便决定封城 3 天。

读者阅读《子归城》时都会为子归城摊上这样的守备者而为城内民众担心。可因为民国初年新疆形势复杂，省府确实无力为子归城配置信得过的守备力量。就连省府派洋务科长诸葛白到子归城考察马麟，都差点被狼子野心的马麟所害，只能连夜出逃。

杨都督曾命令马麟，一旦契阔夫派骑兵进犯子归城，靖安营要立即进行战斗，击退骑兵。可马麟是十足的怂货，哪敢与骑兵开战？哪怕契阔夫率骑兵主力在花花沟剿匪，只剩巴克洛夫率一个小队驻守小北城，而靖安营全营皆在，马麟都不敢动骑兵小队一下，反而被骑兵小队吓退。马麟一心只想与契阔夫建立关系，避免战斗。这样的部队长官，比他自己的士兵还不如。后来契阔夫进攻子归城时，马麟不让冲出北门的二三十位子归城民众返回，导致这些人伤亡殆尽。马麟之胆小畏战和草菅人命可见一斑。

马麟命令城门上的士兵只有骑兵摸进城门时才能开火。而实际上枪的射程何止这几十百来米远？靖安营士兵的战斗积极性可比长官高多了，只要看见骑兵在城门外杀百姓，他们就借口说骑兵已到城门前了，猛烈地开枪射击。很可惜靖安营的领导人是马麟这样无能怕死的指挥官，子归城民众的生命损失因此大大增加了。

(三) 为个人野心勾结侵略者，恶贯满盈

马麟既惧怕骑兵，又有占土为王的野心，必然要干损己（方）肥敌的坏事。皮斯特尔可谓恶贯满盈，被子归城民众追杀，是马麟与金丁庇护皮斯特尔，偷偷放跑这个坏蛋。

新疆部分地区的帮会分子结伙杀害政府官员，夺取地方政权，在中外矛盾本就尖锐的情况下，让形势更加错综复杂，省府更加被动。马麟应该是认为形势如果更动荡一些，他实现个人野心的机会就更多。所以他居然打算暗中派靖安营的部分人员到阜康冒充帮会分子，协助会党首领朱头三的叛乱行动。这已经是和省府对着干了。甚至在阜康帮会分子行动失败逃到子归城后，马麟不但没将这些不法分子绳之以法，反而送马匹枪支资助他们，期盼他们将诸葛白杀了，将局势搅得更乱一些，以便他浑水摸鱼。

马麟觉得就算有机会，他的人怕也没能力干掉省府杨都督。因此他对契阔夫的骑兵寄予厚望，因为骑兵战斗力确实彪悍。为此，他派人送粮草、妓女与刘家酒等慰问骑兵，甚至送了二门攻城炮给骑兵，后来骑兵就是用这二门炮轰击子归城城门。他与契阔夫见面商议，由他和金丁以请杨都督到子归城与骑兵谈判为由，骗杨都督进入圈套；再发信号让哥萨克骑兵偷偷进城，出手干掉杨都督；然后占据子归城，再谋图省城迪化。

马麟利欲熏心，引狼入室出卖民族利益，已经算得上野心家中的卖国贼。野心家虽渴望权力，但不一定出卖或伤害民族或国家利益。野心家中的卖国贼是最可恨的人，如果让马麟实现杀害杨都督的阴谋，则新疆危矣！甚至有可能新疆会像科布多一样，成为外国侵略者的囊中之物。小说中描写了民国初年，科布多危险的局势之中，是杨都督卫国守土，断然组织全省力量发动阿山战役，击败入侵者，才保住阿勒泰地区11万平方公里领土；科布多其他地方迄今都在外国人手里。万一马麟与契阔夫阴谋得逞，将危及新疆160万平方公里的祖国领土。从上述分析中可知马麟此人巨大的危害性。

幸好马麟此人志大才疏，一味依赖契阔夫骑兵实现叛国阴谋，根本不是杨都督同等级的对手，在杨都督的夜袭中，他与狗官金丁的脑袋被砍下，结束了他可耻亦可卑的一生。但是，此人长期畏战与避战等行为，大大加重了子归城民众的生命财产损失。马麟间接欠下的子归城民众的血债，是不能被忽略的！

二、"多维对比"的形象塑造手法

作家塑造马麟的形象，刻画他的言行细节，能让读者在阅读《子归城》时，对马麟报以鄙视与不满的观感，也为子归城摊上这样一个败类守备者而担心不已。这是作家创作成功的一个表征。

马麟的形象之所以塑造得成功，笔者认为可以从书中"多维对比"的角度来理解和分析。

首先是马麟与钟则林的对比。两人均当过前朝管带，都曾带过兵。钟爷早年是抗击阿古柏侵略者、屡立战功的英雄"巴图鲁"，后来弃官归隐过耕读生活，但他始终英勇无畏，坐着木轮椅到炮火硝烟弥漫的阵前宣讲和平止战的道理。他的英勇也获得哥萨克骑兵首领契阔夫一定程度的尊重。而马麟在前朝未有反侵略斗争的战绩，辛亥革命后他还杀掉知县于文迪一家老小，十分残酷冷血。哪怕为了革命成功而杀人，最多杀掉知县一人罢了，哪需要屠光其家人？马麟此后的行为大体就围绕避战、消极抵抗和勾结外敌展开。和钟爷相比较，钟爷是巨人，而马麟则是侏儒。

再拿马麟与杨都督比较。他们是上下级关系。杨都督在上，马麟在下，这本来没什么矛盾。偏偏马麟志大才疏，视权力为生命，居然嫉妒杨都督掌握了新疆大权，进而发展到对杨都督不满。他只看到杨都督在迪化攫取省府大权时手下兵力和他的靖安营差不多，却未看到在钩心斗角的省府内斗中能胜出并稳住局面是多么不容易，更没看到杨都督在组织"阿山战役"时付出的心血和抗击侵略者时所表现出的坚定爱国精神、决断能力和组织能力，只感叹杨都督运气好而自己运气不好。马麟无自知之明，无自知之明的人怀抱政治野心，为夺取政治权力而斗争，无疑是盲人骑瞎马，夜半临深池，非栽倒不可。果不其然，马麟后因勾结外国侵略者而被杨都督下令砍了脑袋。

然后是马麟与契阔夫的对比。两人同为部队指挥官。契阔夫骁勇善战，杀气十足；同时他也有精神信仰，为沙皇的领土扩张事业而远途征战，不惜屠杀中国军民，犯下杀孽。而同样是部队指挥官，马麟却贪生怕死，畏战避战，一切以个人利益为先，这不能以靖安营装备不如对手来解释。实际上靖安营装备并不差，能送给骑兵攻城炮及炮弹、送给阜康的帮会分子快马钢枪就是证明。但马麟的心是黑的，骨头是软的，才会向敌人卑躬屈膝，企图借敌人之力来杀害己方的最高军政领导人。从军人气质上和指挥能力、战斗能力上比较，契阔夫高高在上地俯瞰马麟，怪不得马麟在他面前像个孙子，怕他、巴结他、拉拢他，哪怕马麟成功利用契阔夫杀害杨都督，也只是被契阔夫支配的奴才命而已。这样的人根本不会被契阔夫尊重，无法被视为平等的合作伙伴，也不可能与契阔夫共享利益。

接下来是诸葛白与马麟的比较。两人都算是子归城的高层，诸葛白是文职的县长，马麟是武职的靖安团（杨都督曾在某次抽调靖安营两个精英排时，允许其扩招为靖安团，经费自筹）团长，两人对子归城有着不同的责任。诸葛白要施政管理子归城、发展子归城，而马麟要训练部队、提高战斗力、保境安民。诸葛白尽心尽职，颇有担当，他重整商业，力图推动经济发展，发动官民掘井挖涝坝，改善子归城的用水供给，禁毒禁娼等，只是他的施政计划被骑兵进犯所打断。反观马麟，在训练部队方面无任何建树，他热衷于勾搭洋人商行与江湖帮会分子，最后发展到勾结哥萨克骑兵。诸葛白虽是文人文官，却是一条英勇汉子，敢负剑与骑兵首领契阔夫较量并商谈停火，且在骑兵点燃战火之后肩负起指挥子归城民众抗击骑兵的领导责任，他自己也持剑加入战斗。而马麟因勾结外敌图谋叛乱被砍了头，无法参与子归城最后的大战。即便他没死，按他那贪生怕死的性格也不可能有作为，要么借故逃跑，要么在阵上倒戈相向。此人是中国军人的耻辱！

最后拿马麟与赵银儿做比较，两人的关系由情人变为夫妻。赵银儿主动献媚投靠马麟，她看中的是能利用马麟的位置和权力为她服务，她有让男人互相厮杀、流血越多越好的变态嗜好。而马麟这好色之徒没有看穿赵银儿的本质，他收赵银儿当三姨太，以为她怀孕了（其实是假孕），认为赵银儿对他死心塌地，马上把正室与二姨太给休了，实在是一个蠢蛋。实际上赵银儿仅是在利用他，在感情上对他并不忠诚，暗中与二锅头通奸。二锅头在人品上确实有很多毛病，但对赵银儿的确是忠贞不贰，全盘付出。

另一方面，赵银儿也在驱使马麟作恶。让靖安营士兵到阜康冒充帮会人马进攻官府是她的主意，送快马钢枪支援帮会分子也是她的主意，利用哥萨克骑兵杀杨都督更是她献的毒计，秘密成立抓捕队抓捕杨都督是她和马麟共同策划的……这个女人在与马麟的关系上占据主动与主导，预谋导演一出血肉四溅人头落地的血腥大戏以满足自己的阴暗心理；最后因发现自己的女儿被马麟误杀而心灰意冷，生无可恋，悄悄结束了自己的生命。

马麟与上述人物相比较，不管是与正面人物还是反面人物都差距甚大，是一个从道德到能力都很不堪的人，是一个贪生怕死、嫉妒贤能、阴谋叛变的卖国贼，是注定要灭亡且遗臭万年的角色。不管作家是有意还是无意，马麟与子归城各色人等的比较是客观存在的。马麟作为主体，是在与他人的关系中被他人所界定的。这是作家把握《子归城》复杂人物关系的厉害之处。

三、野心家、卖国贼的特殊审美价值

马麟作为反面人物之一，其性格本身并没有闪亮之处。但这并不等于这个人物形象没有审美价值。前文曾论述过，审丑是审美的不可分割的反面，丑能衬托出美，美亦能映射丑，二者在审美关系本质上是统一的。当小说剧情激起了读者对马麟的厌恶痛恨之情时，同时也强化了读者对钟则林、诸葛白、杨都督等人物的美好情感。所以从审美功能看，马麟的形象是具有价值的。

另一个方面，审美不但是审视与观照艺术作品中蕴含美、显露美的内容，同时审美还包含着对艺术家创造美的艺术方式、方法、手段的感悟与欣赏。

归根结底，马麟仅是《子归城》众多人物中的一员。众多人物构成了子归城的社会关系生态图谱，让我们看到在清末民初的那个特定时期，处于丝绸之路上中国边疆附近的一个关键节点（子归城）之中各种社会力量、各色人物是如何展开激烈斗争的，在这激烈斗争甚至是腥风血雨里，官员与民众的爱国品质、勇敢反抗的精神是如何闪耀的，这些人各自又有哪些动人的故事……《子归城》是小说史诗，是鸿篇巨制，具有宏大的整体审美价值；而作为子归城人物图谱的一个有机构成部分，马麟也就获得了总体审美价值中属于自己的独特的审美价值。

第三节　沦落底层而变态的阴毒女人——赵银儿

赵银儿在《子归城》众多人物里是一个特殊的存在。在阅读小说中赵银儿的片段的时候，笔者常有不寒而栗的感觉，心想天底下为什么有如此阴毒的女人？而在读到其他反面人物如契阔夫、马麟、皮斯特尔等时，即便这些人物或残忍嗜血，或贪生怕死，却不曾让笔者产生对赵银儿的那种阴寒的感觉。或许是因为赵银儿是一位漂亮的女性，让人觉得她不该有那样阴毒的蛇蝎心肠，反差过大，人间罕见。

一、罕见的变态的阴毒女性

赵银儿的出场是精心设计的，作者把赵银儿的背景情况"藏"起来，在后面的小说情节里才透露出来。

（一）狠毒嗜血的变态性格特征

赵银儿在《子归城》里首次出场，是子归城姚记珠宝店老板姚大麻子把作为四姨太的她从迪化接到子归城，然后她观战姚大麻子手下的混混与山西王手下打群架。起因是姚大麻子挑衅子归城帮会"理门公所"头领山西王，打算以约架争夺社会影响力，以便伺机牟取利益。这事是赵银儿帮姚大麻子策划的，可见赵银儿一出场便奠定了姚大麻子的军师身份，她的智谋明显高于姚大麻子。虽然她仅是四姨太，上面还有正房和二、三姨太，但显然她最受宠，姚大麻子愿意听她的主意。

当姚大麻子与山西王双方人马甩开膀子打成一片，场上哭爹喊娘、血肉横飞时，"赵银儿一身素白，兴奋得像一枝白芍药在人群中迎风摇曳……"一位貌美的女人对于男人们流血打斗如此兴奋，她狠毒嗜血的变态性格特征开始显露。一般妇孺见此血腥场面，都会受到惊吓，恨不能赶紧离开。偏偏赵银儿与一般人不一样。这段描写展现了赵银儿善谋与热爱观赏流血场面的两个特点，她为姚大麻子策划除了为了利益，也是为了满足自己的变态心理。她的变态嗜好是相当明显的：除了爱看流血打斗，她还让二锅头破坏男厕的旱厕地板木板（锯得快断，涂上泥巴），让如厕的人掉入粪坑沾一身臭，这纯粹是一种变态的恶趣味。她还通过往通四海酒楼肉汤里丢死老鼠等招数，让通四海酒楼和对面的川菜馆大打出手，她乘着小轿子到现场偷看，乐得前俯后仰，眼泪都笑出来了。后来她买下川菜馆让人经营，只要没事去溜达，看见男人点菜都偷往菜里吐唾沫……此类描写都证明她的变态不是偶然的行为，而是她的心理痼疾。她对男人得有多恨？这和她的早期遭遇有关，可作者却偏偏不透露。

（二）盘剥扩张的经济手段

赵银儿还展示了自己在经营方面的手段。从文中可以看到姚大麻子、赵银儿介入刘家酒坊与山西王冲突的利益所在：刘天亮为将酒坊从沙枣梁子搬进子归城扩大生产规模，通过酒坊股东之一的二锅头私下向赵银儿借贷1000两银子，而赵银儿提出的利息是一年40％，即400两银子。利率如此高，怪不得刘天亮一听就气得跳起来。而且赵银儿还在借贷合同上规定刘家酒坊全部房产、设备抵押价为1000两银子。刘天亮知道后更生气，因为单购买何砣子与海黑子这两处宅子，他就花了不止1000两银子，何况还有其他酿酒设备。从小说的描写来看，这桩贷款是赵银儿自己决策与促成的，显示了她的手段狠辣是不可小觑的。甚至她的变态行为也含有金融目的，二锅头在赵银儿指使下进行恶作剧式破坏行为，使得赵银儿很快就买下川菜馆，也拥有了梦春院的股份。在她的策划下，姚大麻子开了赌馆与山西王争夺赌博市场，还计划把娼馆开到城外以进一步赚钱。应该说，赵银儿的经济手腕还是十分了得的，但赚钱还不是她的终极目标。

姚大麻子在子归城经营珠宝店，开创基业，而赵银儿作为姚大麻子的四姨太却住在迪化，并与猛烈追求她的二锅头通奸。可见赵银儿没有对丈夫忠诚的概念，不满足于只当一个被称为四姨太的花瓶，所以她才会红杏出墙，她是一个擅长利用美貌为自己谋利益的人。姚大麻子的父亲去世后，姚大麻子在子归城接管了其父手下的势力，顺便把四姨太赵银儿也接到子归城，准备放开手脚大展威风，在子归城打下一片地盘。此时，主意甚多的赵银儿义不容辞地为姚大麻子大展宏图进行策划。对赵银儿痴心不改的二锅头也从迪化追到子归城来，并以刘家酒坊股东的名义私下向赵银儿借款。在这笔贷款的合同里，赵银儿不但最终定下一年 30% 的利息（二锅头答应为赵银儿作恶以求降息），还设下达到某些条件时收回贷款或抵押物的陷阱。但刘天亮这个"黑肚子"不懂，兴高采烈地贷了款以解决何砣子退股的问题，倒是云朵姑娘曾对此有所怀疑。若非后来姚大麻子被人暗杀，刘天亮在酒坊产权争夺上就真的一败涂地，没有翻身的机会了。赵银儿在经营上的手段可见一斑。

（三）因性别而区别待人的畸形心理

赵银儿对男人狠，但对女人却尚可。云朵以非全本的《如匠酒经》做交易，换赵银儿帮她从金丁县长的牢里捞出刘天亮。两人有言语交锋，却未翻脸。她对云朵说，子归城里的男人没有一个好人，但"好在你是女人哦，要是男人我绝对不帮。"

这事起因是刘天亮不服酒坊产权被官商勾结抢走，屡屡上县府告状，被金丁以破坏公物的罪名关进县衙地牢里。狗官金丁在未通知刘家酒坊主人刘天亮的情况下，"调解"姚大麻子与山西王的流血冲突，居然决定把酒坊交给姚大麻子经营。刘天亮的还贷款期限是一年，离期限还早得很，就被金丁县长与姚大麻子勾结剥夺了酒坊产权，还要赔偿姚大麻子与山西王两方人马斗殴造成的损失。官员之贪腐，社会风气之恶劣，有势力者之狠毒，都在刘家酒坊产权问题上一览无余。刘天亮倔驴劲儿发作，当然不服。独眼龙因持有股份，居然摊上了几十两银子债务，害得他只好逃走躲债。云朵找赵银儿算是找对了门。虽说刘家酒坊股权被赵银儿夺走了，但当务之急是救人。令人诧异的是赵银儿对云朵的态度。原先她当算让云朵当娼馆头牌小姐，但她遇到了对手，云朵听出她的言下之意非常恶毒。云朵来找她是为了救人，所以不与她吵架，而是暗示她知道赵银儿就是当初落魄不堪、被丈夫抵债而受尽迫害的白牡丹。这正是赵银儿极力对外隐瞒的，毕竟那段经历和她现在的光鲜华丽的形象反差甚大，会影响她现在的社会地位。云朵的还击让她明白云朵不是那么好对付的，最终她帮了云朵。这似乎说明赵银儿的变态是针对男人的，但其实这事也包含了利益交换：赵银儿通过保出刘天亮而获得《如匠酒经》，有望改进酒坊生产技术并提升产品质量，以产生经济效益。而实际情况也正是如此，从此二锅头酿造的鸡屎味酒变为没鸡屎味的好酒了。

后来赵银儿在与刘天亮争吵时说："真是古城子的男人啊，狼心狗肺！个个该死！"她让人打死了云朵为刘天亮准备的黑马，原本是云朵花了28两银子买的。刘天亮与云朵可以算是一伙人，而赵银儿对同一伙人的不同态度，竟是因为性别的不同而导致的。从这里可以看出赵银儿早期的不幸遭遇对她的伤害有多深，以致她仇恨男人的心态是如此强烈而根深蒂固。

（四）姚家内斗中的失败者

姚大麻子意外被斩首，打乱了赵银儿在子归城的布局。由于姚大麻子的正牌太太从隐伏状态中强势崛起，来势汹汹，二姨太三姨太都不是正室的对手，要么自杀要么留下子女自己离开。在这种面对面的激烈内斗中，赵银儿同样不是正室的对手，她擅长的是阴谋手段的合纵连横。姚大麻子死了，赵银儿知道酒坊迟早保不住，很多人正觊觎着刘家酒坊。她的本意是向合富洋行和靖安营马麟及其他人分别出价，争取挑起洋行与马麟这两支子归城最强的势力之间的纷争，满足她报复子归城男人的心理。后面她在云朵面前恢复白牡丹的身份时，我们才知道，早先她在合富洋行里受尽屈辱迫害，所以报复洋行成为她最强烈的愿望之一。

最终刘天亮在迎儿启迪之下去了省府迪化，通过诸葛白拿回杨都督的手谕，可以有理有据地赎回酒坊产权，又由云朵出面与赵银儿商谈。云朵把刘天亮送自己的那瓶薰衣草精油赠给赵银儿，赵银儿被精油香味熏得晕头晕脑，加上刘天亮仗着有驼二爷赠送的大笔银两给出合理的价格，连利息回报都算在内，赵银儿终于答应把酒坊产权还给刘天亮。

赵银儿交还酒坊产权是迫于形势，一来姚大麻子死了，虽然她对其不忠，但姚大麻子终究是她的靠山；二来是她无力对付姚大麻子的正室。倘不将酒坊产权出手，迟早要被正室夺走。若不是姚大麻子手下的混混趁乱抢劫姚记珠宝店，使姚大麻子的正室乱了手脚，说不定关于酒坊产权又有一场激烈的内斗。

至此，赵银儿并没有遭受什么经济损失，但是靠山倒了，她利用自身美貌谋取利益和仇恨、报复男人的心理会改变吗？

（五）在媚惑男人中报复男人

赵银儿的阴毒心理是不会轻易改变的。

靠山倒了，就再寻找新的靠山。她很快就利用自己的美貌诱惑了靖安团团长马麟。本来赵银儿想以酒坊产权为饵诱使合富洋行和靖安团两大势力火拼，可合富洋行却遭契阔夫的骑兵屠杀。于是赵银儿倒向马麟怀抱，而马麟乐不可支，收赵银儿为三姨太，并在听说赵银儿怀孕的消息后，休掉了正室太太和二姨太。由此可以看出赵银儿既十分痛恨男人，又十分擅长媚惑男人。从逻辑上看，由于她痛恨男人因而报复男人，所以她必须发展媚惑男人的本事，才能在利用男人中进一步报复男人。在与姚大麻子的关系上是如此，在与马麟的关系上也是如此。

她很快又成了马麟的军师。让靖安团士兵冒充帮会会众攻打绥来县府是她的主意；让绥来帮会会众在杨都督调解绥来与阜康两县民众的水源之争时刺杀杨都督是她的建议；让朱头三在绥来县衙门埋伏刀斧手砍杀杨都督也是她的建议；联手契阔夫，借助哥萨克骑兵的力量干掉杨都督也是她的主意。表面上她是想让马麟成为"丝路之王"，实际上任何能导致男人们火拼、厮杀、流血的事，都是她所热衷的。

但是，马麟被杨都督下令砍头了，赵银儿害怕被马麟叛国罪株连，这时云朵找上了她，迫使她承认白牡丹的身份的同时，也得悉她在被林闽嘉拿去抵债后，在合富洋行里受到了非人的凌辱与压迫，由此在她心里种下了"没有一个男人是好人"的仇恨心理。云朵也向她揭示了一些事实真相：她的女儿并未被野狼叼走咬死，野狼被好心民众穷追不舍，终于丢下婴儿而逃，婴儿被钟爷收留并送给同窗好友、县令于文迪收养，取名玉儿，活泼可爱，但于文迪全家却在辛亥革命那年被马麟带人杀害了。这一残酷的真相终于打散了赵银儿强烈郁结多年的扭曲心理，使她痛恨马麟，也对自己的未来心灰意冷，放弃了多年来报复男人的心愿，选择了结自己的生命。

这位蛇蝎心肠的红颜的生命就这样谢幕了。

二、精心构思的人物悬念

赵银儿的人物形象塑造成功，得益于作家设置的悬念：为什么赵银儿会形成如此阴毒嗜血的个性？小说中对赵银儿的形象描写，实际上就是在一步步揭露她的性格成因。

作家在描绘林闽嘉（即林拐子）这个人物时，对他的太太白牡丹的命运有所涉及，埋下了关于赵银儿的伏笔。

之后赵银儿一露面，便是满怀兴奋与喜悦地欣赏姚大麻子与山西王的手下拿着武器大战的血腥场面。她为什么会变成这样？此时作家还没有揭秘。

然后她展示了自己的经济手段，利用二锅头的狂热追求与刘天亮的迫切需要放出年息三成的高利贷，并在合同中埋下关于刘家酒坊产权的陷阱。明面上赵银儿帮助姚大麻子在子归城商界摧城拔寨，实际则使姚大麻子树敌无数；当姚大麻子被暗杀后，赵银儿并不悲伤，只是需要找到新的靠山。在马麟成为赵银儿的新靠山以后，赵银儿撺掇马麟在绥来戍官风潮中率部举事，接着又建议马麟杀知情者、杀张一德、杀金丁等，然后嫁祸刘天亮；她还提出了各种杀杨都督的方案。她满脑子都是杀人的主意，甚至她在想象：杀光子归城男人，需要多少葫芦焅酒？多么令人恐惧的想象力！除了扶持马麟成为"北丝路王"以便杀人，她便是期待马上见血。如此畸形狠毒的性格，作家却把其成因紧掩着。

"花朝惨案"时哥萨克骑兵进城屠杀无辜的子归城民众，看到城中腥风血雨，赵银儿偷偷地笑了。作家写道："她仇恨子归城的男人，喜欢看他们自相残杀，血雨纷飞。"骑兵帮她实现了愿望，她怎能不高兴？作家越是反复地刻画赵银儿的性格特征，读者就越是想弄清其成因。

直到马麟被杨都督下令砍头之后，赵银儿也没有沉浸在悲伤之中，她只是陷入怕被马麟的叛国罪所牵累的恐惧中而已。哪怕死了很多人，赵银儿都不恐不悲，只有她自己面临死的危险的时候，她才开始恐惧。很快云朵揭开了赵银儿的过去之谜：她就是被自己爱的男人背叛，被抵债并受尽凌辱侵压的白牡丹。在她陷入人生绝境时，想方设法从合富洋行白楼向窗外路过的男人求救，但没有任何人理睬她。从此她把对男人的恨刻入心底，决定要报复子归城里所有的男人，所有跟她相好的男人于她都只有利用的价值。至此，这个悬念解开了，人物的刻画也完成了。剩下的就是赵银儿人生的谢幕了。

三、特殊社会镜像的文学价值

作为性格特征极为鲜明的女性形象，赵银儿具有唯一性。她的早期遭遇异常悲惨，导致后来阴毒嗜血、热衷报复男人、心理异常变态，她还长袖善舞，在经营上敏感性强，善于使用阴谋手段和捕捉商机。这些特点构成的赵银儿的形象确实是独一无二、吸引读者的。

由于作家创作的成功，赋予了赵银儿形象审美价值。读者阅读《子归城》时，难免会被这样的形象所吸引、所刺激，会思考赵银儿如此阴毒嗜血，这样的形象有真实性吗？如果有，那么原因又是什么？而从《古城驿》到《石刻千秋》，人们会发现这个女人从白牡丹到赵银儿的惊人嬗变，是由惨烈的悲剧性经历促成的，是有着根本原因的，也是有真实性的。由此读者将惊叹作家创作手法之高超，爱好写作的人也会欣赏作家塑造赵银儿形象的写作手法，并试图破译其创作密码。

再者，赵银儿是《子归城》情节格局和人物图谱的有机构成部分。赵银儿与姚大麻子的关系，显出了姚大麻子浅陋嚣张、难成大事；赵银儿与马麟的关系，显出了马麟因野心而人云亦云以及不顺利时易慌乱的特点；赵银儿与刘天亮的关系，显出了刘天亮的淳朴和无助；赵银儿与云朵的关系，显出了云朵的稳重聪慧和善良，在赵银儿面临穷途末路时愿意帮助她；赵银儿与二锅头的关系，显出了二锅头即便人格缺陷颇多，但是在感情方面却可以做到忠贞不贰，这种忠贞不贰甚至达到愚昧的程度，以至于赵银儿把他当成很趁手的工具，可以轻易指使他替自己干一些坏事；赵银儿与林拐子的关系，显出了他在爱情上的无耻背叛深深伤害了赵银儿的心，以至于爱有多浓，恨便有多深。甚至可以说赵银儿成了检验刘天亮与云朵这对恋人感情的试金石，成了刘家酒坊顽强崛起的衬托……可以说，赵银儿的形象是《子归城》这部鸿篇巨制得以完成的不可或缺的要素。以上都是赵银儿形象的审美价值。

从另一个角度来看，赵银儿的形象表明了在历史的特定时期与特定区域，哪怕是在正蓬勃兴旺的子归城里，也存在严重的欺压与压榨的行为，在法律特权、经济特权和军事特权等构成的社会暗网下，女性可能遭遇程度相当严重的压迫与凌辱。面对这种压迫与凌辱，承受不住的女性必将毁灭，如驼二婶、迎儿等人；而像赵银儿这样以自己的扭曲的方式反抗社会黑暗，也不过是与之同归于尽罢了。因为赵银儿的反抗方式常伤及无辜的人，所以也是不值得肯定的。尤其是为报复子归城的男人，赵银儿连民族大义也丝毫不顾，撺掇马麟联手哥萨克骑兵企图杀害爱国将领杨都督，可以说是直接堕落成叛国者，这更是需要批判的。赵银儿是一个特殊的社会镜像，反映出各种扭曲人性的社会怪相，她本身就是变态且怪异的社会产物。这正是人们值得警惕与深思的地方。

第四节　永远的拐子——林闽嘉

林拐子，大名林闽嘉，是《子归城》重要人物之一。此人命运坎坷，外貌猥琐。说他在亦正亦邪间游走，也不太准确。他在子归城里主要是在为自己谋生存、谋报仇、谋财富，和"邪"字不太搭。说他都是为自己却也不尽然，向省府举报恶洋商的不法行为和子归城庸官的作为也是他所坚持不懈做的。他早年间对妻子亏欠太多，晚年时报复赖黄脸，夺人孙子也属用心险恶。这是一个典型的复杂人物，也是复杂的典型人物，其复杂性格在当代文学上应该也是少见的。

一、复杂性格

（一）高明的跟踪者与窃听者

《子归城》的起点，是小说主人公刘天亮到子归城找骆二爷谋生路，却误入合富洋行石建的白楼，被合富洋行商约雅霍甫残忍地派凶恶的大狼犬亚历山大扑咬。刘天亮在腿被咬伤后，及时踢伤亚历山大逃走，却见证了雅霍甫突然中毒倒地身亡。由此，凶手、合富洋行副商约铁老鼠把谋杀罪名推到刘天亮身上，派人四处追击刘天亮，欲把谋杀知情者刘天亮灭口，并坐实刘天亮的"罪名"。

这一切，却被一个有心人看在眼里记在心里。他就是曾被同一只恶犬咬伤腿并导致跛脚，成为拐子的林闽嘉。书中多称林闽嘉为林拐子。林拐子与合富洋行有仇，长期暗中潜入洋行，从近处窥视洋行内发生的一切，以便寻找报仇的时机。碰巧刘天亮的不幸遭遇被林拐子看到了。他也知道铁老鼠是毒杀雅霍甫主谋者，胖厨娘是知情者，而刘天亮不过是可怜的遭难者。

林拐子究竟是躲在合富洋行的何处窥视到这一切的？书中未写，也许洋行里到处都可以躲。因为洋行中最机敏的警戒者就是那只凶猛而又嗅觉灵敏的大狼犬亚历山大，而亚历山大也被林拐子搞定了。其实林闽嘉变成拐子也是拜这只猛犬所赐，可是为了复仇的林拐子却耐心无比，经常暗中送肉骨头给洋行的狼犬们享用（大狼犬亚历山大于雅霍甫死后的第二天也因毒发而死了），"拿人的手软，吃人的嘴短"，洋行狼犬长期享用林拐子给的肉骨头，终究都被林拐子收买了，任由林拐子潜入洋行，它们连个屁都不会放。

况且林拐子的潜行能力和窥探技术颇为高明，在亚历山大这只大恶犬被他搞定以后，他总是神不知鬼不觉地躲在洋行暗处窥视，从未被发现，更未被捉获。他可能具有"自然观察智能"的天生禀赋吧！自然观察智能是美国哈佛大学教育研究生院教授、"零点"研究项目负责人霍华德·加德纳先生首创的"多元智能理论"里的一种智能。只有具备这种能力，他才能随时潜入合富洋行窥探，寻找报仇或暴富的时机，这已经是林拐子最重要的精神支柱了。这样擅长潜入与窥探的人按理应该是警察、侦探或是间谍、特务，可林拐子偏偏不是，早先他是正儿八经的商人，后来是落魄的路边代书者。这样的人物是不是甚为罕见？

(二) 神秘的救助者

林拐子在得知刘天亮被洋行追杀纯属倒霉的情况下，是乐于帮助刘天亮脱险的。他怕皮斯特尔到县令于文迪那里诬告刘天亮，导致官府通缉刘天亮的不妙局势，便在皮斯特尔乘坐的马车胶皮轮下支起英吉沙小刀，以此刺破轮胎，拖延皮斯特尔的速度，可见此人之机智多谋。林拐子首次见到刘天亮即告诉他他的处境危险，叫他快跑，而此时刘天亮还傻乎乎地不知死神正在寻找他的足迹。

后来也是林拐子找机会告诉皮斯特尔，铁老鼠给雅霍甫喝的水是胖厨娘递给铁老鼠的，言下之意是胖厨娘才是真正的知情者。从书中对林拐子的描绘来看，林拐子并没有乐于助人的特征，也没有帮助刘天亮的义务。他应该是本着破坏合富洋行内部关系的心理，才告诉皮斯特尔谁是谋杀事件的知情者，这客观上对刘天亮是一种保护。或许鬼机灵的林拐子懂得皮斯特尔会利用掌握的消息去对付铁老鼠，这会让他们内部更混乱，有利于自己实现报仇的愿望。

林拐子这么帮助刘天亮，按理说应该是人类的善良品性在起作用，可其实不是。在人类社会中，有些人有这样的思维模式：敌人的敌人就是自己的朋友，至少是自己可以结盟的力量。刘天亮确实是合富洋行追杀的对象，而合富洋行又是林拐子报仇的对象。在这种关系之下，林拐子帮助刘天亮、破坏合富洋行计划也是可以理解的。

（三）暴富梦的追求者与行动者

林拐子从子归城的一名富商变成贫困不堪的路边代书者，变成绝对的社会底层人员，一副邋遢讨人嫌的疯癫样子。但这好像得怪他自己。如果他不是急于暴富，他就不会为开发第二座煤矿而向合富洋行借巨款。合富洋行以借给林拐子巨款为由与他对赌，打的如意算盘就是吃掉他的黑沟煤矿，捞取一笔巨大的财富。

林闽嘉原本是闽地富商子弟，未经过社会历练，只因与美女白牡丹私奔，才来到这边远之地子归城。他经商的第一步是开发黑沟煤矿，超人的经营意识使他成功了，也获得了不菲的财富。可惜此人不具宏观意识，未经社会毒打，不知洋人资本的贪婪与险恶，怀抱暴富梦想，一头栽进自己与洋人共挖的大坑里，对赌失败。洋行暗中破坏了运煤过河的桥，又不肯让他延期交货，迫使林闽嘉丧失了黑沟煤矿全部产权，连老婆白牡丹都被他抵了债了！

这个富商家的公子哥儿被社会打败了，他的意志与品德同时崩溃了，竟然可以牺牲爱情丢弃太太，太令人失望了！这真是人渣的行为啊！难道他不知财产可以输掉，爱人不能不要，妻子应该是无价之宝。他们明明可以马上携手逃回内地，逃到洋行势力无法到达的某个小地方，重新开始同甘共苦的新生活。林闽嘉并未树立正确的价值观与爱情观，才会选择用错误的方式追求财富，并以错误的方式对待磨难。笔者在阅读《子归城》时，隐隐约约觉得作者在描绘林拐子的同时对他怀有鄙视，也许就是上述的原因引起的。

林拐子在跟踪刘天亮进入黑沟煤矿后，被矿长索拉西和皮斯特尔捆绑着丢下废弃的煤井，以顶替铁老鼠想灭掉的刘天亮。本会就此丧命的林拐子居然逃出生天，此事成为他终身的秘密。黑沟煤矿也属于合富洋行，可以说林拐子与合富洋行的仇恨更深了。

林拐子落魄后曾离开子归城回闽地，后来又因听说羊脂玉枕还藏在合富洋行，心有不甘，重燃暴富的梦想，就又回到子归城开启永不停歇的追求暴富之梦。《子归城》里描写的林拐子的个人剧情，都是为了找到暗藏的羊脂玉枕，据为己有，实现暴富。林拐子在古城子形势危急、血雨腥风之际，仍不放弃到合富洋行搜寻羊脂玉枕。林拐子刚被郭瞎子从地窖救出，一脱险，就到他相好的寡妇家继续挖地道，想挖到没人管的合富洋行里寻宝，真是财迷心窍，百折不挠！所以说林拐子是暴富梦的追求者与行动者。如此热烈地追求财富，按理说会有点收获，可林拐子偏偏没有获得任何成功。这也是他的悲剧性之一。

（四）狂热的复仇者

林拐子自从与合富洋行对赌失败，命运逆转之后，就始终不渝地沿着报仇与暴富的人生轨道前行。

就具有坚定的报仇之心这点而言，他确实比很多面对剥削、压迫选择逆来顺受的人强得多。也许当初财产输尽、送出美女老婆期待能缓一口气谋求翻身的想法彻底幻灭以后，他输红了眼，死活咽不下这口气，才滋生出这么强烈的报仇意识。

要报仇就得下功夫，这不是费点口水就行的。报复合富洋行于林拐子是蚍蜉撼树，轻易触碰可能都会碰得头破血流。逆境下的林拐子能想出办法，说明他的精神并没有垮，他虽然轻佻、人渣但是下定决心报仇就坚定不移。为此他第一步要先过洋行狼犬关，还好林拐子不笨，这一关过了。第二步是偷听窥探，这一步于他比较轻松，这似乎是他天赋所在。第三步是抓住好时机。

小说中描写林拐子在得知铁老鼠毒杀雅霍甫后，果断地给铁老鼠安排了一出复仇大戏。这出大戏以装神弄鬼吓唬铁老鼠为主旨，活灵活现，上下自如，装骷髅、装女鬼、装红胡子雅霍甫鬼魂……踪迹不定，氛围诡秘。立志报仇的林拐子，心怀仇恨，行动隐秘。铁老鼠当上合富洋行大老板后，小说中猫的意象作为魔幻现实主义描写中的神秘主义符号，为后面林拐子装猫叫吓唬铁老鼠做铺垫。

因谋杀同事而亏心的铁老鼠没有捉到刘天亮这个他认定的谋杀案见证人，反而被林拐子自编自导自演的这出大戏吓得胆战心惊、失魂落魄，导致他疑神疑鬼、精神分裂，最终把自己封闭起来以求安全，由此走向末路。从这点上看，林拐子的复仇成功了。

林拐子报仇的对象首先是合富洋行的人，除了铁老鼠，还有其他人。皮斯特尔在投靠哥萨克骑兵以前是合富洋行的狗头军师。林拐子被丢进黑沟煤矿废弃的矿井，差点没命，皮斯特尔就是这桩谋杀案的策划者，只是未能成功罢了，此人是坏到骨子里的坏人。在子归城战火纷飞时，皮斯特尔发现林拐子的异动，胁迫林拐子带他去合富洋行想独吞财富。殊不料林拐子以前经常在合富洋行里暗中潜行，比投靠契阔夫而离开了洋行的皮斯特尔更具有地利优势。果然，在皮斯特尔逼林拐子用钥匙打开石头楼的边门之后，林拐子抓住这千载难逢的时机，从皮斯特尔背后猛踢他一脚，把他踹进门里，然后迅速锁上门。林拐子知道皮斯特尔完蛋了，因为门里有一群饿极了的疯狗，必定会撕碎皮斯特尔。为了报仇，林拐子的机敏与急智是惊人的。

诡计多端的皮斯特尔没料到林拐子报仇的决心有多大，能力有多强。林拐子长期用邋遢和疯癫的形象为掩盖自己报仇的决心，致使皮斯特尔对林拐子警惕不足，甚至以为他是容易欺压凌辱的人，因此送了命。虽然他的死为哥萨克骑兵进攻子归城提供了借口，但是笔者认为林拐子的复仇行为值得称赞。林拐子在对赌失败失去了社会地位以后，身为一个残疾人，又没有社会资源，按理说他的报仇难以成功，偏偏他成功了。忍辱负重，不懈地积蓄力量，寻找时机，才初步实现了自己的报仇计划。

如果林拐子就此罢手，回归正常人的生活，那还是值得肯定的。但林拐子的人生观与价值观严重扭曲，他不打算放过一个复仇对象。下一个复仇对象就是赖黄脸。赖黄脸是林老太爷早先从福建派来子归城帮助林闽嘉的，早年赖黄脸作为林闽嘉的助手确实是做了事，也曾救过林闽嘉一回。可是，赖黄脸在子归城复杂的经商形势下堕落了，被人收买背叛了林闽嘉，曾带人把林闽嘉从藏匿之地抓出来，折磨个半死。林拐子恨他是情理之中。20多年后，林拐子为报仇寻找赖黄脸的隐居之地，他重金聘请带路的茶行伙计却被不明人士暗中杀害，林拐子吓了一跳。这次虽说没找到赖黄脸，林拐子报仇之心却郁结不散，已成疯魔。1951年，他举报赖黄脸的儿子赖光是双料特务，或许在那个时期诬陷人比较容易成功，赖光被判刑发配新疆劳改15年。此后"文化大革命"浩劫来临，天下大乱，林拐子又直奔武夷山找到年老体衰只剩一只耳的赖黄脸，以他加入哥萨克骑兵的历史反革命罪和私藏枪支罪胁迫赖黄脸将孙子（即林子非）过继给自己，以此来报复赖黄脸。赖黄脸痛苦地对林拐子说"这会要了我的命"。可是，报仇就是快感，林拐子哪会去体贴赖黄脸的痛苦？小说中描写他得知合富洋行商约雅霍甫这残忍的家伙死去后，抱着母猪哭、抱着树哭，刻画出他对洋行老板刻骨的恨和因雅霍甫死去而满溢的喜悦。他辛辛苦苦坚持跟踪观察洋行的人，为的就是报仇。

当然他成功了。而作家对他的人物形象塑造与性格刻画也成功了。

（五）隐秘的环境保护者

林拐子在与合富洋行结仇以后，在长期暗中窥察合富洋行的过程中，曾多次上书省府，揭示黑沟煤矿巧取豪夺、乱开乱采的行为。次数之多，说明了林拐子的坚韧。

能给省府写信，证明了林拐子是有一定文化水平的人，另一方面也说明了合富洋行虽然在子归城势力极大，但是省府还是可以将其制约的。至少林拐子还相信省府有这个能力，否则他就没必要上书省府了。事实上，省府收到林拐子的信件后，对合富洋行谋取黑沟煤矿产权之心是有所警惕的，之后省府原洋务科长诸葛白与合富洋行谈判时就拒绝了他们想拥有永久采矿权的诉求。黑沟煤矿的乱开乱采破坏了子归城的自然环境，子归城的母亲河——涅槃河就因此断流。所以在客观意义上，林拐子是子归城的环境保护者。而在主观上，林拐子与合富洋行有血海深仇，不可化解，任何对合富洋行的打击都是林拐子所乐见的。

庸官金丁上任县长以后，利用职权组织 200 多人砍伐子归城外本就不多的树木。子归城地处大沙漠的边沿，自然生态本就比较脆弱。金丁的行为对生态环境的破坏是毁灭性的。林拐子与金县长没有直接的矛盾冲突，但他也上书杨都督揭露此事，导致金县长被杨都督召到省府，受到冷遇加训斥。

从这件事来看，难道林拐子作为自我主义者，居然抱有一定的保护环境的意识？笔者认为不是，这是因为他站在庸官县长的对立面，对于庸官的一切不法或者不合理的行为，都不吝于给杨都督送去举报信的，这是他性格使然。

二、"多面矛盾体"

阅读《子归城》时，林拐子给笔者的印象相当的深刻。笔者一直在琢磨：

作者究竟是运用了什么艺术手法，才把林拐子塑造得栩栩如生、内涵如此丰富的？

要说是刻画人物的外貌、语言、动作、神态、心理之类，那是任何小说作者写人物时都会使用的基本手法，谈不上是"艺术"。美，其实就是经由人的心灵加工、创造出来的艺术性，它足以打动多数人的心，赢得普遍的认可或赞赏。我们审美，就是经由艺术品去认识其艺术性。那么，作家创造林拐子的形象时，艺术性的体现是什么呢？其实就是林拐子的"多面矛盾体"性格。小说中的人物有矛盾之处并不罕见，而像林拐子这样具有多方面的矛盾的角色就属罕见了。

林拐子的多面矛盾性涉及的第一面在于其财产，林拐子是经历大贫大富之人。他本是富商子弟，到子归城以后投资黑沟煤矿也获得了一笔财富，算是富有之人。但因为求财心切，他马失前蹄，变得一无所有，成为赤贫之人。而这个赤贫者又是暴富梦的不懈追求者。很矛盾吧？第二面是报仇。他想报仇本来是合理的，可后来他的行为逐渐失去人性，显得恶毒了。从合理到不合理，也是矛盾所在。第三面是爱情。他本是勇敢的爱情追求者，愿意为爱人离家千里。可后来他因经济绝境而背叛爱情，出卖了太太。从追逐爱情到背叛爱情，很矛盾吧？第四面是身心的矛盾。他外表疯疯癫癫，似不谙世事，难以理喻。他与刘天亮见面时蓬头垢面，毫无血色的灰白脸和白多黑少的三角眼，手脚冰凉。可实际上他的心志极为坚定，内心极为清醒，策划行动也相当周密。在疯癫与清醒之间摇摆，很矛盾吧？第五面是行动能力。他身体残疾，本不良于行，但他动作极为敏捷，给人神出鬼没之感。一个拐子如此敏捷，很矛盾吧？第六面是勇气。当他长期在合富洋行潜行窥探，读者以为他为报仇而不怕死；可他明明知道是皮斯特尔杀了驼二婶的傻儿子阿宝，却没勇气公开出来做证。他究竟勇敢还是不勇敢？第七面是大义。在子归城民共担大义，同仇敌忾浴血奋战抗击骑兵的入侵时，极为自私的林拐子依然在挖地道，期盼有朝一日暴富梦想成真。但如果他对大义不屑一顾，为什么要多次向省府举报黑沟煤矿的不法行为和金丁县长破坏生态环境的问题？第八面是诚信之德。林拐子是路边代书者，目不识丁之人找他代写书信，他从来不泄露别人的私密之事，嘴巴把得挺严的。可是在黑旋风沙灾即将毁灭子归城之前，林拐子在逃离子归城的路上抢了一个寡妇的马灯。此外，早几年云朵曾拿 50 两银两让他去贩茶,结果他拿了几小包茶叶来应付钟爷,气得刘天亮动手揍了他。那么林拐子究竟有没有诚信之德?

笔者认为,一个小说人物身上有着如此之多的矛盾确实罕见。当然,小说人物塑造的成功,靠的不是着墨之多。不是人物描写叠加的内容越多,这人物就越成功。人物塑造成功主要靠作家对人物特征捕捉准确,描写传神到位,性格逻辑自洽,这样的人物塑造才立得住,才能吸引人。

就林拐子而言,他给人最深刻的印象是外表猥琐、腿脚不便但行动敏捷;他虽落魄为社会底层,却心志坚毅,用最坚定的意志竭力报仇并追逐暴富之梦。前面分析过,林拐子向铁老鼠报仇时的细节描写入木三分,很接地气,堪称经典。铁老鼠被林拐子吓得半死,最终也是林拐子导致铁老鼠的死亡。《子归城》的时间线跨越百年,主要就靠林拐子这条线。林拐子这条线横跨了六七十年,而后面则是由林拐子向赖黄脸抢来的孙子林子非来延续。

由此看来,林拐子"多面矛盾体"的人物性格是一种主次结构。主要的特征是"残疾猥琐而动作敏捷、行动能力出众;身居底层落魄而心志坚毅,努力报仇和追逐暴富之梦",这是林拐子人物形象这棵树的主干和根系。而林拐子其他的性格表现就像是这树的枝叶,它们共同构成了具有唯一性的"多面矛盾体"人物性格。

三、"猥琐的坚韧者"形象的文学价值

林拐子可以说是一个"猥琐的坚韧者"的文学形象。这一形象的出现,是当代小说创作的又一个新的人物典型。这种人物类型,从人物性格上讲是一种"多面矛盾体";从本质意义上讲,这一人物典型真实地体现了人性的混沌性和社会的混沌性,这是它的主要文学价值所在。

人性的混沌性,指的是无法定义人物是光明的还是黑暗的,是好的还是坏的;甚至无法定义人物是好的为主夹杂些坏的,还是以坏的为主夹杂些好的。简单地概括就是:此人的心灵混沌不清,处于一种非常复杂的状态。能够捕捉到这种复杂状态,并给予最具个性的描绘,是作家的厉害之处。

多年来,很多人习惯于以两分法区分人物:非黑即白,非白即黑。改革开放以后的小说中有诸多带有缺点或人格缺陷的人物被创造出来,这些人身上总闪现出其代表的价值观,对这些人物进行价值分析并不难。可林拐子不

一样，他的性格特征本身就是矛盾体，而他的性格特征又是他心灵的外显。作家刘岸对林拐子这一形象的刻画，深入人性与心灵最深处的混沌、纠结之所在。我们不能怪作家把人性写得过于复杂，作家不过是用文学的镜像反映了生活中的复杂人性罢了。

人性之所以混沌，当然和社会的混沌性密切相关。林拐子所处的那个社会时期的混沌性是极鲜明的：洋商的嚣张贪婪，官府对洋人的软弱无能，对民众的胡作非为，洋行内部的钩心斗角，哥萨克骑兵的血腥暴力，帮会势力的横行霸道……一个朝廷统治崩溃以后的转型期社会，处于各方势力角力的中心，旧秩序崩盘了，新秩序正挣扎着蹒跚而行，离稳定成型还早得很。这样的混乱的社会，撞上自身有很多不足的林闽嘉，撞出人性的混沌状态不是自然而然的吗？

文学作品通过人物描写人性，揭示人性；读者因而得以观察人性，思考人性。林拐子的文学价值就是这样体现出来的。

第五节　涅槃重生的外国商人——谢尔盖诺夫

如果把《子归城》里的重要人物归类的话，大致可归为三类。第一类是在子归城起正面积极作用的人物，他们有各自的经历与性格，而他们发挥能量的大方向则都体现了其积极价值，如杨都督、诸葛白、刘天亮、云朵、钟爷、神拳杨等。第二类人物是对子归城社会发展起负面作用的人物，也都有自己的经历与性格，但对子归城及其民众起破坏性作用，如契阔夫、铁老鼠、马麟、皮斯特尔、金丁、杨干头等。第三类人物则是处于中间状态的人物，他们对子归城及其民众起的作用有好有坏，时好时坏，如林拐子、二锅头、山西王、谢尔盖诺夫等。文学作品中这第三种人物是很有意思的一类，能够反映人类社会的多样性与复杂性。塑造这类人物形象，需要作家对社会有深入的体察，对人性有深刻的把握，他笔下的这类人物才会鲜活可信，引人深思。《子归城》里的谢尔盖诺夫就是这样一个值得关注的人物，关注的焦点在于他是怎样从一个贪婪的商人成为一个哥萨克军官，又怎样从一个哥萨克军官变为一个具有善心的好人。

一、从贪婪到向善

（一）"名妓奇案"的策划者与参与者

谢尔盖诺夫本是外国商人，商人以合法牟利为职业。如果谢尔盖诺夫一直本分地做贸易生意，那就是一个正当而普通的商人。但他介入了"名妓奇案"，这使他间接成了凶手，而他的本意其实是赚钱而非杀人害命。

哥萨克骑兵威风凛凛的姿态撩拨了谢尔盖诺夫的军官梦，于是他向契阔夫捐资获得了中尉军衔。如果只满足于当中尉，只要不上阵厮杀，他也惹不上麻烦，可以兼职做点生意赚点钱。可惜，在他赚得风生水起时遇到了子归城合富洋行的铁老鼠。在合富洋行商约雅霍甫被该行副商约铁老鼠毒杀后，雅霍甫名义上的女儿（实为契阔夫与撒拉尔生的女儿）柳芭被雅霍甫狠心的太太卖到迪化的窑子（娼妓馆）里。谢尔盖诺夫和铁老鼠洽谈一番，策划了一个圈套：合富洋行把柳芭从迪化窑子赎回，再找借口说是谢尔盖诺夫看上了柳芭，要回迪化筹 2000 两银子，再把柳芭以 500 两银子寄托在神拳杨的典当行里，在等待赎回期间找人劫走柳芭。而神拳杨交不出人，势必要狠狠出血赔偿。谢尔盖诺夫负责出面，可从铁老鼠那里赚一笔钱；而铁老鼠不但会得到大量赔偿金，还能占领典当行市场。皮斯特尔得知这个计划后，费尽三尺不烂之舌，说服吝啬的铁老鼠同意给配合行动的谢尔盖诺夫一笔钱，并出谋划策：在借机杀掉柳芭的同时，也杀掉刘天亮，以满足铁老鼠的心愿。

在这个阴谋中，铁老鼠心狠手辣，连被他毒死的雅霍甫（名义上）的女儿也要拿来敛财，甚至还要毁尸灭迹，称得上是缺乏人性，蛇蝎心肠。皮斯特尔也是个恶人，他本是为拿捏铁老鼠而暗中保护刘天亮这个"毒杀雅霍甫案"证人，在发现洋行胖厨娘才是真正的证人后，皮斯特尔就改变主意要杀了刘天亮。

而此时的谢尔盖诺夫不过是想要点心机发一笔财而已，绝对算不上有杀人之心，连柳芭如何脱身他都做了李代桃僵的妥善安排。实际上，他心底有个秘密，即柳芭是他的意中人。但他主动卷入这个阴谋中，柳芭被人劫走了，之后发现了无头的女性尸块。张福自认是"凶手"，谢尔盖诺夫就被形势逼成了死刑犯张福的行刑人。张福是神拳杨的手下，收了主人的钱冒充杀人凶手，用自己一条命替神拳杨了结案子，以便让他早日止损脱身，所以在行刑之日他拒绝用钱向谢尔盖诺夫赎买自己的命。但张福如果不讲义气，也没有机会让他以钱赎命，因为合富洋行策划的这件事已闹到迪化，俄领事伊万与迪化商圈里的洋商都鼓噪起来，省府承受了很大压力，杨都督就怕省府力量不足，事件不尽快解决，洋人会借机闹事而分裂国土。因此张福必死，而谢尔盖诺夫也摊上了行刑人的差使，收取赎命钱财不成，又喷了自己一头一脸的血。

不是所有人都能在杀人后不留下心理创伤的。普通人一旦杀了人的，不管是蓄意还是失手，多数都会受到很大的精神折磨，甚至惶惶不可终日，这是人性使然。何况谢尔盖诺夫还被张福的血喷了一头一脸，别提他心里有多紧张与害怕了。铁老鼠的钱他拿到了，神拳杨也赔给他一笔"爱情损失费"，可是谢尔盖诺夫的状况并没有好转。他是要赚钱过好日子的，而不是要杀人害命的，何况他早知道张福是无辜的受害者。那一头一脸的鲜血就像是无边的浓重的阴影，让他有窒息的感觉。这体现出谢尔盖诺夫还是有人性的，心中也有善的种子。杀人不是他的本意，反而是他不愿做的事，才会使他忏悔。他忏悔他在"名妓奇案"中的作为害死了无辜的张福，在张福的坟前痛哭出声，获得了被"名妓奇案"害得差点破产的神拳杨的谅解。开始忏悔，谢尔盖诺夫心中善的种子才有机会发芽拔节。

（二）迷途知返与改过向善者

谢尔盖诺夫之后跟随哥萨克骑兵进入图尔盖，在战乱中闯入一个教堂想抢点金器珍宝发点意外之财，却被教堂守卫者割断动脉，鲜血如注，险些死去。经一个僧人舍身捐血和牧师的竭力救治，谢尔盖诺夫起死回生。而捐血的僧人捐出过量的血后圆寂了。

人最重要的是命，命没了什么都没了，这是平头百姓都懂的道理。谢尔盖诺夫在捡回一条命以后对生命有了感悟。从鬼门关上走一回才知道死是多么可怕的事，而且他的生还是以一位无名僧人的舍身为代价的。这使他深受震撼，他把自己的一半财产捐给教堂，给几位伤兵买来车马、付了路费，还给了每人各一套银餐具。从敛财者到捐助者，他已成功涅槃重生了。康复后，他还劝契阔夫释放一批俘虏。

在花朝惨案中，巴索夫冲上戏台把马刀架在俏红脖子上欲杀俏红时，谢尔盖诺夫制止了巴索夫。而契阔夫要杀二锅头时，他也以二锅头是子归城谈判代表为理由阻止。刘天亮为迎儿报仇设计杀了巴索夫等人，骑兵设临时法庭审理刘天亮，谢尔盖诺夫先为刘天亮做了无罪辩护，但是失败了。当晚谢尔盖诺夫作为骑兵中尉值班，临时法庭法官老白俄因契阔夫要求他判刘天亮死刑，去找谢尔盖诺夫换班，准备偷偷放跑刘天亮。谢尔盖诺夫其实已猜到老白俄要干什么，却也配合他同意换班。如此看来，谢尔盖诺夫对于刘天亮的获救也是有贡献的。

因谢尔盖诺夫尚存善心，他才会在神拳杨的小儿子杨耳为父报仇用刀刺伤他后，大度地原谅了他。他虽不是神拳杨之死的凶手，但他明白这时杨耳把一切外国人都当作仇人。他还提议杨耳可以随他的车撤出战火连天的子归城。当契阔夫去原合富洋行石头楼见柳芭，他也候在外面。之后听到枪声，他以为是契阔夫开枪打死柳芭，急得要往里冲察看情况、救下柳芭，却被热西丁捆住了。

契阔夫不肯下停战的命令，死于女儿柳芭的枪下，柳芭也陪父亲赴死，死于蜡烛倒下点燃的炽热的火焰中。这就给和平止战创造了机会。向善的谢尔盖诺夫和爱和平的老白俄没浪费这个机会，他们联手编造了契阔夫的假命令并由老白俄向骑兵传达：全体撤军！虽然这假命令没有发挥最大效果，但至少分散了骑兵，大大削弱了他们的力量。这时谢尔盖诺夫的胆子是挺大的，因为万一传假命令之事露馅，热西丁这个狂战分子是会杀了他的。

谢尔盖诺夫的精神涅槃已是很明显的事实，他与骑兵分道扬镳，所以契阔夫在死前已开除了他的军籍。但这无碍于谢尔盖诺夫继续向善。

（三）走向新生活的带路人

在《子归城》第四部《石刻千秋》中，子归城经历了大规模战乱后，又迎来了铺天盖地来势汹汹的沙漠黑风暴，子归城毁灭在即。诸葛县长无计可施，只能下令让余下的子归城民众全部撤离子归城，另觅生路。撤离的民众分为二路，一路由刘天亮带队，而另一路就由谢尔盖诺夫带路。在沙漠中当带路人，他肩上的责任十分重大，因为沙漠中缺水，一旦带错路就会导致大量的人因干渴脱水而死亡。谢尔盖诺夫本就是往来沙漠做生意的人，对于穿越沙漠有经验。他改过向善以后，获得了诸葛县长的信任，诸葛县长才会在危急时候指定他为带路人，带领其中一路子归城民众寻找新生活。谢尔盖诺夫果然也不负众望，辛苦跋涉后把大家带到犹如小江南的紫泉子，使那块地方从此成为子归城居民新的定居点。子归城居民看到了他的善，而大家也会对他好，所以谢尔盖诺夫也不回国了，他改名谢二盖，成为紫泉子的一位居民，在此地传宗接代，快乐地生活。这样的角色转变与结局，散发着人性的温暖，使读者在阅读中感受到精神的愉悦。

二、心理情感特征的循序外化

《子归城》里不同的人物有不同的性格，作家使用不同的方法刻画不同的人物。就谢尔盖诺夫而言，纵观全书，主要是使用了"心理情感特征外化"的方法来刻画其性格。心理与情感其实是不同的概念，内涵有交叉但也有区别。但是，在谢尔盖诺夫的塑造上，心理与情感是糅合在一起的。循序，就是按照先后顺序，因为谢尔盖诺夫的塑造是线性的，不同阶段有不同的心理情感。外化，指的就是内隐的心理与情感的形象化，或者说就是以人物动作和语言等表现其心理情感特征。

谢尔盖诺夫的心理情感特征之一就是"贪婪与狡猾"，表现在他为了发财，不惜与铁老鼠合谋，设计了"赎回柳芭——寄存柳芭——劫走柳芭——索赔巨额损失费"这样一个圈套，并付诸行动。假如不是皮斯特尔插了一手，还让刘天亮牵涉进来，说不定谢尔盖诺夫的阴谋能圆满成功。但现实没按照设定的剧本走，最终张福拿了神拳杨赎命的财宝自愿出来充当"凶手"以结案。至此谢尔盖诺夫"贪婪与狡猾"的心理情感特征暴露无遗。

之后，谢尔盖诺夫的心理情感特征转为"震惊与忏悔"。他没想到自己会成为张福的死刑执行人，要亲手砍下张福的脑袋。这是他无论如何都想避免的，可终究无法避免，成为杀人凶手。行刑过程中谢尔盖诺夫被喷了一头一脸的血，恐惧让他走向了忏悔。他不是装模作样地忏悔，他的忏悔是行凶之后的震惊、害怕引发的。谢尔盖诺夫坐在张福墓前大哭忏悔，是其真实心理与情感的外显。这一段对于一个除了急于发财没有其他恶意的普通外国商人，砍了无辜者人头之后害怕而忏悔的心理刻画十分真实。

接下来，谢尔盖诺夫的心理情感性格转变为"改过与向善"。他的忏悔是因为"不该为发财而害死无辜的人"这样一种心理，主要是因害死人而愧疚，但不为赚钱而愧疚。但在图尔盖，他跑进教堂想抢点金器财宝，却差点被杀死。牧师和无名僧人对他的无私救治震撼了谢尔盖诺夫，颠覆了其以往的价值观。世界上竟然有这样不为己而为人的僧人，僧人信奉的是什么样的崇高的宗教？谢尔盖诺夫以赚钱发财为首位的价值观崩塌了，这才获得了新生。改过，指他不再做不法得财的坏事了；向善，指他开始为他人做好事了，首先是用自己的钱来做好事。给教堂捐财产也好，为腿受伤的伤兵提供交通工具和财物也好，都表明了谢尔盖诺夫是真的开始向善行善，不是一时的冲动或装模作样。他的悔过自新有发展脉络可寻，也有心理情感的表现，整体来看是可信的。

最后他的心理情感特征转为"扬善与归化"。扬善，指的是他既"止恶"也能弘扬善行。比如他为了防止哥萨克骑兵杀人抢酒，作为中间人为骑兵与刘家酒坊牵针引线达成"驴肉换酒"的协议；他还制止契阔夫杀害身为谈判代表的二锅头；他还替柳芭传话邀契阔夫去石头楼一叙，或许是猜到其中有和平止战的机会。除了止恶，当然还有弘扬善行。在子归城最后的时刻，他作为领路人带领大批民众穿越沙漠，寻觅生路，终于找到了宜居的紫泉子。这一举动关系到多少人的生存，而这样的善行是完全出于他的本意的。获得新生的谢尔盖诺夫以他的能力在紫泉子可以如鱼得水，因为他做了不少好事，也会得到民众的善待。于是他干脆不回国，改了个中国汉族姓名，惬意地在这里度过余生。不回国与改名，这完全是由他自主决定的，没有任何外力的逼迫，说明他在心理与情感上已彻底完成了归化。

谢尔盖诺夫的心理情感特征的"序"，是他的人物性格的发展过程，也是他的与子归城结缘的人生脉络。从写作方法上看，使用的技法并不复杂，但是颇为有效，对人物的塑造是成功的。他的形象成功融入了《子归城》的整体艺术布局。

三、"忏悔改过者"形象的文学价值

小说的魅力在于通过人物的塑造与情节的描写，让读者在阅读中经历情感的起伏，逐步领悟到书中人物的精神智慧和作家创作的高妙之处。文学的价值主要就在于此，好的小说就是如此。谢尔盖诺夫的形象于笔者的吸引力，除了在于无法猜中其后续行为，更重要的是他的生命轨道和性格转变给了笔者惊喜：原来当代小说中还能有这么有意思、有内涵、有深度的人物形象！

作家对这一身份独特、起点恶劣，却又具转折性和发展性的人物的设计与塑造，使得一个质感全新的独特的文学形象诞生了。

他是商界人士，当然国内商界的人有许多；他同时又是外国人，作为发展中的黄金之城子归城里的外国商人也有一大批；但他又有着骑兵中尉的身份，这在外国商人中就罕见了；而中尉兼商人的谢尔盖诺夫既贪婪又狡猾，甚至与人设计谋财，在外国商人中也是独一份。

这么一个人，有谋财之意，无害命之心，却偏偏害了人命；此人又偏偏人性未泯、心存善意，为此忏悔不已。有人性和善意在，契机一到，就有向阳拔节生长的可能。谢尔盖诺夫被舍身捐血的僧人和无私救治他的牧师所感动，涅槃重生了。这个人物形象由贪到善，中间夹杂种种人生大事件，可品味可咀嚼的内涵甚多，足以引发读者深思。这个角色又是外国军队的一员，本该"非我族类，其心必异"，偏偏最后他反而成为紫泉子的一员。谢尔盖诺夫的形象有着新鲜的质地与特色，同时这个形象对《子归城》紧张得使人喘不过气来的情节与叙述氛围是一种颇有益的调节。可以断言，这个全新的文学形象，蕴含着人性向善发展的哲学和因转折而确立的新价值观，那是一种由负到正的不可逆的价值观，扎根于心灵的深处，能引发读者的想象。

第六节　性格复杂的小人物酿酒师——二锅头

二锅头是《子归城》中一位性格复杂的重要人物。他作为小说主人公刘天亮的结义兄弟、刘家酒坊的股东之一兼酿酒师，是刘家酒坊团队的重要成员。他身上的毛病不少，形成了较为复杂的性格。刻画这类人物可深刻地反映人性的复杂，丰富小说的文学内涵，也是评价作家创作功力的重要依据之一。

一、性格复杂的酿酒师

（一）曾经的背叛者

二锅头给人的主要印象是为人素行不端。

一是偷盗。二锅头首次出场是在黑沟煤矿，他趁夜深人静偷了刘天亮的马。刘天亮睡到一半发现有人偷马，便"精沟子"（光屁股）追出去，大吼一声惊吓了马，把二锅头甩下马背，成就了刘天亮"精沟子断贼"的名声。这一事件体现了二锅头不是诚实之人。

二是吹牛。二锅头和刘天亮等人因参与矿工暴动，一起被黑沟煤矿开除。他去迪化讨生活，猛烈追求赵银儿，随着赵银儿来到子归城，并加入了刘家酒坊，以汾酒老家杏花村村民自居，做上了酿酒师，还有了股份。而实际上他是在夸大其词，他只是见过别人酿酒，自己并没有酿过。只因敢于吹牛，他便拥有了刘家酒坊的股份。换作一个淳朴诚实的人，未酿过酒，是绝对不敢出头挑酿酒这个重担的，而他偏偏敢。

三是缺少谈判能力。当酒坊资金不足时，二锅头自告奋勇去找赵银儿贷款。这本是一件有利于酒坊发展的好事。赵银儿提出 1000 两银子的贷款，要收取年息 40％，即 400 两银子。如此高的利息，二锅头居然不抗争不计较，不利用他与赵银儿的关系要求降低利息。到底是二锅头要讨好赵银儿，还是他在赵银儿面前根本没有发言权？这不太好判断。但可以说，这件事二锅头出了力，但并未办好。

四是他低下的酿酒技术客观上引发了酒坊祸端。在酒坊以他为主导进行酿酒时，酿出来的却是醋，虽然醋的品质很好，可却引来了"山西王"上门打砸，产生了极为严重的后果，刘家酒坊产权落到了姚大麻子与赵银儿手里。

五是关键时刻叛离酒坊原团队。姚大麻子在刘家酒坊被砸后，与山西王的手下大打出手，夺取了刘家酒坊的产权。而那时，刘家酒坊原大股东刘天亮正忙于上诉。

二锅头在刘天亮极需支持的这个关头，却直接建议团队散伙，各谋生路。他投靠了刘天亮的仇人姚大麻子与赵银儿，继续当酿酒师。他背叛收留了他、于他有恩的结义兄弟刘天亮，背叛了刘家酒坊团队，显出他这个结义兄弟其实没什么义气，不是能够同甘苦、共患难的人。后来哥萨克骑兵以过路和省亲为由入侵子归城，在合富洋行石头楼大肆屠杀并劫掠子归城商户，二锅头见形势危急，又带着一批酿酒工逃跑了。但他自辩说是去找赵银儿搬靖安营的救兵，这估计是谎言，因为靖安营士兵哪怕来了，也不敢与哥萨克骑兵对抗。二锅头屡屡背叛，原因在于他缺少做人的忠诚正义，过于现实，过于以自身利益为先了。

后来二锅头终于酿出了酒，却带有明显的鸡屎味。还好他的嘴擅长忽悠，及时应付了当时的酒坊主人姚大麻子，躲过了一场灾难。

六是蓄意削弱刘天亮的大股东地位。刘天亮是刘家酒坊大股东，他的结义兄弟独眼龙与二锅头也有股份，可刘天亮一股独大。酒坊在生产与运营成功以后，利润是比较可观的，而独大的大股东居于支配利益的优势地位。二锅头出于维护自身利益，一直想扭转或改变刘天亮一股独大的局面。为此他花3两银子买通林拐子，让林拐子帮忙说服刘天亮卖酒坊股份给他。那时刘天亮严重缺钱，二锅头就用赵银儿与马麟的分手赔偿金250两银子换取酒坊股份，占全部股份的八分之一。此外，他还撺掇独眼龙把酒坊股份卖了。当刘天亮外出遭遇土匪被抓，二锅头知道后却没告诉云朵，反而去找山西王的太太七闺女，商量说若刘天亮3天不回，酒坊就要推举新掌柜。他的这次背叛越了界，不但不关心结义兄弟的生死下落，反而趁结义兄弟落难而联手其他股东想夺取酒坊的管理权。他不曾想过酒坊是刘天亮千辛万苦建立起来的，还收留他在此工作。这一切旨在削弱刘天亮在酒坊的支配地位，以便在可能时牟取自身利益，暴露了二锅头不讲义气、过于自私的内涵。

七是格调与品质低劣。早在与独眼龙、刘天亮结拜之前，即在黑沟煤矿打工时，刘天亮因皮斯特尔出言侮辱而打飞过皮斯特尔的酒杯。二锅头就在工头面前批判刘天亮无法无天，胆大妄为，导致刘天亮的领班职务被撤，换成二锅头当领班。如此献媚于上位者，品质实在低劣。钟爷在阵前壮烈于风沙中，二锅头主动请缨去找契阔夫少校谈钟爷出殡的事项，这本是他的义举，但他是以主动投降骑兵的方式来到契阔夫跟前的。虽说他主动请缨精神可嘉，可用主动投降未免格调太低，令子归城军民面上无光！

总的来说，不忠不义，是二锅头性格上比较突出的缺点。

相比之下，独眼龙作为刘天亮的结义兄弟，还是比较义气的。刘天亮看穿了二锅头的背叛行为，所以在拿回酒坊的产权之后，他就以独眼龙进城那天看到彩虹光是好兆头的理由，直接任命独眼龙为"酒大师"，并私底下交给独眼龙《如匠酒经》手抄全本，并交代他不得泄密。

二锅头的重大性格缺陷，终究是影响了他的人生走向。

（二）守住底线和酿酒天赋

当然，二锅头也并非浑身皆是缺点，没有任何闪光之处。比如，在他进入酒坊团队并任酿酒师后，他没有游手好闲，而是在实实在在地进行酿酒。

由于他的酿酒技术不足，以致酿出了醋，但二锅头还是比较机灵并且愿意钻研酿酒技术的。最终他酿造出了真正的白酒，虽然这酒带有明显的鸡屎味，但终究是他酿酒技术的大进步。更何况当云朵拿《如匠酒经》（有缺页，非全本）与赵银儿交换，以从县衙监狱捞刘天亮出来后，二锅头钻研了非完本的《如匠酒经》，便酿出了没有鸡屎味的白酒，酿酒技术又提升了一大步。可见他的酿酒天赋还是不错的。二锅头还总结了不少酿造白酒的生产工艺方面的经验，对酒坊生产技术的完善颇有贡献。

在刘天亮赎回酒坊产权的过程中，二锅头也是有贡献的。赵银儿夺得酒坊后，姚大麻子意外被人暗杀，二锅头便鼓动赵银儿卖酒坊给刘天亮，替赵银儿送钱给金丁以打赢关于酒坊的官司。他两头跑，让赵银儿与刘天亮统一口径，以便应付姚夫人的诉讼，他还在诉讼后鼓动刘天亮不交诉讼费，如此等等，维护了刘天亮与赵银儿的利益。

骑兵首次入侵子归城时，二锅头被投靠哥萨克的原合富洋行高管皮斯特尔逮住，五花大绑押到酒坊来，一要捉拿刘天亮，二要取治契阔夫牙疼的药酒。在危急关头，二锅头似乎意识到了事情非同小可，绝不能让敌人捉到刘天亮，咬定刘天亮在沙枣梁子钟家，不在酒坊，而实际上刘天亮就躲在酒坊地窖里。虽然事后他被刘天亮误会了，刘天亮狠狠揍了他一顿，但二锅头没反抗也没骂刘天亮，只是急于自辩，解释事情的经过，并没恨刘天亮，更没有报复他。在这点上，二锅头的心胸之宽广还是值得称赞的。这表明二锅头认定刘天亮为酒坊真正的老大，只不过同时他也为自己的利益考虑。

花朝惨案后，刘天亮用计杀了巴索夫等侮辱迎儿的坏蛋，骑兵向他索要赔偿并准备进攻子归城以报仇。而皮斯特尔杀了驼二婶的傻儿子三宝，子归城民众怒不可遏，在城墙上与哥萨克骑兵对峙，二锅头也在人群中一起痛骂骑兵。骑兵的小炮弹飞到城墙上了，金丁怕死率先逃跑，二锅头故意绊了他一脚，金丁摔了个狗吃屎，金牙断了，还弄得满脸是血。可见在群情激愤之时，二锅头的民族立场还是坚定的，至少比林拐子好很多。林拐子不管骑兵攻城形势如何紧张，一个劲地挖地道想去寻宝，毫无民族大义。

后来二锅头又被皮斯特尔捉去，逼他带路去沙枣梁子钟家，把他好一番折磨：用鞭子抽打他，把他绑在马尾上逼他跟着马奔跑，踢他，扇他耳光……目的就是逼问刘天亮的下落，抓刘天亮以报仇雪恨。这次的不幸遭遇让二锅头事后说起来都放声大哭，但值得称赞的是二锅头经受住了考验，始终没透露刘天亮就躲在酒坊里，否则刘天亮危矣。由此可见，在涉及结义兄弟刘天亮生死的大问题上，二锅头还是讲义气的，绝不和敌人合作。

云朵为了救因杀巴索夫而被抓的刘天亮，设计通过赵银儿卖酒给骑兵，只收赵银儿酒的成本价，让赵银儿有钱赚，让骑兵为有酒喝而不杀刘天亮。骑兵来酒坊搬酒后，二锅头拉住云朵提醒，刘天亮交代过立秋前要给大商人马四海酒，陈酒没了可不行，马四海的酒已收了定金。其实聪慧过人的云朵已备好了给马四海的酒，因二锅头与赵银儿的关系不明，所以她不敢露底让二锅头知道。但由此可见，二锅头在大股东不在时也算尽了责任了。

从上文分析可以看出，二锅头二次叛离酒坊团队皆因形势恶劣，事出有因，虽不因此而改变其叛离的性质，但终不是笔者最初阅读《子归城》时认为的那样严重；而对于刘天亮生命的维护，这条底线是二锅头死死守住的。这应该是对二锅头为人的基本评价，据此我们才能得出正确的结论。

二、对性格扭曲者行动的刻画

笔者首次阅读《子归城》时，对二锅头的观感颇为不佳，觉得这个人毛病很多，为人令人不齿。可是再次阅读小说并分析二锅头的形象时，却发现二锅头并没有笔者原先认为的那么不堪，至少在涉及民族大义和刘天亮生命安全的大问题上，以及在酒坊的劳动上，二锅头的表现是不错的。

为此，回溯对二锅头的初始认知，笔者认为初次阅读时，是二锅头与女性尤其是与赵银儿的关系影响了笔者对他的认知。赵银儿是心理变态、性格阴毒的女性，除了正在被她利用的男人，子归城的男人在她眼中全都该死，连刘天亮也是如此。二锅头猛烈追求赵银儿并非因为她的性格魅力，而是因为她的容貌身姿的诱惑。这是一种性欲的需求，属于人的原始本能。二锅头缺少对灵魂的辨析，为了满足自己的性欲，他听取赵银儿所有的指令。赵银儿叫他舔自己的脚趾头他就舔，叫他破坏男厕所的地面木板他就破坏，叫他往川菜馆的肉汤里扔死老鼠他就扔，赵银儿说借1000两银子年息400两，他也同意……赵银儿极力想挑动子归城的男人们互斗互杀，甚至挑动马麟投靠契阔夫合谋杀害爱国将领杨都督，她最欣赏的就是子归城男人互相厮杀流血的场景……如此等等，完全突破道德底线，她的形象使笔者不寒而栗。而二锅头依附于如此令笔者厌恶的赵银儿，帮她干了一些坏事，由此影响了笔者对二锅头的主观感受。在客观地梳理二锅头的所有表现以后，笔者认为，作家对于二锅头的塑造还是比较成功的。

他性格复杂，好色贪财，曾有过畸形的两性关系；对于酒坊团队忠诚度比较低，过于计较个人的利益，对酒坊团队有过破坏性的举动。与此同时，二锅头在酒坊的劳动态度与钻研精神是端正的，对酒坊生产的发展是有贡献的，坚守了维护结义兄弟生命安全的底线，并且在涉及大义、群情激昂的关头，如黑沟煤矿暴动、子归城与哥萨克骑兵的对峙之时，他也能站稳立场。二锅头性格中负面的东西与正面的东西在生命过程中是纠缠在一起的，很难被清晰地分开。作家并没有塞给读者关于二锅头的结论，只是让二锅头不断行动，不断演示细节，他依照自己既成的认知和心愿做自己想做的，把自己的内涵都表现出来，才让我们有了分析与判断的可能与依据。

而且在笔者看来，小说里对二锅头性格中负面的表现似乎更用力、更突出。或许这又是笔者的错觉：因为赵银儿是心理严重畸形、性格相当阴毒的人，二锅头受她指使所干的坏事肯定也是很令人注目的，有放大效应；此外，二锅头几次叛离酒坊团队，包括企图削弱大股东的股权，实际上伤害的是《子归城》里最具正向价值的人物——刘天亮与云朵，这也一样有放大效应，所以二锅头给人的印象比较不堪，致使笔者第一遍阅读小说时忽略了他性格中包含的那些正向价值。

甚至连作家也在《子归城》中将二锅头定义为几乎终身都在背叛。而这样评价二锅头是不够公平的。这是笔者从二锅头形象出发而得出的结论。或许也可以说，二锅头的实际形象比作家认为的更好些。这当然是小说创作的成功：人物有自己的主观能动性，他按照自己的性格逻辑去行动，不管作家对他下的定义是什么。

三、小人物形象的文学价值

以上述的分析来看，二锅头是一个性格复杂的小人物。小人物在社会底层有很多，他们是历史的参与者。作家通过作品还原历史与重塑历史，不能只写位高权重、影响力大的人物，小人物一样值得塑造，唯有如此才能真正地还原与重塑历史。一切历史皆现场，通过还原历史，可以揭示我们民族文化性格的基因密码，并结合新的时代条件将优秀传统文化发扬光大。因此在文学作品中，小人物的价值也不少。

　　《子归城》是一部还原西部边疆小城历史的长篇小说，描写的是清末民初这一特定时期子归城各色人等的生活及命运，涉及激烈的内外斗争乃至浴血战争，是一部内涵辽阔、画面壮观的史诗。二锅头作为这部史诗中的小人物，具有自己的特点，也具有文学价值。

　　小人物在俄国文学中通常表现为孤独无助、倍受压迫、命运不堪的底层小吏小民。小人物形象里寄托着作家同情民众之苦，希望能推动社会进步减轻民众痛苦的情感。

　　而二锅头作为中国文学中的小人物却不一样，他不是生活在等级森严的官场内的小吏，面对有权之人的官威逆来顺受；他也不是社会底层孤苦无力的人，面对恶势力的压迫束手无策。他是酒场团队成员，和社会势力姚大麻子与赵银儿有瓜葛，甚至参与了子归城民众与哥萨克骑兵的对抗。因此，他既是子归城这个特殊地点、清末民初这个特殊时期的历史拼图图片之一，又是表现人性复杂的独特的生命体。

　　二锅头其实是具有上进心的，这也是多数底层小人物想摆脱自己低下的社会地位时会产生的心理。如果没有姚大麻子这样的社会恶势力的干预，没有哥萨克骑兵的冲击，二锅头肯定能与独眼龙在刘家酒坊干出一番业绩来，而刘家酒坊的发达也会成为当时子归城百业兴旺蓬勃发展的表现。可惜历史没有"如果"。正如小说描绘的那样，子归城在刚呈现兴旺发达的势头时，便被社会恶势力与境外侵略势力搅得乱象四起。即便是在这种情势之下，二锅头也在酿酒事业方面有所成就，可见若无局势的负面影响，他应该会在酿酒事业方面获得更大的成就。这之中其实也包含着我们民族精神中"勤劳、和平、进取"的基因密码。二锅头乃至整个刘家酒坊团队的奋斗史便成为子归城这段历史的有机构成单元，成为反映子归城历史的一组镜头，成为《子归城》这部宏伟历史画卷的颇有意味的一角。缺了二锅头，上述这一切都将不完整，历史便会是残缺的。可见小人物也可以是历史的镜像。

　　此外，二锅头如此复杂的性格，映照了特殊时空里小人物的人性图谱。人性，当然是人的固有属性。不同民族有不同的人性表现方式，同民族不同的人的属性也会有相当大的差异。许多文学家认为小说主要是在刻画或塑造人物，通过性格各异的人物揭示社会的同时揭示人物的深层心理，即揭示人性。二锅头是小人物，没有雄厚的资源与人脉，想要生存与发展便得靠自己的进取。二锅头与刘天亮、独眼龙结义，不是因为有多深厚的情谊，本质上不过是为了自己的生存与发展，这便是人性。因为是小人物，没有较好的文化修养与职业特长，幸好在杏花村里算是见过人家酿酒，所以必须抓紧遇到的机会，吹嘘一下自己尚未掌握的酿酒技术，所谓"走过路过，不能错过"，否则二锅头能干什么呢？也许就剩下在劳动力市场争当苦力的机会了。这也是人性。因为是小人物，没有什么资本或特长来追求赵银儿这位美女，满足自己的性欲，所以只能作践自己，接受成为狗腿子或奴才的畸形两性关系。这些都是人性的表现。

人们常说"人性经不起考验"，即人性是在不同利益格局中动态变化的。二锅头出场时便有自己的性格基调，而二次背叛酒坊便体现出在新的利益格局中他经不起考验而产生了变化。但他被皮斯特尔迫害时，因关系到刘天亮的生命安全，他意识到事态的严重性，宁可自己受苦，也绝不在维护刘天亮生命安全的底线上退让，这也是人性。同一个小人物，在不同的情境时，有时背叛，有时坚守。所以人们又常说，人性是很复杂的。当然这和作家为笔下人物确定的性格基调密切相关。在这点上，二锅头的形象塑造是相当成功的，也是值得鉴赏和借鉴的。

二锅头在黑沟煤矿客栈时就偷摸过客栈老板黑牡丹赵金儿的手——好色，男人的本色表现之一。后来他恋上赵银儿，为满足性欲，自愿接受了畸形的两性关系，成为被赵银儿所利用的工具。赵银儿在姚大麻子死后攀上了地方武装靖安团团长马麟，甩了二锅头。二人交往过程中，二锅头对感情的忠诚度明显地高于赵银儿。被赵银儿甩了以后，二锅头又与子归城一个姓金的女裁缝好上了，经云朵劝说，二锅头还准备娶她为妻。二锅头对异性感情与家庭的需求，也是正常的人性表现。不料在子归城面临毁灭的关头，金裁缝在未告知二锅头的情况下独自离开子归城逃走，使得二锅头大受打击。人性的复杂多变，并无固定模式或样式，这在二锅头身上得到很好的体现。作家在作品中创造二锅头这个历史图卷中小人物的形象，刻画他作为小人物复杂的性格内涵和人性底蕴，这是当代文学小人物之林中一株风姿独特的存在。或许，中国文学也可以建立一片"小人物风景区"，既有令人共鸣的精神指向，又各具独特的风姿，可与俄罗斯文学和南美文学相媲美。

第四章　　《子归城》人物群像审美的广度意蕴

　　《子归城》人物群像的审美有三重意蕴，即审美的广度意蕴、深度意蕴和核心意蕴。本章主要论述《子归城》人物群像审美的广度意蕴。

　　《子归城》人物群像审美的广度意蕴指：由于《子归城》人物群像的意蕴极具广度，绚丽多彩，所以它具有美感；或者也可以说，如果对《子归城》人物群像进行审美，就会发现其广度里蕴含着诸多美感。

　　为什么极具广度就有美感？

　　这与人类的尺度有关。"秋风萧瑟，洪波涌起。日月之行，若出其中；星汉灿烂，若出其里"。《观沧海》的这几句诗句，历代都被认为境界广阔，具壮美之感，原因就在于其巨大的意象是读者获得美感的根源。

　　而《子归城》的人物群像，以当代小说的尺度看，在保证人物刻画的质量的同时，有总量巨大之感，因此也产生了美感。

　　单纯的总量巨大，不见得就具备美感。比如巨大的垃圾堆或乱石堆就没有美感。就算是文学创作，如果作者眼光狭隘，塑造的人物形象干瘪，或概念化，或人物行动逻辑混乱，或人物真实性明显欠缺，那么人物再多，也不见得具备美感。

　　更具体地说，小说人物群像审美的广度意蕴，指的是阅读小说，品味其中的人物时，从小说中人物群像上可以感受到很多东西，如各种经历、场景、情感、性格、品德、精神……这些东西交织在一起，形成小说自身的场域。作为阅读者的审美对象，当我们觉得这个场域没那么简单，需要花费比较多的脑力去进行梳理时，这意味着这部小说的人物群像场域具有审美的广度意蕴。梳理时花费的精力越多，这广度意蕴就越宽阔浑厚。

或者换个说法，一部小说人物群像场域内涵总量越多，值得关注、审视、琢磨的东西就越多，这部小说人物群像审美的度就越广。

《子归城》便是如此。越读越感到其人物群像有太多的东西可琢磨，总感觉其内涵汪洋恣肆，撩拨着人的审美神经。

第一节　宏伟性

一、宏伟性及其美

小说人物形象的宏伟性，指的是小说里人物的数量比较多，塑造质量比较好，构成的人物群像总体上给人以"宏伟"的感觉。宏伟性指的是《子归城》人物群像宏大的总体数量与质量的叠加。

《子归城》塑造的人物形象数量众多。以现当代小说而言，《子归城》里描绘的人物算是很多了。

数量多，且多得有姿态，也是一种美。上文用"汪洋恣肆"一词形容《子归城》人物群像的内涵，就如水多且荡漾一样，展现了水的姿态的美。人们常写"繁星满天"，星多且闪亮，成就夜空的美，可见"多"可以与美相关联。小说中的人物数量也是如此。所以，宏伟性的审美本质便是以小说塑造的众多人物的内涵集合为美。

二、宏伟性的内在分层

小说中的人物若是较少，情节线索会更好地凸显，剧情便相对易于安排。反过来，小说中的人物若是比较多，构思与写作的难度便增加了很多。一般而言，若是人物很多，涵括的生活内容便也很多，情节的展开与演绎难度就更大，人物之间的互动乃至矛盾、冲突便更加多姿多彩，更有看头，使人物更吸引读者。当然，这需要作家的深厚笔力为保证。有人在评价《子归城》时指出，这部小说中有名有姓的人物多至130人以上。如此多人物的塑造，肯定是随着子归城里各种事件的展开而逐渐建立。《子归城》人物形象甚多，具体可分为三类。

（一）性格特征鲜明、饱满度大、浓墨重彩、细致描绘的人物

这类人物形象饱满，情节丰富，经常居于子归城各种事件的中心，这些人物各具个性与特色，其形象值得品鉴、欣赏、咀嚼。

比如刘家酒坊老板刘天亮，身份低微而才能出众，《子归城》重要的事件中多有他的身影，如"煤窑暴动""名妓奇案""花朝惨案""子归城攻防战与生死劫"等；比如云朵，刘天亮老婆，埋藏好酒避祸、与赵银儿周旋、还何家地契、抱儿子穿越沙漠……冰雪聪明令人喜欢；比如诸葛白，一代贤相诸葛孔明后代，腹有墨水行有准则，施政自有一套方法，其环保理念传之后世，在小说第四部《石刻千秋》里占有不少篇幅。还有一路坎坷、立志报仇且怀有暴富梦想的林拐子；有聚众自立山头的山西王；有武艺出众、行侠仗义、颇有威望的"神拳杨"；还有心狠手辣又心怀鬼胎的铁老鼠；有一肚子坏水、诡计百出、下场可悲的合富洋行商约助理皮斯特尔；有脾气火爆、崇拜武力、具有军人气质的哥萨克骑兵首领契阔夫；还有胆小怕死却又心怀野心、图谋叛乱的靖安团团长马麒；有昏庸无能又胆小猥琐的县长金丁……当然还不止上述这些人。

这些形象饱满的人物居于《子归城》剧情的核心，他们之间的交往、互动、纠缠、碰撞乃至生死斗争，使《子归城》的剧情更加细致、饱满、传神。人物之间的矛盾交织构成一幅奇事、怪人、血案的巨幅画卷，让读者产生浩瀚繁复的审美感受。

（二）性格特征和形象饱满度中等的人物形象

这类人物的性格特征大体能在书中展现，自身带有一定的剧情，作家也进行了刻画。其中有手握省府军政大权、睿智有谋、杀伐果断的杨都督；有坚定革命、勇于牺牲的明星俏红；有神拳杨的红颜知己、待人质朴的驼二婶；有杨都督安在子归城的钉子、帮助管理地方治安的张一德；有刘天亮的结拜大哥、义气的独眼龙；有与刘天亮结仇、被刘天亮救下，后又救了刘天亮的儿子刘新坤的孟托；有经营车行破产后辛苦生存的郝大头；有领命潜伏、建设邮驿站被捉后装疯卖傻谋生存的杨修……这些人有的在《子归城》剧情线中所处的位置没有那么突出，如革命者俏红，她就如夜空中闪耀的烟火，绽放后就消逝了，所以未能在小说中占据更多的篇幅，也就没有更多的描绘。有的是在与其他角色的关系里居于从属的位置，比如迎儿与云朵。云朵是刘

天亮的老婆，与刘天亮共同经历过很多事情，经常处于事件的重要位置，被描绘得很多，形象自然饱满；而迎儿作为云朵的妹妹，在人物关系上是从属于云朵的，经历的事比云朵少很多，未得到更多描绘，形象饱满度也只是中等。

这些人物形象饱满度虽然只有中等，并不意味着这些人物不重要。一棵大树的主干很突出，那些伸展的粗枝细条就不重要么？它们将共同构成小说完整协调的画面。

（三）性格特征不突出、人物形象饱满度相对比较低的人物

这些人物因为小说剧情的推进而出现，但很快就下场了；或者出现多次，但每次出现时间都很短，所以形象饱满度低也很正常。比如被刘天亮救过的洋医生阿廖沙，刘天亮去苏联时给他钱财的拱宸城陈县长，又比如子归城妓女阿伉阿俪，等等。

这些人物在刻画上用笔不多。但不意味着他们是多余的。从长篇小说的人物格局与情节而言，人物的分量总是有重有轻，正如画国画，用色总是有浓有淡，关键的地方色彩浓重，不那么重要的地方就用淡一些的色彩，配合构成一幅和谐的画面。同理，小说里人物众多，对于重要人物进行浓墨重彩的刻画，对于次要的人物轻轻带过，两者共同构成小说完整的格局。

三类人物形象形成三个层次，共同构成《子归城》审美内涵的宏大、饱满的气质。

第二节　广域性

广域性指的是小说中人物所涉及的社会领域极广阔，使读者阅读时会惊叹于作家的笔力，可以刻画各个领域的人物。甚至笔者从《子归城》的广域性联想到宋代名画《清明上河图》，该作品刻画的社会领域之广名垂千古。

一、广域性的审美本质

可以借助宋代名画来说明广域性的审美本质。在《清明上河图》宽 24.8厘米，长 528.7 厘米的画幅里，各行各业的人都有，包含贩夫走卒、卖弄戏法的、演员、乞丐、化缘的僧侣、算命仙、郎中、客栈老板、教书匠、磨坊

主人、铁工、木匠、石匠、读书人、保镖等。图中各式各样的店铺如酒庄、谷物市场、二手商品店、厨具店、弓箭店、灯笼店、乐器行、金饰行、布庄、画廊、药店、餐厅等应有尽有。在虹桥上，小贩更是琳琅满目。除了商店和小吃店以外，画面中还包含旅店、寺庙、私人住宅、官邸等各种房舍。河川中央满是渔船和载人的游艇，河边则有苦力工人在拉着大船使其靠岸固定……这幅画之所以能成为千古名画，一是画技出色，画中人物栩栩如生，二是内容丰富，几乎包含农业社会所有行业，使该画成为宋代都城众生相。中国古代名画极多，但可以和《清明上河图》相比肩的名画却极少。由此可见，从艺术审美的角度看，广域性蕴含极大的美感——前提是广域中的细节也是出色的。小说《子归城》的广域性之美也是如此：刻画各行各业人物的难度极大而作者完成得又很好，广域中各色人物的细节构成的美感便颇为丰富。所以广域性是《子归城》人物形象审美广度意蕴的重要内涵。

二、《子归城》中各行业人物丰富多彩的审美意义

《子归城》里的人物群像涉及的社会领域极多，几乎包含这个在丝绸之路中外交界节点上的城市的所有行业，构成内容极为丰富的人物长廊。

这之中有官府衙门和长官。原县令于文迪，是一位认真履行县令职责的好官，却在动乱中被害死。继任县长金丁，因太太的家族和新疆都督有亲戚关系而得此职位，他虽是一个好木匠，为官却是十足的庸官、懦官与昏官，害苦了一城百姓。诸葛白作为最后一任县长，以儒家政治理念施政，保护自然环境，出台奖惩行政令；组织子归民众抗击哥萨克骑兵契阔夫部，浴血奋战，绝不屈服。先后三任县长，第一任于文迪是前朝官员，第二任金丁成为第三任诸葛白的衬托。诸葛白的形象最为高大，其举措主要是县政治理与反抗外敌，体现了其优秀的人格和施政手段。

有衙门就有衙役。小说中的衙役角色多为虚写。但是重点描绘了曾担任衙役的何坨子，他是子归城的混子，虚张声势，下流无赖，一手造成自己女儿的悲剧，这是一个具备独特性与复杂性的性格鲜明的底层人物形象。文中老秦也是一名衙役，老实工作，四处奔走传令，属于令人同情的辛苦的小人物。

这之中还有洋行和洋人。洋行以从事中外贸易为主。合富洋行商约雅霍

甫自负、残忍、霸道、贪婪，终究被副手铁老鼠毒死。铁老鼠则狡猾贪婪而又心虚，接手雅霍甫总管洋行后，为掩盖自己罪行，一心想害死偶然目击雅霍甫被害现场的农民刘天亮；又因害死人而心中有鬼，被林拐子装神弄鬼吓得精神分裂，最终死去。这两个洋人形象均是具有典型性的负面角色，他们的命运反映了域外资本的贪婪与罪恶，也反衬了刘天亮的善良和林拐子的抗争心。

文中还描写了有黑沟煤矿总管索拉西和矿警们，他们属于洋行势力，雇佣国内劳工下井挖煤，利用洋行特殊性以中国的资源谋利。索拉西还企图镇压下井的革命者，最终导致矿工暴动。煤矿被何坨子烧毁以后，索拉西回洋行帮助铁老鼠管理，最终死于契阔夫对合富洋行的镇压中。矿警之中，瓦西里的形象塑造还能闪烁一点人性之光，也能贡献审美价值。

文中有众多的商户。其中，前商户林拐子差一点就能在子归城成就自己的事业，却因为与合富洋行的一次借贷对赌而落入陷阱，并导致太太白牡丹的悲剧下场，白牡丹化身为偏激恶毒的赵银儿委身于子归城地方武装靖安营长官马麒。还有"福建八大行"，他们从事茶叶贸易、车马行等行业，是从遥远的福建省来到西陲子归城经商的福建人组成的小群体。他们在子归城动乱中表现各异，产生了分化。其中出众的人物形象有经营骆驼车马行的驼二婶和制车的郝大头。驼二婶的傻儿子三宝被皮斯特尔打死，她也冻死于寒潮之夜。她是一个为人实在、老实经营的商户。郝大头是被合富洋行压迫垮台的商户，为了在子归城生存和发展兢兢业业地经营，但终究无法东山再起，沦为子归城的底层人。驼二婶与郝大头的形象除了自身的独特性，也展现了在混乱动荡的时期，正常经营的商户是难以维持下去的。最动人的商户形象当属从底层奋斗为酒坊老板的刘天亮了。前文已对他进行针对性分析，这里不再赘述。具备诸多良好品质又有一定商业才华的刘天亮本已经在古丝绸之路闯出了名声，最终也无法经营下去，走上浴血反抗之路。还有在子归城与哥萨克骑兵血战的紧急关头，为激励民众参加战斗，为每一个战死的子归城人打造一个银长命锁的锁匠。几乎所有商户都竭尽所能去协助战斗取得胜利。商户们作为文中的一个群体焕发着民族精神的光芒。

还有典当行老板兼国术高手神拳杨，属于跨界人士。他武艺高超，还有商业地位，乐于助人，有社会威望，因为在"名妓奇案"中误中皮斯特尔的奸计而导致典当行陷入困境，他也在抗击骑兵中悲惨死去。这个人物颇有人格光辉，审美价值突出。

还有"通四海"酒楼及其老板，属于餐饮业商户。其酒楼经常被社会人士用于谈判，后因骑兵入侵子归城，在战火中烧毁，酒楼老板不得已而外逃。这个酒楼的毁灭伴随着子归城的毁灭，也是《子归城》这幅拼图的图片之一。

还有客栈老板黑牡丹。她是白牡丹的妹妹，在乱世中辛苦经营客栈，性格泼辣，爱憎分明。因林拐子的过失导致白牡丹的不幸，使她极其厌恶林拐子。黑沟煤矿暴动后，客栈无法经营，黑牡丹出家当了尼姑。黑牡丹曾劝说刘天亮，如果他杀了骑兵三个人后逃离子归城，会严重连累子归城乡亲父老，促使刘天亮醒悟归来，才有了他沙场上决心以生命为代价承担杀人责任的动人一幕。黑牡丹是乱世中底层消极的觉醒者，在正面人物中也具备独特的审美价值。

文中还有军人。其中最突出的形象是哥萨克骑兵指挥官契阔夫，有信仰而又粗鲁、自信、彪悍、傲慢、残酷、血腥，带有特殊的军人气质，是中国小说难得一见的哥萨克军人形象，审美价值比较独特。还有热西丁、老白俄、巴克洛夫等哥萨克军人形象，各具特色。文中中方的军人形象唯有地方军首领马麟和马麟的副官马连福。前者自私怯懦又狡猾有野心，审美价值也比较独特。后者是杨都督派来监督的，也是尽忠职守的军人，尽心力帮助子归城民众。

还有地方警察头领、派出所所长张一德和谢三娃等。张一德也是杨都督派来的，组织起一批力量，维护地方治安，尽忠职守；与杨公义（即神拳杨）合谋软禁马麟与金丁，挟持他下令抗击哥萨克骑兵的进犯。警察谢三娃则成为契阔夫死后子归城战斗派的领头人，他头脑简单，无法理解和平的真谛，成为云朵高大形象的反衬，也算是为《子归城》的人物审美价值做了贡献。

还有中医馆经营者孟医生，心怀仁术，救死扶伤，品德高尚，做过诸多好事，却在黑旋风沙尘暴中死去。

还有学堂负责人张元培，是一个知识分子，有正义感，他也死于沙尘暴。

有大烟馆老板赖黄脸，从事有害的行当，构成子归城经济与社会生态的一环。

有娼妓馆经营者汪妈，虽然是从事皮肉生意的社会底层，也参与了子归城壮烈的护城斗争。她和手下的娼妓阿伉、阿俪虽不像《金陵十三钗》里的妓女那样形象突出，但也都是爱国爱乡者。她们的形象补齐了《子归城》的生态图，也有自己的价值。

还有赌馆经营者、钱庄经营者等，一起构成了子归城完整的社会生态，让各个领域的人物演出了一幕幕大戏。

一个个人物从自己的行业领域走进子归城可歌可泣的斗争，所有人都在活动、呼号、奔走、谋划、接洽、吵闹、角力、挣扎、求救，乃至浴血战斗……子归城的斗争席卷所有行业，覆盖一切领域。在斗争中，一个个有棱有角、特征鲜明的人物逐渐浮现，闯入读者的视野和心灵，使读者的情感之弦鸣响，沉浸于小说情境之中，也就是产生了阅读的快感。

美感来源于美。就小说而言，美感来自人物性格之美。人物性格之美与绘画、雕塑之美是有区别的。如果说绘画与雕塑之美大多直接表现为诗性的美的话，那么小说人物性格之美则是在更多的维度上表现得更为突出，更为动感，也更为动人。

第三节 偶然性

一、什么是《子归城》人物偶然性

《子归城》人物的偶然性指的是超出人物预料的命运轨道的意外变化。也正是人物的发展具有偶然性，小说才会更精彩，美感更易产生。比如《子归城》里的刘天亮，假如他开办酒坊以后没有经历一系列外部剧变，那么他也就是卖酒——扩大生产——享受生活这么循环下去罢了，哪会产生让人惊讶的表现和动人的美感？

偶然性不仅指子归城里单个人物的偶然性，也指人物群像的偶然性，是所有人物偶然性的集合。所有人物的偶然性交错纵横，才使得子归城变化丛生，斗争形势千回百转，酿造出一种具有中国西部味道的、特殊的、以壮烈为主调的美感。

二、小说人物偶然性的审美本质

小说的偶然性表现的是主观之外的突然与实然。它也是必然性的表现方式之一，是社会与生活的表现方式，当然也是小说中的美的表现方式。这正如春天的原野一定会长出很多绿草（必然性），而在什么地方、什么时候生出绿草却是偶然的。

俄国著名文艺理论家车尔尼雪夫斯基说过："偶然性是美不可缺少的因素。"这就是偶然性的审美本质。

小说中人物生命轨道的偶然性，是小说人物呈现出美的不可缺少的因素，使人物的经历呈现出或紧张或怪诞或传奇或悲哀或激烈或壮伟的美感。而小说中所有人物的偶然性及其引发的美感汇集起来，将构成繁星满天般绚丽多彩的美的场域。

无论从细节或总体而言，偶然性都是美不可缺少的因素，也是小说人物群像之美的时空伴随者。

三、《子归城》广泛、多发的偶然性

《子归城》的剧情是非线性的。非线性是偶然性带来的结果。偶然性体现在子归城里的人物上表现为不可预测而又实然的。因为不可预测，人物并不严格按自身的预想行动，新的因势而为的行为便产生了。因此，小说人物的偶然性，带来小说人物命运轨道的非线性。

如果刘天亮的命运轨道是线性的，那么他就不会经历在县衙球形地牢里的艰难日子，不至于被救出后连路都走不动。如果刘天亮的结拜大哥独眼龙的命运轨道是线性的，他就不会被山西王打瞎眼睛。如果云朵的命运轨道是线性的，她就不会与变态的赵银儿辛苦周旋，也不会在沙漠风暴中经历绝望的时刻。

《子归城》人物群像有着广泛的、多发的偶然性和非线性。众多人物的偶然性带出了一根根命运之线，时直时曲，蜿蜒逶迤，向前伸展而去，彼此缠绕、交错，构成一幅巨大的特定时空里的历史画卷。

偶然性与非线性的发达只会使小说的跌宕起伏更精彩，人物命运的千回百转也更加精彩。这固然增加了记忆的困难，但也增加了阅读的乐趣，更重要的是增强了小说内在的美。

（一）人物偶然性的"奇点效应"

什么是人物偶然性的"奇点效应"？指的是小说家为他笔下人物设计的偶

然性的锚点，是偶然性出现或发生在一个特定的地点与特定的人物身上，这地点是众多人物交汇之地或重要情节发生处，这特定人物是小说重要情节的参与者，并且随着时间的推移会把更多人物卷进来。这样的人物偶然性蕴含着巨大的张力，具有成为小说情节原点的性质，这就是人物偶然性的"奇点效应"。

人类所知的宇宙是由"奇点"爆炸而逐渐形成的，奇点即有巨大质量的起点。奇点式的人物偶然性会被安排在小说开头或接近开头的地方。在开头，"奇点"对小说情节的推进起较大作用；如果放在后面，所起的作用就会减弱很多。人物偶然性的奇点效应在《子归城》人物图谱和故事情节上的重大作用是一目了然的。

《子归城》的奇点指的是刘天亮到子归城投靠老乡驼二爷，却误闯合富洋行，撞见雅霍甫被毒杀。

从地点来说，合富洋行白楼是小说里一个重要地点，这里是子归城的重要势力合富洋行所在地，后面还将发生数次血腥战斗，恶人皮斯特尔死在这里，哥萨克骑兵首领契阔夫也死在这里。

从人物来说，上述偶然性让刘天亮不但与合富洋行首领雅霍甫和铁老鼠直接碰上，还引出了合富洋行势力范围内的黑沟煤矿，刘天亮在这里被狼狗咬伤腿，逃命直到力竭晕倒，被云朵、迎儿所救，进而被钟爷治疗，与钟家结缘，也才有后面的刘家酒坊一系列故事。

这一突发事件中被毒杀的洋行商约雅霍甫的外甥就是哥萨克骑兵首领契阔夫中校。雅霍甫被副手铁老鼠毒杀，这为后面契阔夫血洗洋行埋下伏笔。

这一事件中第三个重要人物是铁老鼠，本为雅霍甫副手，毒杀雅霍甫夺位成功，诬陷刘天亮，并设计让刘天亮拿"推荐信"去黑沟煤矿，企图在矿井下灭掉他，这就引出了他的表弟、黑沟煤矿管理者索拉西。

第四个人物是皮斯特尔。他原本是雅霍甫手下负责出谋献策的狗头军师，正为雅霍甫打算结束生意带着财富回国而苦恼，因为他在自己的国家里被通缉，回不去了。原老板死去于他也是意外。他看到铁老鼠接管商行，意识到这正是他的机遇。他立马投靠新老板铁老鼠，并积极出谋献策；合富洋行被血洗后，皮斯特尔则转投契阔夫部，干尽坏事。

第五个人物是林拐子。他被合富洋行害得人财两失，对合富洋行抱有极其强烈的仇恨心理，并经常在此窥探侦察。他没想到自己能暗中见证毒杀案，这成为他装神弄鬼把铁老鼠吓破胆的工具。

　　在这一事件里，除了靖安营长官马麟以外，其他重要人物几乎都直接或间接地被牵连进来了。这些人物在这一特定时空交汇，卷入矛盾冲突，无疑将引发无数的连续反应，使这些人在各自的命运轨道上急行。人物偶然性的奇点效应就像一颗巨石砸入水中，激起剧情的波浪不断涌向四方，带来了小说中人物的精彩故事。

　　那么，"奇点效应"的审美意义何在？是让我们看出作者在小说情节安排上的独特匠心。他在布局小说时，先梳理众多人物情节线索，然后选择在能最大限度汇集诸多人物矛盾冲突的地方展开剧情。这就是小说人物与情节展开方式的美，犹如一幅巨幅长卷国画，展开吸引人的一角，激发人的阅读欲望。刘天亮的懵懂，狼犬的凶恶暴烈，雅霍甫的突然倒地，铁老鼠的阴毒诡计，皮斯特尔的上蹿下跳，林拐子的魂魄皆惊……这一切构成了富有张力的、暴力且动态的画面。当然，审的不是山清水秀的诗意的美。把诗意美视为美的唯一内涵，肯定是狭隘的。实际上，上述场面在审美意义上的美，属于"紧张的美感"的范畴。而这种"紧张的美感"又是与子归城这个地域的独特历史交织在一起的。从某种意义上说，这也是在回答"我们是谁""我们从何处来"的人类生命哲学的根本性问题，从而赋予了这种美感巨大的文学价值和社会价值。在《子归城》这部巨著里，这个种类的美是其审美特色之一，材料也可谓十分丰富。

　　（二）人物偶然性的"磁吸效应"

　　"磁吸效应"指的是由于小说中某个人物或某些人物遭遇的偶然性，使得其他人物向某个人物靠拢，就像铁向磁石靠拢一样，于是人物之间形成了比较紧密的联系。比如刘天亮辗转来到黑沟煤矿，担任领班，并为了拿更高的收入以领班的身份当背手。没想到"察罕通古事件"爆发，黑喇嘛势力进犯察罕通古，企图霸占中国领土阿勒泰地区。新疆都督杨增青愤而组织新疆部队开展"阿山战役"，阻击黑喇嘛手下骑兵。由于辛亥革命后新疆失去了朝廷的每年300万两饷银支持，全靠省府自筹资金维持行政运转，新疆部队力量也比较孱弱，所以全省都被动员去支援阿山前线。辛亥革命参与者、戏班名角俏红也带人到黑沟煤矿发动矿工捐款支援阿山前线，甚至动员矿工投军参战。这就动摇了煤矿所有者的利益，因此黑沟煤矿管理者索拉西派矿警抓捕了俏红一帮人，还准备秘密枪决俏红。这一事件出乎所有人的意料，恐怕索拉西都没料到。他的镇压措施不过是出于外国的既得利益者维护自身利益，生怕黑沟煤矿发生动荡的本能罢了。对于辛苦谋生的矿工们来说也是预料之外，但爱国之心人皆有之，他们对矿警的镇压行为是不满的。这时，刘天亮出于义愤领头喊了两嗓子，黑沟煤矿暴动由此开始。这一偶然性事件因诸葛白代表省府与黑沟煤矿谈判采矿权续约而缓和，刘天亮与工友们避免了被就地镇压的噩运。他们被释放后就陆续被矿井开除了。人物间的磁吸效应也随之产生，从此独眼龙与二锅头被吸附于刘天亮身旁，成为结拜兄弟，后来协助刘天亮经营酒坊，开发酒坊自己的品牌酒，共同走过了人生很多陡坡峻岭，直至独眼龙和二锅头生命的终点。

那么，人物偶然性的"磁吸效应"的审美意义何在？

这里举的例子，刚好证明了作家在《子归城》里有自觉地塑造人物形象的内在合理性。一是俏红的性格激烈，总是义无反顾地冲在重大斗争的第一线，又缺少自我保护的手段。她不死于黑沟煤矿矿警的镇压，也迟早会死在别的斗争中，偶然中的必然性就在于此。二是刘天亮在关键时候喊了那两嗓子激起了矿工的暴动。这两嗓子喊出了刘天亮的勇敢反抗精神和敢为人先的领导人气质，正是这种精神与气质吸引了独眼龙和二锅头的跟随他。尽管刘天亮没掌握酿酒技术，真正酿出古城美酒的人是独眼龙和二锅头，但不影响刘天亮成为酒坊的领导人。当然，刘天亮因为与钟家的亲密关系，所以具备了更多的社会资源，这也是他创办企业的重要条件。但在诸多条件中，刘天亮的内在精神气质是排第一位的，否则，他连创办企业的念头都不会产生。在偶然性中闪耀的人物精神，成为小说人物关系中的审美聚焦点，这是此类效应的审美本质所在。这也解释了独眼龙和二锅头、跟三、葱头等一大批人跟随刘天亮到底的奥秘所在。

（三）人物偶然性的"连环炸弹效应"

人物偶然性的"连环炸弹效应"指的是小说中人物偶然在特定环境下连续遭遇了破坏性极大的恶劣状况，犹如炸弹连环爆炸，导致了人物的悲剧性结局。诸葛白便是人物偶然性"连环炸弹效应"的最佳例子。

新疆军政领导人杨都督以身犯险，率卫队秘密到达子归城，闯入县衙酒席，下令斩杀叛变势力首领、地方武装靖安营领导人马麟及其跟随者县长金丁，即席任命诸葛白为子归城新一任县长。这一突然的任命于诸葛白纯属偶然，但彻底改变了他的命运。因为，本来杨都督连是否杀马麟、金丁的意向都是不清晰的。

诸葛白本为杨都督手下的省府洋务科科长，秉承先祖诸葛亮的高洁品德，怀抱儒家政治理想，东奔西跑帮助杨都督处理各地涉洋的矛盾与事务，被任命为主政一方的地方长官是他没预料到的。如果他不是子归城县长兼城防长官，就会继续执行杨都督分派的任务，奔走各地处理棘手的涉洋事务。然而，杨都督把他摆在这个交织着各种内外矛盾、随时可能面临危局的边疆小城长官位置上，使他脱离了洋务工作的轨道。因诸葛白的政治理想和性格使然，他认真地挑起了治理子归城的重担。偶然性把他的人生轨道转了个方向。

如果他是在辛亥革命后立即被任命为子归城县长，也许可以有一番作为。可惜，那阵子金丁利用妻子与杨都督的远亲关系谋官，被杨都督派到子归城任县长。于金丁而言，这也是一种命运的偶然——刚好子归城县令于文迪被杀，空出一个官位，摆下了金丁。由于金丁的庸政、懒政、恶政，不但应付不了子归城复杂的局面，反而严重破坏了子归城的自然生态与社会生态，金丁自己也堕落成叛变势力首领马麟的胁从者，从而断送了自己的性命。

而诸葛白接手金丁留下的烂摊子，依他的能力与性格本可以有一番作为。奈何先是涅槃河断流造成的生态危机开始威胁子归城的存亡，诸葛白为子归城谋生存毅然决定组织深挖井、挖涝坝，由此与子归城各方斗智斗勇；接着哥萨克骑兵契阔夫袭城引发几番惨烈的血战，损失子归城大量有生力量，付出了惨重的代价。好不容易盼来转机——契阔夫意外死在子归城合富洋行白楼，侵犯子归城的哥萨克骑兵力量差点崩溃。殊不料金丁治下造成的生态危机加剧，沙尘暴"黑旋风"给子归城带来灭顶之灾。这也是大自然的偶然性对人类的极大侵袭。战火和沙灾毁灭了子归城，眼睁睁看着子归城的毁灭，巨大的悲伤淹没了县长诸葛白，也许是政治理想的破灭和千家万户民生之艰击垮了诸葛白，他选择了与子归城共存亡，给子归城的历史留下了一座人性的纪念碑！

那么，人物偶然性的"连环炸弹效应"的审美意义何在？首先，"审丑即审美"的理念告诉我们：丑本身绝非是美，不可能具有美感（中国传统戏曲的"丑角"的丑具备特殊美，另论）。但是，当丑被批判性地审视的时候，人的认知必然通向丑的对立面"美"来理解什么是丑，也将明白什么是美以及美的价值可贵。对丑的否定便是对美的肯定。涅槃河的断流造成子归城生机遽减，诸葛白竭力组织挖井与建坝，目的就是尽可能地恢复子归城的生机。小说中作者用美丽的笔触描绘了涅槃河与周边的美景秀色可餐，黑旋风沙暴作为大自然丑的一面向子归城汹汹而来，摧毁了美丽的子归城，令人在扼腕叹息的同时也无限怀念曾经的子归城。"连环炸弹效应"以丑的暴烈造成美的毁灭，同时也激起和强化读者对美的向往。这种情感效应虽然令人意外，实际上是小说审美逻辑的必然。在《子归城》第四部《石刻千秋》末尾，子归城的美景虽然没有复原，但新疆建设兵团已经将周边建设得美如江南，好像在有意以美回应子归城的历史悲剧。

其次，人物偶然性的"连环炸弹效应"虽然使县长诸葛白没有完成使命，最终心碎人亡，但是这种人物的悲剧不但没有让诸葛白的形象矮化，反而用最令人胆战心惊的爆烈场景衬托了诸葛白的伟大人格。一是应对涅槃河断流，他呕心沥血组织挖井行动，完全是为子归城民众着想。二是哥萨克骑兵契阔夫部进犯，他先是以身犯险亲自与契阔夫谈判，后是亲自参与组织民众与哥萨克骑兵浴血奋战，证明他是最勇敢最有献身精神的县长。三是他亲自拟定禁采禁伐令，哪怕子归城即将毁灭，他也"固执"地坚持让出城逃难的民众诵读禁采禁伐令，在自己身亡之前，坚持不懈地在城门上方书写"禁采禁伐令"，要让杜绝环境悲剧的环保理念长存天地之间。没有人物偶然性的"连环炸弹效应"，诸葛白的伟大品格如何凸显？他的形象又何以能够这般巍然高耸、入人心怀？答案是鲜明的。

（四）人物偶然性的"坠崖效应"

人物偶然性的"坠崖效应"，指的是偶然性造成人物命运的急剧拐弯，犹如坠崖一般。契阔夫的死就是最典型的案例。这个哥萨克骑兵中校没想到和自己会面的柳芭居然是自己的女儿，更没想到她真的敢向自己开枪，从而导致哥萨克骑兵命运大翻转。此人虽然不是俄国人，却是俄国沙皇的死忠分子。得知沙皇统治被推翻而他又无法前往勤王，使他在经受重大打击后，想占据子归城作为进可攻退可守的发展基地。因此他明知皮斯特尔是被合富洋行石头楼里的疯狗咬死的，却以此为借口，把责任推给子归城民众，勒令子归城全体人员向他投降。在他的阴谋未得逞的情况下，他下令哥萨克骑兵们向子归城民众发起新的进攻。被骑兵压制在山西会馆一带和靖安营一带的子归城民众靠着自己熟悉地形，开展殊死搏斗，哥萨克骑兵的攻势因此很不顺利，进展缓慢。契阔夫面对如此形势，想重使火攻之计，以击溃子归城人们的浴血抵抗，实现占据子归城的梦想。在这一千钧一发的时刻，偶然性忽然降临——住在合富洋行石头楼里的柳芭让谢尔盖诺夫请契阔夫来一趟。契阔夫一直以为柳芭是舅舅雅霍甫的女儿，却没想到柳芭是自己的女儿，没想到为自己生下女儿的撒拉尔已经死了，也没想到柳芭会因哥萨克骑兵造成如此多的伤亡而愤怒地要求契阔夫停火退兵，更没想到柳芭真的敢毅然向自己开枪，从而使契阔夫的生命谢幕了。绝望的柳芭在杀死自己的父亲后也殉葬于烈火中。这一人物偶然性带来的坠崖效应是子归城大劫难的重要转折点。充满戏剧性的情节转折中蕴含着引人深思的社会心理学现象。

小说中这种人物偶然性的描绘，实际上是作家的刻意而为，是作家胸中沟壑的体现，是作家深刻把握子归城内外的各种势力的体现，也是对于子归城既往历史的认可。

坠崖效应的审美意义不同于社会意义。首先在于柳芭人物性格的确立。柳芭本是小说中着笔不多的悲剧人物，虽然她也是"名妓事件"中不可缺少的人物，但作家在描绘名妓事件时，侧重描绘的是皮斯特尔和刘天亮，至于柳芭如何金蝉脱壳，似惨死，实逃生，并没有直接给予正面描绘。这位无辜却又可怜的少女的生母早逝，别人眼中的她的父亲雅霍甫被铁老鼠毒死，生父契阔夫不知有这个女儿，她无依无靠被卖给妓院，饱受社会摧残，一直被命运的阴影笼罩着，说她是苟活于人世间也不为过。就是这么一个几乎没什么机会发声的女性，看到自己生父契阔夫率领的哥萨克骑兵对子归城民众的反抗展开屠戮，命运悲苦而又对未来暗藏憧憬的她也对此于心不忍，终于主动请生父契阔夫到合富洋行石头楼来见她。她暗藏装着子弹的手枪，准备在劝告生父休战无效时，用武器终结子归城的血腥局面。当她终于亲手了结父亲的生命后，亲情的最后一丝可能性也被粉碎，她心中无可名状的悲痛支配着她走进无情烈焰之中。当她明确要求契阔夫下令停火之时，当她决绝地举起手枪对着契阔夫并终于射出那颗挽救了子归城众多民众生命的子弹，她就已经跨越了生命的悲苦和无边的压抑，登上了怜悯众生的人性高地，用生命最后的能量爆发出勇烈而璀璨的光芒！她以此告诉读者：再卑贱的生命，只要还蕴藏着人性的种子，也会有闪耀人生的时刻！

其次，契阔夫这个强者的坠崖般的结局，也完成了其性格的全面展示：一个勇武善战、具有军人气质的哥萨克骑兵指挥官，自信、粗鲁、傲慢、残忍地对待子归城军民，盲从于沙皇的"伟大英明"，以至于屡屡对子归城民犯下杀孽。但尽管他多以战争狂人的形象出现，是刽子手中的"战斗机"，在面对女儿以及为自己生下女儿的撒拉尔的死讯时，还是触动了他心底残存的人性种子，以至于他意外地没对柳芭咆哮怒吼；当柳芭对着他举起手枪时，他也意外地没有躲避。他以生命的终结，逆转了子归城军民和哥萨克骑兵部队的命运。

契阔夫这个人物形象，也许正典型地验证了黑格尔的美学观点：抽象的理念在转化为具体艺术形象的过程经历否定和否定之否定，取得越来越具体的规定性，从时代普遍的精神背景出发，引出人物活动的具体情境和动作情节，最后集中于人物性格。

或许黑格尔的理念是先验的绝对精神的理念。而笔者则从魔幻现实主义出发来理解，这抽象理念实为来自作家自身价值观的人物创作理念。作家在把关于契阔夫的创作理念转化为以语言为载体的艺术形式时，经历了否定和否定之否定，比如他的军人气质被否定而转化为血腥屠杀子归城民众的土匪，而否定之否定则体现在他不再是土匪，而是镇静面对女儿枪口的父亲，已经失去了屠戮的意愿，视死如归，重现了军人气质……作家在描写过程中使契阔夫获得越来越多的规定性，最后通过人物偶然性的坠崖效应，完成了抽象理念转化为人物性格的过程，使其成为独特的军人形象。

四、人物形象偶然性的必然意义

《子归城》人物偶然性呈现的是特定时空下的历史视域，也是特定时空下的人物视域，展现了这两种视域叠加的意象。这特定时空便是清末民初，位于我国西部边疆的小城子归城，它是陆上丝绸之路的重要节点，是国内外物资流通、内外人员流转汇集的要地，同时也是各路人马获得重大利益的要地。囿于当时的国家局势，清廷覆灭，民国初兴，各种重大政治势力逐鹿中原，城头变幻大王旗的现象此起彼伏，中央政府无心亦无力对新疆进行治理。而新疆的军政中枢在迪化，省府维持全省稳定都倍感吃力，也无力对子归城进行有效治理。这时的子归城中最强大的经济势力是合富洋行，它凭借外资身份，不但通过贸易牟利，还拥有黑沟煤矿的开采权，直接从中牟取暴利。煤矿配备矿警，洋行拥有保安队伍希卡，二者均配置枪支弹药，在子归城中我行我素，俨然拥有治外法权一般。虽然县衙尚在，也有几个衙役，却只能对子归城的普通商家吆喝几声，一旦涉外，县府便成为弱势方。由此可见子归城实际上处于半殖民地状态。地方虽有武装，却是由清兵于辛亥革命时逃入子归城叛变清廷而转化来的。地方武装靖安营名义上归省府管辖，实际上等同于前清朝管带（相当于现代的营级军官）、现靖安营营长马麟的私人武装。这就决定了这地方武装不但难以完成保境安民的任务，有时甚至是鱼肉百姓的恶势力。

　　在半殖民地状态的子归城中，以合富洋行为代表的资本又与境外武装力量（以哥萨克骑兵契阔夫部为代表）有千丝万缕的关系，最后合为一体（洋行被契阔夫镇压后，被骑兵吞并了）。为获取最大经济利益，他们势必会与子归城当地商户产生矛盾冲突。而当地民众为维护自身合法利益与尊严，势必与强势的另一方产生激烈冲突。矛盾到不可调和的时候，由于对方拥有武装力量，必然爆发血腥争斗。这便是黑格尔所强调的"一般的世界情况（时代普遍的精神背景）"。《子归城》中人物的各种偶然性就是在这样的时空里涌现的，它也体现了历史的必然性。作家以偶然性贯穿人物的塑造，让他们获得越来越多的规定性，直至人物塑造的完成。人物的偶然性及伴随的效应，其实反映了作家实践创作理念和创作构想的高超水准。

第五章 《子归城》人物群像审美的深度意蕴

    小说人物的群像审美，有广度与深度之分。审美的广度，指的是小说人物群像总体上是否有艺术价值。审美的深度，则主要取决于人物群像的艺术价值在人性维度、社会性维度、心理学维度等方面是否有深刻体现？如何深刻？黑格尔在他的《美学》中指出艺术作品的意蕴"要显现一种内在的生气、情感、灵魂、风骨和精神"。或许这句话可以成为小说人物形象深刻性的注释，也提示了笔者进行《子归城》人物群像深度审美时的重点所在。

    笔者阅读《子归城》时，感情随着小说人物的行动与情节推进而跌宕起伏，欲罢不能；阅读过后笔者久久回味，《子归城》中的众多人物仿佛仍活跃在眼前，其中一部分人物形象镌刻脑中，因此其深刻性是毋庸置疑的。当然，这个结论，应该以具有说服力的分析来证明。

    讲到深刻，就必须剔除一个错误观念，即小说中人物或作者评论笔下人物时侃侃而谈，讲出很多深刻的人生道理、社会道理和哲学道理即是表现人物的深刻性。可能这些道理本身是深刻的，如果把它放在一本专门论述道理的书中，会有一定的价值。可是，它却不能体现小说中人物性格的深刻性。在笔者对小说的审美认识中，人物性格的深刻性是由人物的思想和行为所表现出来的，而不是由外部给人物加上去的东西。黑格尔在他的经典专著《美学》中，反复强调艺术和心灵的关系。艺术即是美，艺术作品是经由心灵活动而产生的。它能触动人的情感进而吸引人鉴赏它，此即审美。本段开头所讲的外加的深刻性，却是与小说人物的心灵有距离的，因而就不能体现真正的深刻性，也谈不上深度审美。

第一节　发展性

在这里，"发展性"是一个中性词，其含义是动态变化。不变的人物性格是不具发展性的，不发展就很难具备深刻性；不具备发展性的人物需备某些特定的条件，才有可能具备深刻性。

但这并不等于说，小说人物性格具有发展性就一定具有深刻性。毕淑敏在《小说阅读的建议》里强调："中篇小说和长篇小说有一件重要的事情要做，那就是小说人物的性格发育。"性格发育，指的就是人物性格的发展性，它只是长篇小说的一个基本要求而已。只有人物性格不止具有发展性，而且这发展性又体现了艺术审美价值，这才称得上具备深刻性。

长篇小说因篇幅缘故有着巨大的故事情节纵深。短篇小说因为取的是短时间里事件的横断面，要体现人物性格发展，确实很难。而长篇小说的重要人物则相反。从本质上看，小说人物性格的发展性是社会发展性和人类发展性的文学具象化。人类的生命不但是鲜活的而且是深刻的，因此才能解释人类如何从蒙昧时代和奴隶时代、血腥征战的封建时代一直发展到科技昌明的当代。但是小说人物并不是直接表现人类历史的发展，它在进行叙事时又以其独特角度去折射时代，一部长篇小说的人物群像必然会表现出黑格尔所说的"一般背景下的时代精神"。所以，如果小说里的人物性格既是发展的，又艺术地具备内在合理性，那就是深刻性的表现。笔者将以这样的观点来观照与评述《子归城》里的人物群像。

一、性格发育型

性格发育型，指的是小说人物的性格发展经历了一个过程，它从小说人物性格原点出发，沿着剧情发展，像幼儿身心发育一样由小到大，由不成熟到成熟，内涵逐渐丰富，形象逐渐丰满，从而提升了小说的艺术魅力。《子归城》里就不乏这样的人物。比如小说主人公之一的刘天亮。他刚出场时落魄如流浪汉，如丧家之犬一样被追杀，但他意志坚定、咬紧牙关拼命求生。在黑沟煤矿井下他吃苦耐劳，"精沟子断贼"表现了他的倔强性格，并在煤矿资方压迫下展现了敢于反抗的"领头羊"气质。如果说这些仅是他潜能在环境刺激下的超常发挥，那么，他在与钟家一老（钟爷）二女（云朵、迎儿）结缘以后，在整个子归城社会环境的驱动下，性格才日益饱满。他的知恩图报、惜财、敢践行梦想的性格特点逐渐凸显，由此才得以完成兴建酒坊的人生计划。刘天亮压价收购酒原料粮，与山西王比枪法以救独眼龙，签约马海四预售大批"古城春"酒，在县衙球形地牢里挣扎，善待死对头孟托……乃至参加保卫子归城的惨烈战斗，以及最后子归城即将被黑旋风沙尘暴毁灭的至暗时刻，他率队带领子归城居民逃生。他的勤劳、爱财、农民式狡黠、善良、坚韧、勇敢、守信等多个性格侧面都在这过程中逐渐发育展现出来。此外，《子归城》的重要人物云朵的性格也属于发育型。她原是知书达礼、善良聪慧的姑娘，在钟爷熏陶下具备了文化素养，可以说起点比刘天亮高。她和刘天亮结识以后，性格渐起变化。对质朴勤劳的刘天亮的好感促使云朵关心他，经常随他活动，并含蓄地表达情愫。在经营酒坊时云朵也表现出不亚于刘天亮的才干，如刘天亮为救独眼龙与山西王决斗失败，是云朵直接与山西王斡旋；在刘天亮被关进球形地牢时，是云朵维持酒坊的运行；在哥萨克骑兵计划劫掠酒坊的美酒时，是云朵指挥工人们把美酒埋进地窖并制造存酒被战火毁坏的假象；在子归城最后危急关头，是云朵与赵银儿斗智斗勇，让狠毒变态的赵银儿得知马麟害死了自己的孩子从而觉醒；在契阔夫死后，也是云朵义无反顾地站出来号召停火熄战，缓和了大战一触即发的血腥氛围……云朵的性格发育也清晰可见，从一位纯洁、文雅的姑娘成长为理性大方、富有智慧和责任感、应对有方的酒坊负责人之一。《子归城》里重要正面人物的成长，是这部书最具魅力的地方。他们的脚步趔趄却又有力，命运的轨道蜿蜒曲折，在刘天亮、云朵等人的生命画卷徐徐展开以后，读者可以惊喜地发现在步步惊心的子归城斗争中，刘天亮与云朵等人的动人品质以独特的形态，缓缓绽放迷人的魅力，带给读者诸多情感体验。这是发育型人物性格的审美意义所在。

也有发育型的反面人物。比如县长金丁，原本是一个酷爱木工的子归城长官，因为缺乏权力机制的制约与引导，他独断专行，组织砍伐大量树木修建县衙和街道，屈服于靖安营及洋行势力，在战火时贪生怕死不思反抗，最终沦为叛贼马麟的附庸。这是一个反面人物的性格发育例子。还有马麟，作为前朝军官和子归城地方部队负责人，他最终成为与国外侵略者联手割裂祖国领土的叛贼，其性格也有一个发育的过程。

可以说，《子归城》里发育型的人物众多。除了上述的，还有酿酒师独眼龙和二锅头，失败的创业者、复仇狂人林拐子，忠勇任侠神拳杨，地下势力头领山西王，木车店老板郝大头乃至原驼二婶车马店的伙计葱头……

拥有发育型人物性格的角色数量不少，他们构成《子归城》人物图谱的主要画面，个个性格鲜明，故事丰富。他们你来我往，彼此互动，在此过程中凸现性格，也发展性格，使剧情快速推进，形成了具有冲击性的阅读体验。这种现象也是分析《子归城》人物群像审美的深度意蕴时所该注意的。

二、转向型

人物性格发展性的转向型，指的是小说人物性格的发展不是沿着原本的方向走，而是转了一个方向甚至是逆着原方向发展。《子归城》中人物性格发展属转向型的总体上不多，其中一个典型是谢尔盖诺夫，他投靠过契阔夫率领的哥萨克骑兵，和骑兵一起做过恶。后来他在图尔盖受伤险死，经僧人捐血抢救后活过来了，他幡然醒悟，深深悔悟自己参与制造"名妓事件"的错误，虽然柳芭未死，但却导致张福冤死。书中形容谢尔盖诺夫是"脱胎换骨涅槃重生"，从此成为一位颇具爱心的友好人士。小孩杨耳误会他，用刀刺伤了他，他也给予谅解。在子归城最后毁城危机来临之时，民众逃亡之际，谢尔盖诺夫还记得让杨耳搭他的车走。他甚至勇于担当，受诸葛白委托，亲自带领一队民众踏上逃亡求生之路，也算是为子归城民众做了大贡献。这个人物性格的转向是比较典型的。另外一个性格转向型发展的人物就是洋医生阿廖沙。他被洋行逼着随刘天亮送毡筒去支援反抗黑喇嘛骑兵侵犯的"阿山战役"，准备在路上用毒药酒毒杀刘天亮，以抹去铁老鼠毒杀雅霍甫的见证人。没想到阿廖沙竟在过河时被枪击伤了。生死困境中，是刘天亮主动救了他。阿廖沙毁了一条腿，捡回了一条命。从此他对刘天亮感恩戴德，再没有做过坏事，一直从事救死扶伤的医生工作。

这两个人物的性格变化不是因为有谁向他们灌输真理而产生的，也不是他们顿悟的，而是因为在死神的掌心打过滚，受过足以丧命的大伤，在鲜血浇灌下，他们心中潜藏的善的种子在爱心人士的照耀下终于拔节生长，美丽绽放，因此具有说服力。这两个人物性格的发展，给子归城硝烟弥漫、血腥味逼人的环境增添了温情的暖色，让读者更加相信人性和爱心的作用。

应该明确指出的是，这种转向型的人物性格应从"深刻性"的视角去观照它，因为它很难把握。一旦未把握好，就容易违背人物性格发展的逻辑，变成作家硬塞给人物的变化，这种变化缺乏内在的机理，犹如狗尾续貂，不但无法引起读者的阅读快感，反而让读者像吃饭硌了牙，破坏了文本的美感。幸运的是，《子归城》准确地把握住人物性格的转折变化。这是因为作家坚信一些外表是恶人的人，其实心底潜藏着人性和善的种子，这种子只是暂时被环境的因素或人物的生活惯性压制住了。就如谢尔盖诺夫介入"名妓事件"以致间接害死了张福，又如阿廖沙被逼着执行毒害刘天命的任务，作家敏锐地看出谢尔盖诺夫和阿廖沙不是那种坏到骨子里的人，在死亡的震撼下，压制他们心中善的种子的旧环境已经颠覆，善的种子开始发芽、拔节、生长，因此作家描写了谢尔盖诺夫和阿廖沙精神的新生。当然这并非是道德的成功，而是小说人物刻画艺术的成功，是作家的成功，同时也是人类生命发展的成功。这就是转向型人物性格发展的审美意义所在。

三、爆发型

人物性格发展性中的爆发型，指的是人物性格没有经历较长的发育过程，而是在某一节点爆炸性发展，如流星闪亮划过夜空，然后就画上了性格发展的休止符。《子归城》中杨都督的性格发展就是爆发型。直到《子归城》第三部前半部，他都立场坚定，爱国守土，倾全疆之力组织抗击黑喇嘛势力，并伺机削弱子归城里靖安营的武力。但是对这些的叙述总体上比较缺乏深度。在第三部《天狼星下》的第十六章"一夜惊心百年"里，杨都督的性格发展跨了一大步，顷刻间展现出身先士卒、杀伐果断、智勇双全的指挥官优秀品质。在已知马麟策划叛变、准备谋杀自己的情况下，杨都督率省府卫队闯入子归城县衙酒宴，下令砍杀叛贼马麟和金丁，一举粉碎叛贼阴谋，平息子归城内部隐患。就像流星闪烁一瞬照亮夜空，接着就熄灭了，后面的剧情里，杨都督的性格看不出有什么发展。但是，一个高大、智勇双全的边疆军政大员和爱国者形象却已经树立起来了。

契阔夫与撒拉尔的女儿柳芭的性格发展也是流星爆发型的。在柳芭性格发展之前，她是一个命途多舛的受害者形象，曾被贪财的雅霍甫的遗孀偷卖到迪化的窑子里。命运对她何其不公，而她对命运的磨难只能无可奈何地逆来顺受。其父契阔夫受邀来合富洋行的洋楼见她时，她的情绪累积至沸点，在持枪劝说父亲放下屠刀终止战火无效后，果断开枪击杀父亲，自己一同葬身火中。柳芭的这一爆发，对扭转子归城战局至关重大，契阔夫之死导致了哥萨克骑兵势力的衰减，减少了子归城民众生命财产的损失。

性格的爆发性转变，不仅仅是情节需要，它是整体环境之下人物性格发展的必然。杨都督身为省府一把手，日理万机极为繁忙，爱国是他以儒学致仕的本能。他与子归城距离遥远，子归城里各色人物轰轰烈烈的故事他也无从介入，但他以自己的渠道对子归城进行关注与监视，因为那里存在割土裂疆的风险。当杨都督发现马麟等人与契阔夫勾结在一起，即将在祖国躯体上咬下一块肉时，他不能不爆发，不得不在叛贼兵变之前衔枚疾进，深入险境以拔除毒蛇的牙齿，彻底解决边疆内在隐患。这一爆发不但丰富了杨都督的人物性格，更是以独特的形象展示了他的精神图谱。这既是杨都督的成功，也是作家的成功，因为杨都督的形象是经由作家心灵的自由创作而创造出来的。

而柳芭的性格爆发则有双重因素，一是她在生活中受尽屈辱、极度缺爱，且无处诉苦。假如契阔夫到合富洋行的洋楼见她时，愿意接受她的建议，或许她会感到人生的暖意，那么她就不会爆发。既然生父都拒绝了她止战的建议，那对她而言一切的希望都已灭绝，唯一的亲人堪比杀人魔王，因此她的爆发就是决绝的、无可挽回的。二是柳芭从迪化返回子归城后，目睹太多的人死在哥萨克骑兵的枪火中，可以说是血流遍地，惨不忍睹。如果无法休战，那么无论是于子归城还是于她，都像是坠入地狱。那就不如爆发吧，或许这样能挽救子归城也未可知，虽然柳芭也随契阔夫而去，无缘知道结局了。而结局真的如她所愿。柳芭的性格在外界压力下经过内心酝酿而爆发性发展，闪烁着人性升华的耀眼光芒，其中也夹杂着和平主义的光芒。

至此，笔者不得不佩服作家所创造的小说人物的审美境界。无论是喜剧还是悲剧，作家总是把一般背景下的时代精神和自己的审美理念通过创造性构思，刻画出具备特殊性和唯一性的人物性格发展，呈现给读者丰富而惊艳的审美情境，让读者在阅读时心潮起伏，获得诸多审美的感受。

第二节 复杂性

人物性格的复杂性，指的是小说人物形象具有多个性格侧面。这些性格侧面有时甚至是矛盾的，却统一在一个人物身上。这就展现了人物性格的复杂性。作家能把握住复杂性并塑造出具有一定复杂性的人物形象，这正是其深刻之处，也是《子归城》塑造人物性格的优势所在。

一、人性黑洞里的微光

以杨干头为例。这个盗墓贼出身的人之所以坏，并不是因为他见不得光的职业，而是他投靠马麟之后干了很多坏事，充当马麟的"捉奸细"负责人，专门欺压人，残忍又好色。省府杨都督派杨修到子归城办邮驿所，负责用时属先进设备的电报机收发电报，是杨都督暗中布下的暗子。因妨碍马麟谋划叛乱，杨修被陷害并关押，惨遭杨干头各种非人的折磨。杨干头还霸占了杨修的老婆和女儿豆豆。杨都督乔装率卫队夜闯子归城县衙，下令斩杀马麟与金丁。他进入子归城时被杨干头窥破身份，他吃惊之下，旋即从背后枪杀两个算是同事的靖安营士兵，跑去投靠契阔夫的骑兵去了。此人怕死，在马麟手下时，两次被派去与契阔夫联络，均怕被契阔夫误杀而拖延不动。第一次未去误了马麟的事，致使马麟部队在沙漠中遭遇沙尘暴而狼狈不堪。第二次他又推托并说服马麟派金丁前往联络。杨干头怕死却多谋。子归城民众众志成城，扛枪操家伙硬扛占尽火力优势的骑兵的攻势。杨干头献策使用火攻，得逞后的骑兵进城屠杀。此后骑兵第二次进攻子归城受阻，又是这坏蛋献计挖地道攻城，哥萨克骑兵再次进城引发血腥大战，造成子归城民众死伤甚多，损失巨大。就是这么一个坏得头顶生疮、脚底流脓的卖国贼，作者也表现出了他的复杂性：他也有自己的私人感情。当子归城被破，万众遭殃；契阔夫意外被杀，骑兵陷入混乱时，杨干头没有抛弃被他霸占的杨修太太凤娇，他想带凤娇和他的儿子一起跑路。但凤娇恨极了杨干头而怀念杨修，不肯为杨干头开门。杨干头耍流氓威胁说，不开门就放火烧了。凤娇宁死不屈，杨干头却下不去手，只好走了。在这里，杨干头表现出了人性微光的一面。

这么一个罪孽重重、卑鄙不堪的人身上还残留着人性，合理吗？笔者认为作家塑造的是一个活生生的人，而不是图解概念。一个活人投靠黑暗势力，当然可能会顺势做很多坏事。但他既是人，想美女，想过正常家庭生活，是可以理解的。想带凤娇一起跑就是这种情感的投射，而不愿放火逼凤娇开门是于心不忍，也是因为明白凤娇的心不在他这里。终是有几分感情在，无可奈何花落去，在战火蔓延的混乱局势下他也只好离开了。

这种复杂性，笔者称为"人性黑洞中的微光"。是作家运用敏感细腻的洞察力，看出了人物哪怕恶贯满盈，也是有泛出人性微光的可能性与合理性。

二、人性的瑕疵

这里指的是小说中人物本有诸多优秀的性格侧面，整体形象较为正面，有时却为种种原因而要心眼使计策，表现出明显的性格瑕疵，使其塑造乍看之下有矛盾之处。这里笔者还是要先写刘天亮。他绝对是《子归城》的主人公之一，上面也简要分析了他的性格发育过程。从流浪落魄的起点，到成为在子归城中创建与经营酒坊的农民企业家，他身上确实有不少优秀品质，吃苦耐劳，坚韧，敢梦想，善用人……但他曾经干过一件事，被很多人指着骂，就是他要心眼在外地四处散布子归城高价收购酒原料粮的流言，诱使很多人运载酒原料粮到子归城欲卖高价赚一把快钱。此时刘天亮却突然把收购价大大往下压，不管很多载酒原料粮来子归城的人会因此而亏本。酒坊员工跟三由于不满刘天亮对他不好，泄露了刘天亮收购料粮的底细，使刘天亮受到众人的谴责。但是，刘天亮死活不肯把酒原料粮的价格稍微抬高一点，最终他实现了利益的最大化，用 1800 两银子买下了值 2800 两银子的料粮，却成为众多运送酒原料粮到子归城者眼中的奸商，甚至变成孟托化解不开的仇敌。卖馕的孟托是一条汉子，深信"士可杀，不可辱"，他一直认为刘天亮在买卖料粮上给他的侮辱过于深重，不可饶恕，因此设想了种种杀死刘天亮报仇的计谋。刘天亮的这一做法显然和他原本的淳朴品质毫不沾边，他这一投机的行为和奸商并无本质区别。甚至刘天亮在得知二锅头死在井里的惨状后，并没有先哀悼这位酒坊酿酒师的离世，反而是气得跳脚，大呼二锅头把酿酒用的水井毁了。以上这些表现了刘天亮性格中的明显的瑕疵。但是，纵观刘天亮的所有行为，可以说刘天亮的这类行为是偶发的，是农民重实利的思维在环境驱使下的极端演化。尤其是酒坊的顺利开张，让刘天亮的致富梦想似乎触手可及，导致他牟利的贪欲膨胀。这种性格的不完美，和刘天亮没有文化、倔强、有时钻牛角尖的原农民身份是相配的。如果刘天亮的性格过于完美，反倒是不正常的。为了把阿廖沙的遗骸送回他的家乡，刘天亮甚至在过国境时向对方官员行贿，用的是自己卖大批美酒给马四海所得的金条。但行贿的剧情并没有负面意味，只是证明刘天亮作为土得掉渣、执拗得惊人的人，为了完成善行，有时也是具有灵活性的。还有一次云朵骂他"秦州呆"，他为此而生气，拒绝了云朵请他回家一起吃饭，显得胸怀不够宽大，有点小气了。刘天亮作为小说主人公，性格饱满，亮点颇多，同时又有明显的瑕疵，反而更凸现了活生生的人物形象的真实性，增添了艺术魅力。

在《子归城》里，作家除了写出刘天亮的人性不纯洁之处，从而使白璧微瑕、独具性格的酒坊老板更具真实性、使这个形象更加饱满动人外，也写出了其他许多人物的人性真实细节。比如云朵，这个冰雪聪明的姑娘，有过对刘天亮又哭又喊的场面，有过骂刘天亮"秦州呆，舍命不舍财"的言论，在刘天亮出国8年未归、消息不明时有过对夫妻关系失望的感情等，都证明了云朵不只是聪明能干的女性，也是有血有肉的人物。唯有这样，才能打动读者的心。又比如神拳杨，作为社会贤达，又与驼二婶私底下偷情，他们是有真情的。这也是复杂人性的一种体现。驼二婶本来对刘天亮挺好的，就因为刘天亮不小心撞破了神拳杨与驼二婶偷情之事，驼二婶恨上了刘天亮，便去县府告发刘天亮私藏俏红散发的革命传单，使刘天亮被关进县府监狱。在人性的视角下，这是可以理解的，也是真实的。还有刘家酒坊伙计跟三，因为讨厌老板刘天亮对他随便呵斥痛骂，看不惯刘天亮传播流言诱使料商载粮料蜂拥子归城，便将刘天亮的老底揭破，致使料商们无比痛恨刘天亮。伙计对老板不满的小小报复，这也是人性使然。描绘人性细微之处，在小说中比比皆是。

作家洞察人性之光，让笔下的人物真实而感人，这是小说作家颇为重要的功底所在。也因此可以看出，"人性的瑕疵"是一种"共相"，人性的瑕疵构成了《子归城》中人物之美的真实性的重要支撑之一，所以也属于审美的范畴。同时它也是衡量作家创作的一个尺度，假如作家创造出毫无人性瑕疵的人物，那么这种人物的美反而是虚假的，很难打动人心。

三、人性的斑驳

在《子归城》，还有一类人物比较复杂，难以定义是正面人物还是反面人物。这些人物的人性底色呈现出斑驳之状，劣根性与亮点掺杂。

比如"老白俄"，本是哥萨克骑兵中校契阔夫信得过的战友，曾在早年的战斗中救过契阔夫一命。或许反感契阔夫率兵在子归城烧杀抢掠，他居然把契阔夫一心想杀掉的刘天亮偷偷放跑。是他认为正规军队不该杀平民，还是他认为契阔夫的策略过于血腥，所以才擅自行动？读者不得而知。

老白俄长期跟随契阔夫征战，参与契阔夫在子归城内外的战斗。作为职业军人，以服从为天职，所以从本质上说他也是契阔夫的助纣为虐者，而他偷偷放跑刘天亮却又是值得称赞的行为。后来契阔夫死于柳芭的手枪之下，哥萨克骑兵失去首领即将陷入混乱，而混乱也可能导致大屠杀。此时老白俄又联手谢尔盖诺夫向骑兵传达假的契阔夫遗命："停战撤兵"，为防止局面失控立了功。从小说里的刻画来看，老白俄确有人性光芒闪耀，但他又确是烧杀抢掠的哥萨克骑兵的一分子。恐怕谁也说不清老白俄的人性底色。

山西王也是人性斑驳的人物。当初他因刘家酒坊卖醋违背了他的潜规则，是"呛行"，派大批手下打砸刘家酒坊，并打伤了酒坊老板刘天亮，还要刘天亮认错。若不是姚记珠宝行的姚老板横插了一脚，刘天亮可能会迎来更严酷的围殴，拼掉他那条小命也说不定。后来刘天亮找山西王比枪法欲赎回酒坊部分股份，也输得一塌糊涂。山西王这么一个帮会首领和地头蛇，以讲江湖规则和横行霸道为特征，刘天亮无法摆平他。但云朵去找山西王谈赎回酒坊股份，以柔克刚，言语礼貌，分寸也拿捏得当，终于把事办成了。子归城民众与骑兵血战时，山西王广发枪支给手下人员，也一起参加了子归城保卫战。对山西王进行分析的话，他也属于人性斑驳之士，很难对他下一个定论。

林拐子与二锅头也均属人性斑驳之士。作家对这两个人物着笔不少，精心刻画。甚至作家"我"直接跑进小说里，讲述了写小说的来龙去脉，也抒发了一点情感。所以可以看出，作家对林拐子这个人物在个人感情上是比较不屑的。不过，作家忠于生活的逻辑和人物性格的逻辑，使得林拐子这个人物既让人鄙视，也使人同情。这个人物的人性底色也是相当斑驳，既有与合富银行对赌时的"蠢"，也有背叛爱情的"恶"；既有对仇人报仇的"决心"，也有追求暴富的"恒心";还有举报官家和洋行破坏自然环境的主观能动性……还有二锅头这个刘家酒坊酿酒师,多次因局势变化而逃离酒坊团队,也多次企图暗中动摇刘天亮的大股东地位,还和阴毒变态的赵银儿混在一起。但是在关系到刘天亮生命安全的大事上,他即使遭受折磨,也坚守底线保密;作为酿酒师,他也兢兢业业,做出了成绩。

塑造这么一批人性斑驳的人物,很好地表现出人物性格的复杂性,进而表现出人性的复杂,恰当地勾起读者的审美欲望。这是作家思想的深刻性的表现。

第三节　历史性

《子归城》人物群像的历史性,这是一个中性的概念。作为过去某个时空里的小说人物,尽管有虚构的成分,但也具有历史性。其含义一是小说中的部分人物是历史上曾经出现过的,二是按照小说中清末民初子归城的历史情境,有些人物是可能会出现的,他们本质上是真实的人物。正是这两种人物的性格,共同构成这部小说的人物群像历史性的基本内涵和边界。

是否有历史性,这仅是就小说剧情所处的时间进行判断而已。这历史性是否融于感性的、直观的乃至特殊的诸多人物形象,并且表现得恰当、合理、传神乃至美妙,这就是艺术判断即审美判断了。这就需要对《子归城》人物的历史性进行具体分析。

有书评家评论这部小说挖掘和描述了中国的"庞贝古城",认为这是还原历史。但这句话仅仅是比喻罢了。庞贝古城于公元79年因维苏威火山爆发而导致繁华的城市被5米多厚的火山灰掩埋,是灭绝于天灾。子归城不一样,子归城的灭亡是人祸和天灾共同造成的,而且由于人祸极大地损坏了子归城生态环境,因此扩大了天灾的危害程度。这人祸,便和子归城人物群像紧密关联。所以子归城及其人物的历史性和庞贝古城的差异是极大的,虽然在城市毁灭和被后人挖掘这方面是相同的。

也有文学评论家认为这部皇皇巨著展现了新疆的历史文化,还原了历史的真相。除了把子归城有限的地域空间扩展为全新疆这点外,对《子归城》人物群像的历史性下这样的定义,是准确的。之所以把历史性归入审美深度意蕴的范畴，是因为历史并非是任人打扮的小姑娘，对于同一段历史固然会有观点的差别乃至分歧、对立，但这反而证明：历史很深刻。对于一段历史，如果没有相当深度的把握和理解，便无法给予正确的重塑，也就不可能有艺术性的还原。

《子归城》人物群像中凡是重要人物，均为历史人物。作家本人自叙，他之所以花费13年时间创作这4部一体的巨著《子归城》，是对爷爷奶奶和外公早年亲身经历的故事耳熟能详，且左邻右舍间流传着已湮灭的子归城的传说，因此激发了作家的创作热情。由此可见，《子归城》里的重要人物多数是历史上存在过的人物。他们的故事虽然还在流传，但诸多细节早已丢失。因此，作家必须依托这些故事与传说，发挥自己的创造性思维，塑造与刻画这些重要人物的性格，从而以文学手段来还原子归城历史画卷，并通过众多具有独特性的人物形象表现历史的规律性和启示。这是一个很大的挑战。

下面从三个方面论述《子归城》人物群像的历史性。一是历史人物的艺术还原，二是由历史人物"活动流"（意识流是虚的，活动流是实的）所构成的子归城历史社会生态的还原，三是对子归城人物及城市的命运所蕴含的历史规律性及启示的还原。

一、历史人物的艺术还原

（一）先有"发现"，再有"还原"

"历史人物的艺术发现"，就是作家用心灵感受到这些具有意义的历史人物的存在，然后再给予历史人物艺术的还原；由于历史无法重现，这"还原"也可以说是"重塑"。

任何一个读者在阅读《子归城》时，都能透过文字看到一个个鲜活的人物，直奔你眼里乃至闯进你心里。在读者的视角中，这很正常——我在阅读小说嘛。

可是，从历史的视角来说，在清末民初这段时间里，在现在新疆与外国接壤的地带，曾有一个处在丝绸之路重要节点的小城繁华热闹，充满生机，后来却消失了。岁月如梭，白驹过隙，一晃几十上百年过去了，听说过子归城的人渐渐都离世了，子归城的传闻也渐渐湮没了。那就需要去发现——子归城不在，幸好子归城人的后代还在。

发掘这段历史可以用 2 种方式，一种是历史学家的方式，通过收集残存的子归城历史资料，还原子归城曾经的各种状况并加以分析。但是由于历史资料的缺失，难于做到"于史有据"，这样的历史摹写便极为艰难，几乎不可能。另一种方式便是在家族和邻友间世代相传的故事和传说的基础上，通过作家对于故事中的精神的深刻把握，通过心灵化的创作，以充沛的情感去酝酿和构思，然后以文学的手段塑造出这些历史人物。这里要强调的是：没有发现便没有还原。"发现"是基于作家深刻的思维和精准的把握，以及强大的形象思维能力，"还原"便是用写作创造形象了。

（二）具体历史人物的还原

分析《子归城》对历史人物的还原，首先要讲杨都督。他是用历史文献资料可以证实的人物。小说中，杨都督名为杨增青，而他的原型叫杨增新。他以学儒致仕，经由个人奋斗成为新疆省府头号领导人，于辛亥革命后独自挑起了治理新疆的重任，并在黑喇嘛势力侵犯科布多，妄图割裂与霸占我国领土时，毅然组织孱弱的省府力量打响阿山保卫战，动员全省支援，终于战胜了黑喇嘛的骑兵，保住 11 万平方公里的阿勒泰地区，使之永远留存于中国版图。这是多么非凡的爱国壮举！

可惜多年以来，由于杨增新是旧时代诸侯式人物，并且在掌管省府时有不少内部权力斗争或镇压的行为，所以他的爱国行为没有得到宣传和肯定，渐渐湮灭于历史深处，以至于笔者询问过几位中小学历史教师，他们都不知道新疆曾经出过这位爱国建功的人物了。

由于杨都督不是《子归城》的主人公，就人物描写的分量来说确实不多，所以很多评论家忽略了杨都督，即便评论了杨都督的功绩，也甚少注意到杨都督对于还原历史的意义。

《子归城》发现并还原有史料依据的爱国人物，主要是还原其爱国功绩，聪明地回避内部权力斗争的部分。这一还原，以文学手段使人们看到历史尤其是中华史的博大与公正，对激励当代人为保卫祖国领土与主权而建功立业具有现实意义，对当代文学进一步拓展爱国主题的表现领域与表现手法具有启示价值。

（三）口头历史人物的还原

《子归城》主人公刘天亮、云朵以及诸葛白等，存在于家族与社群流传的故事里，缺乏文献资料的实证。但是，这丝毫不影响他们作为口头历史人物的真实性。由于这段历史离当今不算太远，其后人也还在世，这就给口头历史赋予了一定可信度，并成为作者创作这类人物的参考。

刘天亮和云朵两人的形象代表了子归城正面人物。没有《子归城》，我们欣赏不到刘天亮艰辛、淳朴、倔强、善良、义气、坚强、勤劳、进取、惜财、知恩图报、守信、敢闯、敢于反抗的多侧面多维度的具备唯一性、充满传奇性的人物形象及其动人故事，也无法欣赏到云朵那冰雪聪明、文雅贤惠、善良沉稳、大方重情的人物形象和诸多故事了。这二人作为《子归城》的主人公，他们的经历串起了子归城那段充满变化和动荡的残酷的历史，可以说是这段历史的文脉。如果没有作家的还原，我们不但会失去了解这段历史的途径，而且将失去这两位极具独特审美价值的文学形象，造成当代文学的潜在损失。况且这两个历史人物的文学形象还蕴含着中华民族精神核心的诸多要素，这是后面会论述的。

诸葛白也是口头历史中的重要人物。据《子归城》作者刘岸先生所说，诸葛白的原型是他的外公。诸葛白虽然有原型，但呈现在《子归城》中的诸葛白形象肯定是文学创作的结果。这一形象的历史性，与刘天亮、云朵并不一样，因为诸葛白有自己的规定性。如果说刘天亮代表的是底层民众，云朵代表的是在有文化底蕴的家庭中成长的子女，那么诸葛白代表的就是地方行政长官。作为文学形象，他们各自的规定性绝不限于身份。从省府官员到地方长官，诸葛白作为子归城新任县长，带有浓厚的儒家风格。他不贪不奢，勤政务实，禁止嫖娼，反对赌博与吸鸦片，决心重整子归城的社会经济文化生态。面对涅槃河断流的情况，他痛下决心组织各界力量挖井，争取缓解用水危机。当契阔夫找借口进入子归城，他带着佩剑与契阔夫面谈，努力阻止哥萨克骑兵入城，并和契阔夫展开决斗。当骑兵即将攻城，他斗志昂扬，亲自部署，鼓励子归城保卫者英勇抗敌，他也亲赴战斗第一线。那时是民国初年，这样的地方行政长官无疑是好官，符合"正心诚意，格物致知，修身，齐家，治国，平天下"的儒家价值观。中国古代文化推崇"天人合一"，可以说"天人合一"里面蕴藏着保护自然生态的理念。诸葛白作为儒风地方行政长官，在看到子归城自然生态系统的破坏对城市和民众的毁灭性影响后，他下决心颁布禁采矿山禁伐林木的行政命令。虽然于子归城来说为时已晚，但诸葛白还是命人大力宣讲，并在自己生命的最后阶段亲自把禁伐禁采令书写在子归城城门上，与自己治理的城市一同毁灭。还原这样的历史人物，具备审美价值，并展现了在特定历史区域合理施政，对侵略者勇于抗争和保卫自然生态的价值意义，成为当代县治的思想与文化资源之一。

除了上述人物，还有钟爷、迎儿、驼二婶、黑牡丹等更多子归城人，他们都是活在口头历史中的人。不还原这些人物，我们便会错失由刘天亮、云朵、诸葛白和这些人共同串起的子归城那一段波澜壮阔、风起云涌的历史。这一段的历史是如此独特，又是如此短暂，却潜藏着中华民族保疆卫土、奋斗求存的精神密码。要明确指出的是，这些精神密码并非是直白的概念，而是隐藏在各具鲜明特色的人物中。由此可见，《子归城》小说人物的历史性与审美价值完美融合，这是小说创作的比较理想的状态。

（四）虚构历史人物的还原

小说还原的第三种历史人物，是既未在历史文献中出现只鳞片爪，也未在家族与社群流传的故事中现身，却在《子归城》里出现的人物。这些人物于史于传说均无据，却是在清末民初子归城的动荡时期里可能会出现的人物。这样的人物有多少人？难以确定。只能推测，《子归城》中重点人物有30多个，是有史可依的人物；其他百来个有名有姓的人物，就是"可能出现"的虚构人物了。

作家进行的是长篇巨著的创作，纵然是那些史料中的和口头传诵的真实人物点燃了他的创作情感，给了他最初步的人物雏形，但这距离小说整体艺术形象的完成还有十万八千里。作家创造子归城中各色人物活动的情境，描写其中的细节，赋予人物具体的规定性，最终完成了具备鲜明特征的主要人物塑造。在主要人物之外，有名有姓的人物还有上百名。作家并没交代哪些人物是纯属虚构的人物。这些人物也许着墨不多，人物性格不那么鲜明，人物形象也不那么饱满，但绝不是可有可无的人物。比如矿警瓦西里，是个身材高大、蓝眼珠的俄罗斯人，《古城驿》（《子归城》第一部）里当刘天亮在黑沟煤矿附近遇到了正在追杀他的铁老鼠，由于刘天亮满脸煤灰，铁老鼠未认出他。刘天亮不知道铁老鼠要追杀他，正想去与铁老鼠打招呼。是瓦西里发现刘天亮处于危险之中，不由分说上去推搡刘天亮，催他快走，刘天亮差点误会瓦西里要和他打架。如果没有瓦西里，刘天亮就会去与铁老鼠打招呼，然后被杀——小说到此就写不下去了。瓦西里这着墨甚少的人物正是那种可能存在的人，他的出现不但有推进情节发展的作用，还可证明在黑沟煤矿矿警队这样很黑暗的地方也有人性的光辉。又比如迎春院的阿伉阿俪乃至老板汪妈在子归城民众抗击哥萨克骑兵时，上街鼓励人们与侵略者战斗。她们是子归城反抗侵略保卫家乡的氛围的有机组成部分，也证明了爱国不分男女老幼贵贱尊卑，而是多数有祖国之人自然产生的行为。此外可能出现的人物还有很多，他们参与了子归城的历史活动。没有这样的人物，就像大树只有光秃秃的树干树枝而没有绿叶。一个多元而热闹的丝绸之路上的小城市，不可能只有寥寥二三十号重要人物在活动，小说中其他人物固然没有史料和口传历史来佐证，却是一定会存在的。作家刘岸"凭空"创造一大批"可能出现"的人物，并丰富其形象和故事，这是了不起的艺术创造。这批人物与作家笔下的子归城生态融合得相当和谐，和《子归城》的主人公与其他重要人物一起构成了一幅恢宏壮阔的历史画卷，为这部小说的文学价值提供根基。

二、历史社会生态的还原

历史社会生态不同于历史自然生态，它主要指整个历史社会系统的状态。《子归城》还原的历史社会生态，仅限于子归城这一有限的特定的时空。这一还原，是由子归城的人物还原所支撑的，即没有子归城历史人物的还原，就没有子归城历史社会生态的还原。

透过还原的子归城人物群像，我们能看到子归城的历史社会生态是由子归城各色人物的互动而构成的。

（一）子归城历史社会生态的势力构成

我们在子归城历史社会生态中首先看到的是县府行政力量。前期主导者是县长金丁，其手下有县府衙役，包括邮驿站的杨修和派出所所长张一德，都属于这一力量的组成。何砣子也曾是旧县衙役，是这支力量里的一员，后来堕落为社会底层的流氓无赖。

县府说是行政力量，实际上相当无能。除了以县府名义命令民众砍伐树木，修建木制商业街和县府木楼，县府面对势力时都很软弱。县府对合富洋行怀有畏惧，对黑沟煤矿无法管制，对山西会馆的江湖势力无可奈何，对境外武装力量哥萨克骑兵更是战战兢兢。

如此软弱无力的县府是清末民初历史时期的特色产物，也和县长金丁是庸官，县域武装力量并未掌握在县府手里有关。后期县府主导者是诸葛白，他力图在县府治理方面有所建树，却因错过了建立一个新的健康的社会生态的最佳时机，终究无力重塑社会环境。

其次是县域武装力量靖安营。它掌握在营长马麟手里，杨干头、赵银儿依附于这股势力，之后杨干头转投境外势力哥萨克骑兵。马麟是清朝旧军官，辛亥革命后他投机革命，被新省府未经改编就地安置，便成了地方土霸王。本该是保境安民的靖安营，面对合富洋行的为非作歹却无所作为，对黑沟煤矿也不敢约束，对境外势力哥萨克骑兵更是畏之如虎。这支力量后期因头领马麟图谋叛乱被斩首而溃散，剩下不多的人马由杨都督派来的马连福率领。

第三股势力是合富洋行。作为洋人创办的规模较大的商行，在中国边疆小城地位超然，居然能配备希卡这样的武装警卫队伍，俨然拥有治外法权。连利益丰厚的黑沟煤矿产权也属于它，且煤矿也配置了力量强劲的矿警队伍，对内对外都是巨大的威胁。满腹鬼点子的皮斯特尔原本也是这一势力的一员，后来他投靠了哥萨克骑兵，他的倒戈是导致洋行被骑兵血洗的元凶之一。

第四股势力是子归城的商户们。有马帮、酒楼、典当行、茶行、木车行、骆驼店、钱庄、条篓店、餐饮店、大烟馆、赌馆、妓院等，经营规模不大的外国商户也属于这个阶层。商户经营者是子归城的主要居民，他们辛勤经营努力发展，只望社会安定早日发财。《子归城》中的重要人物神拳杨就是这个阶层的代表人物。林拐子原本也属于此势力，后因与合富洋行对赌失败破产，失去了黑沟煤矿，连老婆也被夺走了。从此林拐子堕入底层，为复仇和暴富而奔走不停。

第五支力量是平民与劳动者。刘天亮、云朵及酒场雇佣的员工就是这一阶层的代表。刘天亮本是外来的农民工，独眼龙、二锅头、葱头、跟三、孬孬等人也是，黑沟煤矿的矿工们也属于这一阶层。云朵本是退休官员家的孩子，因为和刘天亮相识相交，也成为其群体的一员了。这一阶层成员皆为劳动图生存谋发展者。但其中有所建树的仅有刘天亮一人，他的身上有太多底层人的痕迹，所以他还在这一阶层，俨然是其代表人物。柳芭是私生子且母亲不幸去世，她也因此成为底层一员，而且命运格外悲惨。

第六股势力是蒙学堂主张培元、医药所主孟长寿和退休官员钟则林以及戏班子成员等构成的士人阶层。他们在子归城里人数不多，代表具有文化素养的社会集团。其中俏红是一位革命者。

第七股势力就是民间帮会组织。山西王的山西会馆实际上就是一个帮会团体。其成员以共同的出生地为联系，以山西王为首领，成为一支不可忽视的民间力量，具有商业特质，所以山西王也财力雄厚。子归城里也有哥老会和青洪帮这样的帮会组织，但小说中都未展开描写。

契阔夫的哥萨克骑兵是一支极为彪悍的军事力量。他们并不属子归城本土，却和子归城的命运密切相关，和子归城内的许多势力缠斗不休，是改变子归城命运的重要变量。

（二）社会势力之间的斗争构成的历史社会生态

子归城社会势力之间的斗争，首先是合富洋行与商人林闽嘉（林拐子）之间的对赌。这场对赌的双方力量并不成正比，无论是资金还是社会地位或是人力，合富洋行都比林闽嘉强大许多。因此合富洋行夺走了林嘉闽的所有财富，连黑沟煤矿股权也落入其手，导致林闽嘉陷入人生困境。

后来神拳杨以典当行为抵押做担保人，也是与合富洋行势力的对抗。对抗的结果也以神拳杨落败而暂时收手。

其次是合富洋行铁老鼠等与底层力量刘天亮、郝大头等的斗争，两方力量悬殊。刘天亮误入铁老鼠毒杀合富洋行商约雅霍甫的现场，被洋行势力兵分三路追杀，凭借惊人的意志力和运气逃脱，在结识云朵一家人后进入黑沟煤矿打工，在煤矿里为救革命者俏红而引发了一场与煤矿资方的斗争。这场斗争以矿工们表面的胜利（被释放）和实质性的失败（被开除）而告终，从而开启了刘天亮创办酒坊的路途。黑沟煤矿中的这场斗争仍然是合富洋行势力与底层力量之间的斗争。

此外，还有金丁主导的县府与商户力量和底层力量之间的矛盾冲突。金丁缺乏从政的文化和思想储备，以木匠的身份走运当上县长后，根据个人喜好施政，下令砍伐树木建设商业街及县衙高台。子归城商户们向来循规蹈矩，畏惧官府，所以虽有不满却不敢对抗县府，他们是这场矛盾冲突中弱势的一方。这场斗争导致子归城的生态环境被破坏。而金丁对民诉案件乱审胡断，则可归于县府与底层的斗争。

而以合富洋行为一方、以契阔夫率领的哥萨克骑兵为另一方的斗争则牵动了子归城的局势。哥萨克骑兵是境外势力，但因力量强大而成为子归城局势最大的变量。哥萨克骑兵首领契阔夫是合富洋行原商约雅霍甫的外甥，和合富洋行本是很亲近的关系，却因雅霍甫的意外死亡而导致双方关系的破裂，也为哥萨克骑兵进犯子归城提供了借口。他们以接到命令"借道"返回欧洲参战为理由，绑走押送骑兵枪械的省军，袭击子归城，血洗合富洋行，并把洋行的持枪警卫——希卡的许多成员吸纳进骑兵队伍里。这场斗争的结果是合富洋行的垮台，只留下血迹斑斑的石头房子。从此子归城局势里最强大的一股力量消失了。

作为子归城时局的最大变量，契阔夫的骑兵与马麟的靖安营本也是对立的关系。靖安营是子归城的地方武装，类似现在的地方公安武警，但实际上是马麟原先带领的清朝部队易帜的，而不是省府或地方政府组建的，所以它等于是马麟的私人部队，只听马麟一个人的号令。虽然名义上它属于政府，理应履行保境安民、维护地方治安的职责。但由于靖安营的实际性质，它并没有履行职责。当哥萨克骑兵犯境的危机迫近的时候，省府杨都督因为手上已没有兵力，二来也想考察一下马麟的兵力如何，便命马麟带领靖安营坚决抵抗，保卫子归城。

但马麟把靖安营当作私兵，又缺乏过硬的军事本领，他深知哥萨克骑兵的凶名，所以畏敌如虎，一味地避战，以保全个人力量。在他的情妇赵银儿出谋献策下，马麟决定与哥萨克骑兵合作，一起割据子归城，占地为王。为此，他就必须解决杨都督这个省府首脑。杨都督只是暂时手上没兵力，当局势缓和，他在别处的兵力就会归来。而且杨都督爱国保境的意志坚决，绝不会允许马麟实行地方割据，当然也不会允许马麟与哥萨克骑兵合作卖国。

于是马麟选择拉拢昏庸无能的县长金丁，合谋勾结哥萨克骑兵，设圈套谋害杨都督这只拦路虎。于是，靖安营与哥萨克骑兵就成为同谋。但是杨都督及时斩杀了马麟和金丁，使他们的阴谋破灭。

靖安营这支力量瓦解了，但哥萨克骑兵依然凶悍。第一次进犯子归城时，契阔夫在皮斯特尔这个投诚的阴谋家的启发下，以省亲借境路过的借口，劫掠子归城，血洗合富洋行，灭了这支子归城最强大的力量。那时，是合富洋行商约铁老鼠的亲戚索拉西在管理洋行。随着索拉西死去和希卡的破灭，包括黑沟煤矿在内的洋行力量全面覆灭。那时，骑兵的主要敌人是县府、靖安营与合富洋行。而第二次进犯子归城，契阔夫的想法已大变，沙皇下台和沙皇制度的瓦解，使契阔夫的信仰幻灭。他在皮斯特尔的影响下，开始考虑拥兵自重，占地为王，为此瞄准了子归城。自此，契阔夫的哥萨克骑兵就和子归城以诸葛白为首的县府、商户阶层、帮会组织、底层民众以及所有热爱子归城的人，展开了生死搏斗。

子归城的历史社会生态就是一幅各方势力博弈的画卷。在这一画卷里，早期孱弱的县府无所作为，还破坏了自然生态，扰乱了商户们的正常经营秩序。而强悍的合富洋行势力对内互相倾轧，对外贪得无厌，既想咬下黑沟煤矿这一资源肥肉，又想垄断子归城经济市场，还对刘天亮等底层民众肆意下狠手。刘天亮等底层民众只能在各方势力的夹缝里寻觅机会以求发展。如果子归城社会生态是正常的，那么底层民众还是可以发展起来的。可是，哥萨克骑兵的进犯，虽然消灭了合富洋行这一势力，却把子归城社会推到了非常态的紧急状态里。

随着新县长诸葛白的上任，子归城的各方势力被调动起来挖井取水，力争渡过涅槃河断流造成的用水危机，以期将来解决黑沟煤矿乱采资源导致涅槃河改道造成的断流危机。如果哥萨克骑兵没有再次进犯，那么子归城可能在诸葛白县长的儒政下，依法经商，发展经济，逐渐渡过危机，诸葛白县长还抑制嫖娼、赌博、抽大烟等不良行为，使社会生态往好的方向发展。

可惜，现实很骨感。哥萨克骑兵不管子归城的人们想什么做什么，他们已经从正规的骑兵部队堕落为"有枪就是草头王"的强盗。为了保卫家乡和正常的生活，面对占绝对优势的哥萨克骑兵，子归城的各阶层人们不得不操起家伙，分头上阵抗击骑兵，浴血奋战由此展开，社会生态开始崩裂。子归城的末期以人们期盼着和平，最终踏上逃生之路为主题。最后由沙灾"黑风暴"给子归城的瓦解补上了致命一刀。

三、子归城历史还原所蕴含的启示

当我们谈论《子归城》还原历史所蕴含的重要启示时，就有一个关键的问题摆在我们面前：这样会不会脱离了《子归城》审美的主题，成为和审美无关的社会性分析？

笔者个人认为不会。笔者秉持"审美价值与社会性价值同构"的一元化观点，认为把审美价值与社会性价值对立起来的二元化观点在评价面对优秀的小说时是站不住脚的。优秀的小说必定会塑造性格既独特又鲜明的人物形象，就如《子归城》一样。这些既独特又鲜明的人物，从审美的角度看，是美的载体，也是美的表现。若换一个角度看，它会体现黑格尔所说的"一般时代的精神"。这一般时代的精神就隐藏在人物塑造之下，众多人物所构成的社会性就构成了小说人物群像的社会性。所以，审美价值与社会性价值的同体同构是一个客观存在的现实，人物群像的表层表现的是审美价值，而里层表现的是社会价值。人物群像同时拥有两种视角。从审美视角看，人物群像具有审美价值，从社会性视角看，人物群像具有社会性及其相关联的启示。人物群像是结构化同构的，就看从什么视角去分析。

因此，通过《子归城》的人物群像，通过这人物群像所包含的文学价值，读者可以了解到《子归城》人物群像历史性的价值，即它所蕴含的启示。

启示之一：社会力量的严重不平衡将导致社会的动荡。子归城社会中的各方势力相当不平衡，这应该是辛亥革命推翻清朝统治后，来不及统整旧力量与建设新社会所造成的。在现有的格局下，无论是前县令于文迪还是新县长金丁，都没有力量去制衡子归城中的最大势力合富洋行。合富洋行在与林拐子对赌和追杀刘天亮时，都是占绝对优势的。在黑沟煤矿里，他们甚至想秘密杀害宣传阿山战役的俏红和抗议的工人们，完全不把中国的法治放在眼里。在这样的社会格局里，县府势力对普通民众占据优势，而靖安营武装势力又对县府占优势，以至于县长金丁也去追随靖安营首领马麟。这种社会势力严重不平衡的局面，动荡是迟早会发生的事。

启示之二：如果地方政府领导人缺乏环境保护的理念，会是破坏地方自然生态的最大原因。如果不是县长金丁下令砍伐树木，建设商业街和县府木楼，子归城的自然生态不会垮得那么快。子归城地处沙漠边上，靠着前人的辛苦劳作，绿化环境，好不容易成为丝绸之路上的一颗明珠，引得国内外众商云集。但生态环境是很脆弱的。金丁的胡作非为，迅速使子归城生态环境恶化。

启示之三：国家缺乏强大的边防力量，会激发边境内外势力的侵略野心。子归城作为边境城市而又缺少正规边防力量有其历史成因。清朝末期，内忧外患不断，战乱频繁，国土屡遭外敌侵略，朝廷力量消耗得所剩无几。辛亥革命之后，国家一直处于军阀割据状态，当然缺乏边防力量。不得已的情况下，省府才会让马麟带的清朝部队就地易帜为新政府下的地方靖安营，负责镇守地方。可是马麟不但无力对抗哥萨克骑兵，反而开始考虑占地割据的可能性，野心如野草般滋长。契阔夫率领的哥萨克骑兵部队虽然是正规部队，但也只有一个团的规模。对于一个幅员辽阔国家，一个团的兵力实在不足为惧。但由于子归城缺少边防力量，导致哥萨克骑兵入侵，让他们由此尝到甜头，最后竟然想把子归城占为己有。

启示之四：中国民众面对入侵与压迫，必会奋起反抗。《子归城》第四部《石刻千秋》中写道："跟着总教练神拳杨冲出东门的军民有八百多人，最后狼狈逃回来的不足三百人。"这是冲出城反击哥萨克骑兵的战果，半数人死在了战斗之中。骑兵使用火攻，"全城几乎都烈火熊熊，黑烟滚滚"。俏红死了，神拳杨死了，他的小脚太太得知丈夫死讯，也走向烈火赴死。派出所所长张一德死了，刘天亮结拜兄弟独眼龙死了，酿酒师的二锅头也死了……《子归城》对战斗惨状的充分描写，用浓浓的血腥味表现了战争的可怕。我们固然要宣传勇于抗争的精神，更要树立和平可贵的理念，尽一切努力防止战火重燃。子归城的人们也是为这个目标努力的，只可惜历史没能如此演绎。

第六章 《子归城》人物群像审美的核心意蕴

前文论述了《子归城》人物群像审美的广度意蕴和深度意蕴，从笔者的审美直觉出发，通过美学观点的佐证，对《子归城》人物群像里所包含着的人物的宏伟性、广域性、偶然性和发展性、复杂性、历史性作了评述。可是，笔者总感觉还有什么重要的东西没写出来。阅读《子归城》时涌现的思绪如此缤纷，那种触动心灵的感受，用人物群像审美的广度意蕴和深度意蕴还是不足以概括，没写出来的东西是什么？

当然，这不是笔者在凭空给《子归城》赋予意义和价值，而是面对那100多位有姓有名，和更多无名无姓的在子归城漫天黄沙里出现的人物，那么多直击灵魂的不屈不挠的斗争，总觉得感慨万千，其中是否有可以表征一百多年前的华夏文明及其核心密码的东西？笔者认为有。这是比审美广度与深度意蕴更深刻的，在子归城人物群像审美的广度意蕴和深度意蕴背后，就是华夏文明的核心意蕴。

《子归城》人物群像审美的核心意蕴即这部小说审美的核心意蕴，人物群像是《子归城》审美核心意蕴的主要载体。正如复旦大学葛兆光教授所言，民族文化指的是辨识本民族的那些差异性内容与外部特征，民族文明则是指世界各民族价值观的共同走向。本章论述的就是《子归城》人物群像所蕴含的华夏文明的核心密码，也就是华夏文明中那些最根本，同时也具备当代意义的价值观念。

华夏文明是绵延五千年、历经岁月风雨考验而生生不息的文明。世界上曾有很多发达程度颇高的文明，但大都在历史进程中断绝。中国则不一样，几千年的文明延续至今，与当代世界文明融合在一起，成为当今国人与海外华人的行为准则，也是《子归城》里描绘的多数国人的行为准则。一个民族不会因被上天眷顾而比其他民族运气好，其文明能延续五千年，一定是有内在的深层力量在起作用。这种内在的深层力量就来自于华夏文明的核心密码。

华夏文明除了文化以外，更多地体现在人的行为方式上，因为文明从本质上讲，是人的生活方式与生活准则，而不只是文献与资料，更不是宣传栏上的口号、图片。

《子归城》不是关于华夏文明的论著，它是一部关于我国西部边疆城市"子归城"历史的小说，里面活跃着众多人物，被誉为一部大书、奇书，是里程碑式的作品，是一幅还原历史的瑰丽画卷，是一部爱国主义的史诗。这样的作品又怎能没有华夏文明的核心意蕴呢？《子归城》里有名有姓的人物有130多人，重点描绘的人物有30多人。这130多号人物里，除了小部分恶人，多数是具有正面价值的角色，基本是中国人。正是这些中国角色表现了华夏文明的精神与核心意蕴。他们有自己的性格和特点，有自己的生活方式与生命轨迹，但他们的人生准则则有共同之处。在这共同之处中，我们可以观照华夏文明的精神乃至其核心。《子归城》这部小说能吸引人、感动人，让读者透过语言、人物、情节而体会其中的价值与意义。华夏文明的核心意蕴便在于这价值与意义层面中。通过分析《子归城》人物群像审美的核心意蕴，能观照这部书的价值与意义。所谓"美即理念"，依笔者的理解，指的就是作家的价值观体现于其艺术创作中。而分析其价值与意义，则可以更透彻地观照这部小说的审美水平。

就《子归城》人物群像而言，我们有必要进一步分析其审美的核心意蕴，即在小说人物群像里蕴含着的华夏文明的精髓，是始终居于华夏文明最重要位置的精神。它具有"一核二翼"的结构。

"一核"是一个核心，即"君子以自强不息"；"两翼"是"一核"延伸出来的两个重要方面，即"勤劳进取、仁义善良、和平宽容"和"不畏强暴、勇于反抗、敢于牺牲"。正是这"一核二翼"撑起中华民族五千年文明延绵不绝，传承至今。

第一节　核心——君子以自强不息

《子归城》里大多数角色是否自强不息？答案是肯定的。刘天亮、云朵、钟爷、诸葛白、神拳杨、杨修、张一德、马福山、独眼龙、葱头、孟长寿、张元培等众多人物的作为证明了这一点。

"天行健，君子以自强不息"，这是《周易》中的一句话。天道运行刚劲有力，没人可以阻挡。古人强调天人合一，讲究人道符合天道。而人应该怎么做？第一要做君子，君子并非仅指有文化的人，而是指道德高尚的人。自强不息，指的是要努力奋斗表现自己的德性，体现自己的生命价值，不停不歇，坚持到底。几千年的华夏文明，走过多少历史的风风雨雨，多少次面临困境、险境、绝境，而华夏人民不屈不挠，坚守着作为文明高峰的华夏文明，生生不息地将其传承。如今在这片广袤土地上生活的华夏先民的后代，他们的人生准则虽然和古时相比已有很大变化，却仍保留着华夏文明的精髓。这个奇迹的背后，就是华夏民族文明的核心在焕发无穷的力量。

（一）君子会自强不息

《子归城》用众多人物形象体现了君子会自强不息。

刘天亮如此命途多舛，又如此勇往直前，把"酒王"的声誉洒遍丝绸之路。他与哥萨克骑兵血战，奋斗在异国他乡，不是被谁要求或逼迫，而是被华夏文明熏陶的结果。

钟则林，民族英雄林则徐的追随者，清朝反阿古柏侵略的战斗英雄，他一家都精忠报国，不仅培养出云朵这样的好姑娘，也支持了刘天亮这样的奋斗者。到了民国他已是英雄暮年，但仍为庸官的作为与侵略者的凶残而愤怒，敢在硝烟弥漫的阵前痛斥侵略者，宣扬和平。这也一样是华夏文明熏陶的结果。

诸葛白，地方行政首脑，文武双全，一心想制约外国洋行的野心，维护民族利益。当了县长后他更是励精图治，举措频出，面对侵略者坚决反击，哪怕到了子归城即将毁灭之际，依然坚持"禁采禁伐"的方针。这同样是华夏文明熏陶的结果。

神拳杨，子归城最大典当行的老板，功夫高手。他落入合富洋行的陷阱后损失颇大，但绝不气馁，决心粉碎洋行垄断市场的企图。他仗义助人，投身抗击哥萨克骑兵侵略的战斗，最终牺牲了。没人逼迫他这样做，这是华夏文明熏陶的结果。

（二）君子要自强不息

君子以自强不息，自强是社会对君子的要求。自强不息才是君子，君子就要自强不息。有不少角色在华夏文明的影响下，成为自强不息的君子，这表现了华夏文明的长远影响与作用。

云朵，本是一个待字闺中的少女。由于爷爷钟则林的良好家教，云朵飞速成长，成为刘天亮创办刘家酒坊的重要助手。她挺身而出，呼吁和平，作为向导带走了剩余的哥萨克骑兵。她确实成了自强不息的女中豪杰。

葱头，原为驼二婶车马店的伙计，驼二婶于寒潮夜去世后，他听从县长诸葛白指挥，参加抗击骑兵的战斗，历经风险，成长为一名发挥了自身价值的子归城重要人员。

张富贵，神拳杨典当行的员工，替神拳杨"名妓奇案"顶罪而被处死的张福的叔叔。当神拳杨得知县长金丁与靖安团团长趁夜偷偷放走杀害三宝的皮斯特尔，便与子归城派出所所长张一德合谋软禁金丁，"挟天子以令诸侯"。后张一德失手被捉，被关在县衙牢房里。张富贵受神拳杨所命，组织刀手夜闯县监狱救出张一德，必要时干掉金丁与马麟。这样凶险的任务，张富贵二话没说，便去准备。随时准备着为子归城民众利益而冒险，这不是自强不息是什么？

独眼龙，刘天亮的结义大哥，在黑沟煤矿时与刘天亮风雨与共，被煤矿开除后加入了刘家酒坊团队，始终听从刘天亮，坚决维护酒坊利益。他本不懂酿酒，被刘天亮授予《如匠酒经》后便疯魔一般钻研酿酒技术，终于酿出名震丝绸之路的顶级美酒"勺娃子酒"（即名酒"古城春"），最后却惨死于骑兵的枪下。为报答刘天亮的信任，不懈钻研酿酒技术，至死方休。这不是自强不息是什么？

卖馕的孟托，本是刘天亮的仇敌，也在生死斗争中成长，在战斗中冲锋陷阵，英勇受伤；他还从沙漠中救了刘天亮的儿子刘新坤。这不是自强不息是什么？

以上各色人物，皆在激烈斗争中体现了自强不息的要义。这体现了在子归城激烈的反侵略战斗中，许多接受过华夏文明熏陶的子归城百姓，逐渐成长为自强不息的君子。

（三）自强不息：奋斗不停歇，反抗不屈服

《子归城》的人物群像展现了自强不息的对内与对外两个方面，对内体现为奋斗不停歇，对外则是反抗不屈服。这方面刘天亮、云朵、神拳杨等是典型。

一个以农耕为主的民族，若是缺乏自强不息的精神，必然会在困境、险境、绝境里倒地不起，会因武力不济而被游牧民族侵略者的铁骑踏碎，在近现代更会因明显的国力差距而被工业国家侵略者的强大武装断绝生机，再也站不起来，再也挺不直腰。

可中华民族却没有因此衰弱，因为华夏文明的核心是"君子以自强不息"。

自强不息所体现的奋斗不停歇，就如《子归城》主人公刘天亮从底层打工者到刘家酒坊创办者，历尽千辛万苦，绝不低头泄气；就如诸葛白面对涅槃河断流的困境，毅然组织商户与民众集资挖井筑坝，与困境斗争到底。

自强不息，也体现在反抗侵略者时不屈不挠，为保卫家园与国土战斗到底。《子归城》中体现了这一方面的人物就多了，毕竟这是一部描绘边疆小城反抗外国侵略势力的小说。

总的来说，《子归城》的人物群像体现的华夏文明核心，对外的方面更突出。因为小说一开卷便是以合富洋行为代表的外国势力在追杀商约雅霍甫死亡案的见证人刘天亮，接着引出哥萨克骑兵这一外国侵略势力。随后的剧情便主要围绕哥萨克骑兵几次进攻子归城而展开，间或穿插其他城内的剧情。所有人物也都在这情节展开中进行塑造，包括企图联手骑兵谋害都督杨增青的县长金丁和靖安团团长马麟也是如此。内外交织，以外为主。也就是说，《子归城》人物群像所蕴含的华夏文明核心"君子以自强不息"中，"反抗而不屈服"方面表现得更为突出和强烈。

把华夏文明的核心概括为"君子以自强不息"自然过于笼统，仅突出了其本质，而内涵则不够清晰。所以接下来从"两翼"来进一步展开对其内涵的论述。这"两翼"，笔者仍然是从《子归城》人物群像来提炼其价值与意义。

第二节　第一翼——勤劳进取、仁义善良、和平宽容

"君子以自强不息"作为华夏文明的核心，性质很明确，内涵却不够明确。两翼，就是从相联系的两个方面来进一步明确"君子以自强而不息"的内涵。勤劳进取、仁义善良、和平宽容作为华夏文明核心的一翼，主要体现了和平环境下华夏人民的特征，也是子归城人的特征。

一、勤劳进取的子归城人

《子归城》的人物群像明显体现了"勤劳进取"这一行为特征。比如林闽嘉刚到子归城时十分上进，为获得黑沟煤矿产权四处奔波。只不过后来他与合富洋行对赌失败而破产，坠落底层而心灵扭曲，才失去了勤劳进取的品格。又比如驼二婶，一个人经营偌大一家车马店，忙里忙外。黑牡丹也差不多，一个人在基本只有男人的黑沟煤矿外经营客栈，不但要忙里忙外，还得应付男人的挑逗和性骚扰。子归城里除了开妓馆、赌馆、大烟馆和洋行的，其他商户都本分经营、兢兢业业，从未有偷鸡摸狗之徒，无论是木车行、条篓店、制锁店、茶叶店还是其他，都是勤勉经营，力求兴盛。

当然最典型的还是刘家酒坊。以刘天亮为首的酒坊团队，包括独眼龙、二锅头、跟三等，人人都脚踏实地，无人偷懒。从一开始酿出醋，到经过努力钻研酿出了酒，到最后酿出了享誉丝路的美酒，从无到有地创出了自己的品牌，生意兴隆至极，能与马四海单次交易就达成售出千篓的成交量。刘家酒坊团队的出色表现表征了华夏文明核心中的勤劳与进取。这一品性在子归城具有普遍性，也可证明这是华夏文明的核心内涵。

华夏文明核心的这一翼并不是偶然形成的。华夏民族以农耕为主，古代农业技术不发达，不勤劳就难以有好收成，连饭都会吃不饱，当然无法养活族群。为了达到更高的生活水准，就要有进取心，有能力的人通过钻研提高种植技术或通过经商获取高于农业的收入，提高自己的生活水平乃至社会地位。长此以往，勤劳进取在漫漫几千年中逐渐变成华夏人民普遍的行为特征。

二、仁义善良的子归城人

《子归城》人物群像也有一些人物形象表征了华夏文明核心中的"仁

义"。刘天亮、云朵、中医孟长寿、学堂张元培、县长诸葛白、神拳杨、郝大头、张一德、驼二婶等人都是"仁义善良"的践行人。

诸葛白作为县长，他的所有施政举措皆为仁政；神拳杨在山西王势力到酒坊欺辱刘天亮时出面劝阻，仗义助人；海黑子携全家出逃前低价把宅子卖给刘天亮，刘天亮便借口出去办事，驾车护送海黑子一家至博望渡。在兵荒马乱之时，这是何等的义气！刘天亮在死对头孟托于保卫子归城的战斗中受伤时背他到孟医生诊所就诊行为，秉承的是民族大义。独眼龙受刘天亮所托，钻研酿造"勺娃子酒"直至成功，这也是义气。即便二锅头身上人格缺陷多多，可一旦涉及刘天亮的生命安全，哪怕被威逼折磨他也绝不低头，这何尝不是一种义？

子归城人的善行更加不胜枚举。城民不善良就不会齐心协力穷追叼走玉儿的野狼，终究救回婴儿；钟爷不善良就不会收养弃婴迎儿；云朵与迎儿不善良，就不会把晕倒在涅槃河滩涂上的刘天亮救回家，钟爷不善良就不会治疗刘天亮的伤腿；云朵不善良就不会拿 50 两银子给林拐子买茶叶，为的是给他一条活路，也不会把赵银儿藏起来，帮她渡过难关；陈枝花不善良就不会主动给诸葛白做吃的；刘天亮不善良就不会救受伤的阿廖沙医生，虽然阿廖沙曾受皮斯特尔胁迫在刘天亮的酒里下了毒药。刘天亮完成与马四海的酒交易以后，还赶去探望阿廖沙，准备还他 50 两银子，才发现阿廖沙医生已死。为了护送阿廖沙医生的遗孀和孩子及其灵柩返回俄国故乡，刘天亮用完了自己卖酒所得的最后一盒金条，并为此花费了几年时间，差点死在异国他乡。但他事后并无丝毫后悔。

能形成"仁义善良"的文明核心，这是华夏民族的幸事。先秦儒家对此有较大贡献。曾有人向孔子问仁，孔子答"爱人"，指的是人互相亲爱。古代爱护民众的君主，被称为施行仁政。具有"仁"德的人被称为仁人，好的医生被称为仁医，仁爱之心被称为仁心。作为古代华夏民族推崇的首要品德"仁"，其实是一种人道主义精神。主张"刑法"的法家不推崇仁义，因为法家站在统治者的立场上为其利益考虑。而"仁"作为儒家倡导的美德，除了可为统治者服务，对于社会正常秩序的形成，对于民众之间良好关系的形成都是有益的，因此也能获得民众的认可，也才能传承到现代。

义，是时常和"仁"一起提出的概念，指公正合宜的道理或行为，合乎正义或公宜的举措。"君子重义，小人重利"，君子指的是品德高尚的人，他们仗义行事，而品德低下的人则为了自己的利益而见利忘义。

善良是全世界各民族都赞扬的美德。在华夏文明中，凡是仁义之人，也必然是善良的人，因为仁与义都包含着善良。当然善良与仁义也有一定的区别。善良主要指个人的品质和行为，仁义则是善良在更高层次上的体现。

恻隐之心，人皆有之。华夏民族相信和践行仁义善良的信条，这是我们民族的幸事。仁善之心让华夏民族即便在至暗时刻也能感受到温暖，怀揣信心，这是华夏民族精神力量的来源。

三、和平宽容的子归城人

子归城众人，大都是爱好和平的，他们从不主动挑起冲突，无论是钟爷、刘天亮、云朵、迎儿乃至酒坊员工跟三，还是众商户如神拳杨、郝大头，程锁匠或林闽嘉，没有一个是爱挑事的人。和平是他们最本质的需求。

和平，是与战争相对的一种非暴力的状态。和平不是没有矛盾或冲突，而鼓励以非暴力的方式解决矛盾或冲突。自《周易》开始，中华民族的典籍里就屡屡出现"和平"一词。

华夏民族自古就是以农耕为主的民族，讲究勤劳进取，保乡卫土。早期各氏族之间确实有过以战争的形式争夺土地与资源，自华夏民族形成后，民间主要从事农耕及商业、手工业等。唯有和平时期才能安居乐业，所以华夏民族爱好和平，不到民不聊生的时候，无法掀起大规模暴动。就民间而言，向往和平是在历史长河里孕育出的意识形态。所以，"一将功成万骨枯""可怜无定河边骨，犹是深闺梦里人"广为流传，杜甫的"三吏""三别"更是千古名篇。这些揭示战争残酷，表达对劳动人民同情的作品，都是华夏民族向往和平的佐证。

子归城人民也都是爱好和平的人。他们为了保卫自己的家园，被迫奋起反击哥萨克骑兵。因为哥萨克骑兵是正规军，训练有素，火力猛烈，战斗经验丰富，所以子归城民众保卫家园付出的生命代价远高于骑兵。子归城每次燃起战火，都是因为骑兵的入侵。哥萨克骑兵血腥嗜杀，在子归城犯下了许多罪行，欠下了大笔的血债。

由于哥萨克骑兵的头领契阔夫被其女儿柳芭枪杀，之后老白俄与谢尔盖诺夫假传"停火撤军"的命令，分散了处于混乱中的哥萨克骑兵的兵力。主战的军官热西丁经云朵劝说停火不成，也被杀死了。骑兵虽已乱成一团，但尚有一战之力。子归城的民众至此也死伤惨重，仇恨满怀，部分人主张把哥萨克骑兵都杀掉。但是即便成功，代价之大也是不可想象的。以云朵为代表的主和派站出来，宣扬停战之益，安抚剩下的骑兵，终于导向和平的结局。为此云朵自愿充当骑兵的向导，带他们走出沙漠踏上回家的路途。云朵为此付出了很大的代价，差一点与儿子失散。

哥萨克骑兵的侵略失败了，割据中国领土的阴谋破产了，剩下的人马要撤回家乡，就让他们走吧。再打下去，不过是双方死更多的人，况且子归城里基本是未经军事训练的平民，伤亡率更大。早在契阔夫被杀之前，钟则林就曾坐轮椅到两军阵前呼吁停战，质问还要流多少血死多少人。希望民众安居乐业，这既是钟爷等老一辈人的愿望，也是以云朵为代表的子归城年轻民众的愿望，更是华夏民族的愿望。

宽容，是指放哥萨克骑兵回家。骑兵在长官契阔夫的率领下入侵中国领土，血腥屠杀无辜民众，欠下了血债。子归城民众最终以弱胜强，但也伤亡极大。既然和平已经到来，宽容成为时局的需要。不放剩下的骑兵回去，只是继续打仗死人。所以这样的宽容其实是一种策略。

宽容还体现对待谢尔盖诺夫上。谢尔盖诺夫曾是哥萨克骑兵上尉，他曾参与策划"名妓奇案"，导致神拳杨典当行的员工张福因顶罪而被处死，谢尔盖诺夫因此受到良心的谴责，找到神拳杨痛哭流涕地忏悔，而神拳杨原谅了他。或许是因为"名妓奇案"幕后主使是合富洋行，或许是因为谢尔盖诺夫的忏悔是真诚的，神拳杨谅解了他。

后来谢尔盖诺夫又随哥萨克骑兵到中亚，企图抢劫教堂而因此受了重伤，差点死去。是一位僧人为救他付出了自己的生命，还有医生不懈抢救，才挽回一命。这以后，谢尔盖诺夫大受震撼，脱胎换骨，从此为子归城民众殚精竭虑。他帮柳芭约契阔夫到合富洋行石头楼见面，并守候在外面，并在契阔夫死于女儿枪下后第一时间与老白俄合谋假传"停火撤军"的命令，扭转了子归城的危局。

谢尔盖诺夫救城有功，诸葛白县长率先接纳了他，在子归城即将毁灭的关头，命他为负责人，率领子归城老商户们撤离，穿过沙漠寻找新的宜居地。

谢尔盖诺夫也不负县长嘱托，带领大家历经千辛万苦找到紫泉子，定居下来。他本人也改名谢二盖，得到子归城民众认可，在紫泉子定居并繁衍后代。

综上所述，勤劳进取、仁义善良、和平宽容是华夏文明核心之一翼，这是华夏民族的最普遍、持久、稳定的行为特征，在《子归城》人物群像身上得到了展现。

第三节　第二翼——不畏强暴、勇于反抗、敢于牺牲

华夏文明核心还有另一翼，常于动乱时期展现。没有这一翼，华夏民族便会在战乱中解体，从此一蹶不振，走向毁灭。

读罢《子归城》，笔者仿佛置身黄沙漫天的子归城，见证了那些鲜活人物浴血奋战的场景。尽管情节繁多但是那些人物深深烙印在笔者的记忆里。他们抗击哥萨克骑兵浴血奋战的情景，让笔者看到了他们在勤劳进取、仁义善良、和平宽容之外的品质，那就是不畏强暴、敢于反抗、勇于牺牲。这些品质至关重要，如果没有这些品质，子归城早已沦陷，骑兵割据子归城的阴谋也会得逞。

亚圣孟子曾说过：富贵不能淫，贫贱不能移，威武不能屈。在华夏民族发展历程中，以农耕为主的生活形态培育了华夏人民勤劳进取、和平宽容、仁义善良等品质，以确保社会稳定。可是，历史是多元的。无论是外来的游牧民族势力，或是统治阶层及各地世族门阀，都有可能破坏原本稳定的农耕社会。面对压迫，反抗成为唯一出路，因反抗即间接的"修身齐家治国平天下"。久而久之，"不畏强暴"成为中华文化的重要特征。子归城的人物群像证明：唯有不畏强暴方能敢于反抗、勇于牺牲，也才能捍卫华夏民族的正常社会生活。

一、不畏强暴的子归城人

《子归城》作为一部以描绘我国西部边疆小城子归城的历史和生活为主要剧情的小说，书中展现了两种压迫性力量，一种是外来的异族的暴力，如黑喇嘛旗下的骑兵、哥萨克骑兵等；第二种是来自内部的暴力，主要为以马麟为首的靖安营和以县长金丁为首的县府。子归城民众的不畏强暴，主要体现

于面对第一种暴力时。"阿山战役"打响之后，黑沟煤矿的矿工们响应俏红支援和参加阿山战役的提议，矿长与矿警就逮捕了俏红准备秘密枪决。刘天亮和工友们明知矿警们有枪，在武力上占绝对优势，依然为了救俏红毅然决然地发起暴动。这是典型的不畏强暴。

不畏强暴的子归城人还有很多。如钟爷钟则林，如果他早年畏惧压迫，又如何能抗击阿古柏的异族侵略势力，成为英雄"巴图鲁"？晚年他又如何敢在杀人不眨眼的哥萨克骑兵阵前呼吁和平？酒坊员工狗剩和尕娃子在皮斯特尔带人到酒坊搜捕刘天亮时，哪怕锋利的刀架在脖子上，也绝不透露刘天亮的藏身之处。云朵在骑兵闯入刘家酒坊抢酒时大义凛然，直言没酒，不怕骑兵镇压。无论是马麟等人的暴力压迫，还是骑兵的进犯，都不能使杨修屈服。他始终坚守省府交给他的使命。就连最普通的子归城人，也没有一个提议向哥萨克骑兵屈服投降。子归城帮会势力山西王，在异族入侵之时也从未低头认输，反而动员帮会会众参加保卫子归城的战斗。

不畏强暴的典型人物是刘天亮。对内，他与山西王的帮会势力因所谓的"呛行"起过冲突，也被痛打过，但他就是不低头，握着铁锹准备与帮会人员拼命；对外，他与哥萨克骑兵交集最多，经历的危险最多，杀死的骑兵可能也最多。犟牛倔驴一般的刘天亮在恶势力面前绝不低头，毫不畏惧强暴。

不畏强暴是一种稀缺的品质，因为为此承受的风险巨大，甚至可能牺牲。仅是吃些苦头尚可承受，但如果连命也没了，很多人就会屈服了。但是受过华夏文明熏陶的华夏民族是不畏强暴的。子归城民众为了捍卫自己的家园和的尊严，在面对恶势力的欺压时坚守正义，从不退缩。不畏强暴是子归城人敢于反抗侵略者和勇于牺牲的精神导向因素。

二、敢于反抗的子归城人

前面笔者分析了子归城人面对来势汹汹的哥萨克骑兵侵略者和其余恶势力时不畏强暴的品质，这种品质表现在行为上便是敢于反抗了。

刘天亮在首次遭遇哥萨克骑兵时就饱受折磨，头顶被契阔夫用马刀割了血十字。可他没有逆来顺受，瞅准机会抢了一匹马，冒着骑兵的枪林弹雨逃走了，屁股上还中了一枪。后来骑兵入城血洗洋行，还闯进刘家酒坊抢酒喝，刘天亮向他们要酒钱反被殴打，刘天亮气得抄起一把铁锹要与他们拼命，终于让老白俄用一只抢来的山羊抵了酒钱。不反抗，哪来的酒钱？

　　骑兵闯人海黑子的宅子，奸淫了海黑子年轻的姨太太，姨太太反抗中用头发上别的簪子扎中那个骑兵军官的脖子，军官逃出门流血而死。杀了骑兵的姨太太怕被报复，服毒自尽了。姨太太这位弱女子面对强悍的骑兵军官的侮辱，并没默默忍受，而是全力反抗，哪怕反抗让她付出了巨大的代价。

　　在"花朝惨案"中，哥萨克骑兵纵马冲进节日狂欢中的人群肆意砍杀，民众死伤惨重，于是激起了强烈的反抗。先是郝娃子用弹弓打得骑兵军官热西丁的鼻子流血，这么一个玩弹弓的小屁孩并没有被凶悍的骑兵吓得屁滚尿流，反而从容不迫地用弹弓与热西丁周旋。靖安营士兵们不理马麟"骑兵到城门前再开枪"的命令，纷纷向骑兵开枪。长官是想尽量避免和哥萨克骑兵的冲突，而士兵们却因骑兵对子归城民众的屠杀而愤怒，希望能用手中的枪为子归城民众报仇。子归城北门和南门在"花朝惨案"发生后关得比东门迟，追击逃难民众的骑兵有11人被关在城里，全部被百姓消灭，死无全尸。这是愤怒的百姓杀作恶的骑兵，是反抗的爆发，是真正的人民战争。最后马麟被逼无奈只能下令：城中百姓，无论老幼，皆可上阵杀敌。此令一下，从良民百姓到泼皮无赖都携带刀枪梭镖走上城墙，痛斥敌寇，抛掷石块，有些人甚至学会了向侵略者开枪射击。民风之彪悍，面对侵略者的反抗之强烈，从这个场面可见一斑。这种男女老少齐心抗击侵略者的人民战争在后文更是多次出现。华夏民族的血性在这里得到饱满的呈现。

　　骑兵放弃攻城后，转而在东门外放火烧民宅，城外有产业的百姓心急如焚。有二三十人从北门冲出去，要与骑兵决一死战，但面对占据火力绝对优势的骑兵，结局令人遗憾，但也展示了他们的不屈。

　　独眼龙在大街上被骑兵乱枪打死，激怒了子归城民众，大家怒火万丈，手持各种武器蜂拥而出，齐心协力打跑了骑兵，收复了东城门。这瞬间爆发的集体反抗，完全出乎骑兵的意料，这才能从占据火力优势的骑兵手中夺回东城门。

　　迎儿在"花朝惨案"中遭骑兵巴索夫等人的侮辱，精神崩溃，出家当了尼姑。刘天亮绝不愿忍气吞声，他明知骑兵与自己火力悬殊，报复心强且血腥残忍，仍是使计为迎儿报了仇，杀死了巴索夫等三个犯罪者，哪怕后果严重也在所不计。刘天亮是敢于反抗侵略者的典型，反抗精神已融入刘天亮的骨血之中。

哥萨克骑兵伤害的是子归城全体民众的利益，敢于反抗也是子归城民众的集体特征。当然，华夏民族族群广布，从历史上看，也有许多地方民众乃至军队缺乏反抗精神与自卫能力，面对侵略者望风而逃，所以区区十几万清兵便可重创明朝。但这正反衬出子归城民众反抗精神的可贵。蒲松龄曾作自勉联："有志者事竟成，破釜沉舟，百二秦关终属楚；苦心人天不负，卧薪尝胆，三千越甲可吞吴。"有反抗精神，就意味着能在逆境中积蓄力量，然后东山再起。这不正是一个民族最宝贵的精神力量和精神财富吗？子归城民众面对残暴的哥萨克骑兵的殊死抗争，正表现了华夏文明核心中的这一方面。比如幼稚调皮的郝娃子，比如踏实朴素的张一德，比如仗义的神拳杨，比如嚣张的山西王，比如顽强的刘天亮，比如记仇的孟托，比如勤勉的葱头、忍辱负重的杨修……《子归城》中性格各异的一个个人物形象，都闪耀着耀眼的反抗精神。

三、勇于牺牲的子归城人

牺牲，指的是为正义事业献出自己的生命。在《子归城》中，为了抗击侵略者，许多人浴血奋战，也造成了很多牺牲。为保家卫国而牺牲，会激发群体的反抗共鸣，因此铸就了一种勇于牺牲的精神风貌。

冲出城与骑兵决战的子归城人多数牺牲了，人们没有止于哀叹，而是更恨骑兵；由神拳杨率领的 800 个子归城人，多数也在战斗中牺牲了或失散了，人们也没有害怕，反而绞尽脑汁想要打败骑兵。俏红组织了针对哥萨克骑兵实施"斩首行动"的敢死队，由于实力不足失败了，敢死队多数人包括俏红都牺牲了。神拳杨被抓，最终被骑兵闷死在骆驼肚子里，他始终没有求饶。牺牲如此巨大，子归城人虽然心痛惋叹，但无人提议投降。用计谋杀死巴索夫等人为迎儿报仇的刘天亮怕连累别人，返回两方对垒的战场，先是差点被契阔夫枪毙，后是被吊起来折磨，他何尝不是做好了牺牲的心理准备？柳芭用枪杀死了不愿停战的父亲契阔夫，之后自绝于大火中，不也是勇于牺牲的体现？与骑兵拼死搏斗的人有许多，不幸阵亡的人也有许多，他们都具有勇于牺牲的精神。

中国有句俗语：好死不如赖活。指人们愿意为了生命做出让步。但又有

　　古话说：宁为玉碎，不为瓦全。宁愿为正义事业而牺牲，也不苟且偷生，丧失气节。这是两种不同的价值观。对于那些站在更高精神境界的人而言，他们选择"宁为玉碎，不为瓦全"是可以理解的。他们重视尊严和生命的自主权，不愿将这些珍贵的品质拱手让予敌人，宁愿奋力抗争至生命最后一刻。正是这种对民族文明核心的珍视，使之传承不灭、历久弥新。

参考文献

[1] 何向阳. 历史写作的新可能 [N]. 文艺报, 2022-06-29 (7).

[2] 杨庆祥.《子归城》:"东西互动"中的历史书写 [N]. 文艺报, 2022-06-29 (7).

[3] 刘安然."一带一路"上的壮丽图卷 [N]. 中国文化报, 2021-11-16.

[4] 岳雯. 瑰丽雄浑的历史画卷 [N]. 文艺报, 2022-06-29 (7).

[5] 崔庆蕾. 故事、叙事与知识 [N]. 文艺报, 2022-06-29 (7).

[6] 黄文虎. 书写百年兴衰, 彰显丝路精神 [N]. 中国艺术报, 2021-09-17.

[7] 安然. 刘岸多卷本长篇小说《子归城》读后 [N]. 文化艺术报, 2021-04-21.

[8] 李先平."一带一路", 石刻千秋——读刘岸的《子归城·石刻千秋》[N]. 福建日报, 2021-08-09.

[9] 黑格尔. 美学 [M]. 朱光潜译. 北京: 商务印书馆, 2019.

[10] 马克·西克尼斯. 当代美学 [M]. 王洪一译. 北京: 文化艺术出版社, 2005.

[11] 朱狄. 当代西方美学 [M]. 武汉: 武汉大学出版社, 1985.

[12] 孙绍振, 孙彦君. 文学文本解读学 [M]. 北京: 北京大学出版社, 2015.

[13] 张瑜. 也谈马克思主义美学和"实践存在论美学"的方法论问题——兼与董学文先生商 [J]. 北京联合大学学报: 人文社会科学版, 2012, 10 (3): 71-77.

[14] 赖大仁, 李婕婷. 马克思美学思想与当代美学研究之反思 [J]. 中国人民大学学报, 2021, 35 (5): 126-135.

[15] 桂书生. 马克思美学思想的中国接受历程再思考——以《1844年经济学哲学手稿》为中心 [J]. 湖北第二师范学院学报, 2017, 34 (7): 20-24.

[16] 聂运伟. 论马克思主义者阐释马克思美学思想的两种方向 [J]. 湖

北大学学报（哲学社会科学版），1990，2：23.

[17] 孙晓霞. 恢宏酷烈、瑰丽奇崛的丝路传奇 [N]. 四川日报，2021-07-30.

[18] 唐宝洪.《子归城》，一部地标式的小说 [N]. 闽西日报，2022-06-20（5）.

[19] 陈小沫.《子归城》离经典有多远 [J]. 回族文学，2021（3）：64-68.

[20] 王翠屏. 乡魂、诗，与远方 [J]. 黄河，2021（5）：119-122.

[21] 曾弗.《子归城》：现代叙事的探索之作 [J]. 福建文学，2021（6）.

[22] 刘安然. 子归城，创造之城——读多卷本长篇小说《子归城》[J]. 海峡文艺评论，2021（2）：87-91.

[23] 王翠屏. 历史的镜面折射出绚丽光彩——读刘岸的长篇小说《子归城》[J]. 福建文学，2020（5）.

[24] 刘安然.《子归城》的现代性与先锋精神分析 [J]. 民族文汇，2022（2）.

[25] 杨天松. 动荡时代的人生画卷——评刘岸长篇小说《子归城》[N]. 闽西日报，2020-06-16（7）.

[26] 蔡清辉. "一带一路" 愿景与一座城的忧思录——刘岸多卷本长篇小说《子归城》解读之一 [J]. 回族文学，2021（3）.